生生如夏花

罗华 著

我听见回声，来自山谷和心间，
以寂寞的镰刀收割空旷的灵魂，
不断地重复决绝，又重复幸福，
终有绿洲摇曳在沙漠，
我相信自己，
生来如同璀璨的夏日之花，
不凋不败，妖冶如火，
承受心跳的负荷和呼吸的累赘，
乐此不疲。

——泰戈尔，《生如夏花》第一节

上海交通大学出版社
SHANGHAI JIAO TONG UNIVERSITY PRESS

内容提要

这是一本充满人性的小书，记录了作者20世纪90年代初从大陆去美国后，在美国求学谋生近20年间的经历。从费城唐人街的偷渡客、形形色色的留学生、丰满而光彩照人的普通人，到为人母亲，叙述陪伴孩子成长的点点快乐。通过描写过往的情思、永远的亲情和友谊、求学的历程，探索活着的意义、职业的追求，和精神信仰的步步求索。

本书是一个普通人所遭遇的普通人的故事——充满挣扎，很多的脆弱，很长的坚持，不断的探索，洋溢着人性的温暖，散发着平凡而深刻的快乐。而最终，精神和信仰的力量贯彻始终，如光照般无处不在。

图书在版编目(CIP)数据

生生如夏花/罗华著. —上海:上海交通大学出版社，2017(2019.8重印)
ISBN 978-7-313-17840-4

Ⅰ.①生… Ⅱ.①罗… Ⅲ.①随笔—作品集—中国—当代
Ⅳ.①I267.1

中国版本图书馆CIP数据核字(2017)第188620号

生生如夏花

著　　者：罗　华
出版发行：上海交通大学出版社　　地　　址：上海市番禺路951号
邮政编码：200030　　电　　话：021-64071208
出 版 人：谈　毅
印　　制：三河市兴国印务有限公司　　经　　销：全国新华书店
开　　本：850mm×1168mm　1/32　　印　　张：11.125
字　　数：247千字
版　　次：2017年9月第1版　　印　　次：2019年8月第2次印刷
书　　号：ISBN 978-7-313-17840-4/I
定　　价：39.80元

自　　序

“所以你们要灵巧像蛇，驯良像鸽子。”

——马太福音 10：16

“同学们啊，你们做人，就应该学会做到‘头脑复杂，心地纯洁’！”

——前绵阳南山中学初中语文老师、中国共产党地下党员陈老师

写东西就像结果子，是有节气的，时候到了才会结。

多年以前，我的闺蜜老奚，当年上海交通大学的同窗，也是现如今交大的奚（俊芳）教授，怂恿我，把她听到的我所讲的在美国的经历写成一本书。她那样想，是因为曾经热播的电视剧《北京人在纽约》。

后来，遇到马克，也说应该写出来。

不过，时候未到，就算想写，也写不出来。

1993 年从上海来美国，在美国 17 年后再回上海工作。七年后，于 2016 年年底，又不管不顾地举家迁回美国。回来了，人生在一个新的转折点上。还没有来得及想好前路，早年在美国的故人旧

事，却一波接一波，像涨潮一样，涌上心头；又像放彩色电影，一幕幕在脑子里活色生香，生生让人猝不及防。唯一的解脱，就是记下来，让这些故人旧事活在纸上。

就这样被“催逼”着，开始隔三差五不分昼夜地写起来。每写完一篇，精疲力尽躺下，就像大病了一场。但写得畅快，写完后觉得有了交待。虽然不清楚是跟谁有交待，心也就放了下来。

写了几篇后，老奚撺掇着闺蜜李霞，交大同级电机系的，要把文章整理成一本书。李霞看了《费城》，说：“是需要出了”，就去张罗出版的事。顺理成章地找了学校出版社。

写作期间，初期的暴风骤雨过后，脑子里行文下笔，本来源源不绝的juice（脑汁），忽然没有了。

在家里独自关了几天，正有些焦虑的时候，下楼散步去。几天没出门，街边，已经一树一树地开满了樱花。刚走出大门，就远远看见卡罗琳，拎着东西，从樱花树下慢慢走过来。卡罗琳在我们去上海期间，曾做了我家五年的房客。我们要搬回来，就帮她牵线租了对面那家韩裔朋友的房子，变成了我家门对门的邻居。卡罗琳是个有着棕色眼睛，神采奕奕，额头高大光亮的美丽女子，有种特别的温柔。皮肤黝黑散发着橄榄光泽的卡罗琳，头上编满了非裔女子常见的小辫子，拢在脑后，煞是好看。我家孩子们每次一见到卡罗琳，就会“卡罗琳小姐，卡罗琳小姐”这样地大声欢呼着，跑去卡罗琳跟前。卡罗琳近几年改行做了编剧，自己拍纪录片，经常在各处跑，听说最近还在电影节上拿了奖。卡罗琳上周约我定时间吃个饭，被我忘记了。

停下等卡罗琳走近，多说了几句，就提到了写不出东西的事。也不知为什么，我忽然问到：“你听说过Anne Lamott这个人吗？”卡罗琳马上说:"当然,*Bird by Bird*,我就只读过她的这本。"

Anne Lamott 是个多产的美国畅销书作家,*Bird by Bird*(《一只鸟接着一只鸟》)是 Anne 的成名作,讲述她的写作经验。我读过她的很多书,但偏偏 *Bird by Bird*,听说过,没有读过。*Bird by Bird* 这个书名,来自 Anne 小时候的一段经历。Anne 在书中讲,她十岁的哥哥有次有份家庭作业,要写一篇介绍鸟类的报告。哥哥拖了三个月,交稿的前一夜,还一字没写。哥哥坐在厨房桌前,被一大堆参考书包围着,对着面前一张白纸,一个字都挤不出来。Anne 的爸爸,也是著名作家,在儿子旁边坐下,手臂环住儿子的肩,说:"Bird by bird, buddy, Just take it bird by bird。"(一只一只鸟的来,伙计,只要一只一只鸟的写)

与卡罗琳道了别。等到我散完步到家,一本平装的 *Bird by Bird* 已经放在了我家的门口。

听从了 Anne 在书里的教导,就"一只鸟一只鸟"地来写。但篇幅还是差一半,又要相夫教子,实在分身乏术了,终于从法拉盛请了一个阿姨来帮忙。阿姨来自四川老家,稳重沉静。一聊,才知道阿姨以前在某报社工作多年,还自己办过一份杂志,里里外外地操持打点,活脱脱做了十年的出版商啊!还了解到,阿姨来美国后的第一站,就是佛罗里达的奥兰多,对我而言,一个意味深长的地方。

于是,心里觉得暖和,踏踏实实地,就好像一切都天经地义,原本如此,顺理成章。

还有这样那样的一些小小"奇迹",在我眼里,都是有意无意的鼓励——All the stars are aligned(所有的星星都串好了)。每天醒着的时间,都忠实地写着,比做自己的律师本行还更辛苦。

正写得如火如荼的阶段,某日凌晨醒来,脑子里突然跳出"生如夏花”这个词，很响亮，让我不得不从床上坐起来。这词很熟，但翻来覆去记不起出处。Google之，原来是印度诗人泰戈尔的一首诗。我小时候喜欢读他的诗，看来已经深入骨髓了。后来朋友和出版社编辑都告知，已经有不少文学作品和音乐以“生如夏花”命名了。我就在这个词上再加了一个“生”字，就有了现在的书名——《生生如夏花》，“生生”取生生不息，“生生如夏花”寓意生生不息的夏花。正如原诗所言“生来如同璀璨的夏日之花，不凋不败。”（To live like undying, everlasting summer flowers）

就这样，时候到了，不惊不乍地，果子就像自己要结出来似的，结出来了。

然而，多年以后回望过去，同样的人和事，视角和感觉已经大不一样。所以，今天的果实，和那时如果催产硬结出来的，一定不同。由此，我心里惶惑，或许前路还很长，以后回头，会不会觉得如今结出的果子不够成熟呢？

我想，一定会的吧！

不过，不成熟也只好让它不成熟着。

再一想，不纠结够不够成熟的这份淡然，也未尝不就是一种成熟呢！就这么想，可以壮壮胆子。

上面这段话，本要放一个吐舌头的Emoji来代替句号，不过吐舌头，好像不是一个成熟的举动，罢了！

另外，写有些文章，下笔前，大致本有个构想的着陆点；下笔后，电脑上敲出的字，像有独立的生命和目标，在空白屏幕上自辟蹊径，常常不管不顾地把人带到自己并不想去或原本不知其所的去处。无奈任其行之，写到后头，就觉得不光是在结果子，也在点蜡烛。自己就是蜡烛，揭开隐藏的脆弱来点出微弱的光亮——那光不足以给人指路，只是亮了自己的轮廓，或许让同在夜里行路的人，在某一刻，隐约可以看到一个同路人。是的，在这条路，或在那条路上，隔着不同的时空，因着共通的人性而同路的人。

看到了同路人，或许能有些共鸣，就少了独行的寂寞；或许还能有一点安慰，而多了一瞬间的温暖。

∞　∞　∞　∞　∞

在写这些文章的时候，常常深陷其中无暇旁顾。我的孩子们，五岁的弟弟和六岁的姐姐，知道妈妈在写作，需要安静，就懂事地自己玩。姐姐想妈妈了，时不时地来看看妈妈。有时抱抱妈妈，头挨着妈妈的头，说“I love you Mama”。有时就在妈妈身边默默依偎一会儿，再跑开去。

孩子们看妈妈对着电脑，深情地打出一个个英文字母，屏幕上就款款现出一个个优美的汉字。他们觉得很神奇。妈妈说：“这不就是外婆教你们的拼音吗！”孩子们又问：“写出来的书，会不会放在图书馆？”于是，就还有一番“图书馆”相对于“书店”，“借书”相对于“买书”的对话。我对孩子们用中文说这些话，但在国内出生的孩子们，搬到美国不足一个月，互相之间，就基本只用英文对话了。如今他们小，我还有些威慑力，还可以用胡萝卜加大棒来督促他们学中文。往后的这方面，只可能更艰巨。

有一次，孩子们几天没有看到妈妈了。看到了，就围着转，舍不得走开。妈妈再次跟孩子们解释：“妈妈在‘写作’。”“写作”，就成了一个抢走妈妈的神秘举动。为了说明这个明显举动的抽象效果，妈妈就把文章里有关孩子们的文字，朗读给他们听。先读有关姐姐的，读完，弟弟问："那我的呢？"妈妈再读有关弟弟的文字。孩子们静静地听了，又吃惊，又兴奋，脸上不可思议的神情。只是那忍不住的幸福而害羞的笑，难以言述，将人"秒杀"，化掉啦！

之后，弟弟又跑来抱了妈妈好几次。

顺便说一句：弟弟三岁以后，主动来抱妈妈的时候已经越来越少了，一般只是被动地，心安理得地，接受（或忍受）妈妈的拥抱。我在书上看到，一般而言，男孩子从很小开始，对于自己的身份，认同的多是同为男性的父亲，以父亲为成长之偶像；男孩一般在 18 个月以后，就开始不自觉地要脱离母亲，而趋向父亲了；因此，对于男孩有时似乎疏远母亲的行为，要冷静对待。妈妈有了心理准备后，弟弟对热情的妈妈有时满不在乎的表现，妈妈也就厚着脸皮，一笑了之啦。笑完，仍厚着脸皮，在弟弟容忍的距离点，一往情深地热情着。

可这几次的抱，却不一样——弟弟搂着妈妈的脖子，身体和脸都贴上来，很用劲很用劲地抱，久久的，是恨不能融化到妈妈身体里面的那种。

我的孩子们，虽然不是出自我的血肉之躯，但我希望，我能融进他们的灵魂里。

孩子们，喜欢各自在妈妈的耳边，笑嘻嘻地悄悄说些"秘密话"。这本小书，对孩子们来说，就写满了妈妈的"秘密"。我跟他们说："有一天，你们就会自己看懂这些字了。"

"哦，真的吗？"他们相互对看一眼，兴奋地问。

一脸的期待！

所以，写这本小书，除了上面提到的被"催逼"着写出的，自己结果子结出的，或燃蜡烛燃出来的，还有就是为孩子们写的。

我的私心里，希望这世界上，至少有一本中文书，是有一天我的孩子们想读懂的。是的，不用妈妈威风凛凛地施展胡萝卜加大棒的手段，要的是孩子们自己想读的一本书。

这样，我亲爱的孩子们，就至少得学会认识这本书里——

所有的汉字啊【特大惊叹号】【吐舌头】【吐舌头】【羞涩的笑】【狡猾地笑】【大笑不止】【流泪的笑】！

目 录

费　城

她站在超市里——在 Chestnut 街和 Walnut 街的交界处，查看一颗大白菜。标价是一块八毛九分美金。她在心里快速乘了一个八，快 16 块人民币啊！

拽着手里仅有的几美金。买，还是不买呢？

“你是中国人吗？”

她的纠结被一句细细的声音打断。回头，发现背后站着一个矮小的亚洲女子，穿着一件花连衣裙，一对大眼睛晶亮地，稍有些犀利地望着她。

“是的。”她答道。

那女子松了一口气，很自然熟地笑着靠近：“太好了！我也是。你知道邮局在哪里吗？”

她说：“好像就在这里附近。但我也说不清楚，我可以带你去找找。”

那时，中国人还不是到处都有。她们在超市里遇见国内来的，就觉得是自己人。

一起去完邮局，她知道了这个女子和先生都来自武汉，先生在缅因州读计算机硕士，女子来陪读。他们乘暑假来费城打工，先借住朋友家几天。朋友的房子租期快到了，这两天他们必须要找地方搬出来。

她就邀请女子去家里。

她家是在 Chestnut 街上靠近 46 街的一座公寓房。这个区有些破败，红色的砖墙上到处有烧黑的痕迹和各种涂鸦。她家的窗口正对着街对面一间东南亚杂货铺子。走近了，就闻到混杂着各种陈腐气的霉味。她家租的是在二楼的一室一厅。客厅上面有一个面积不小的阁楼，有天窗，可以从架在客厅墙边窄窄的斜梯爬上去。房东在上面放了一床双人席梦思。

她领着这位姓武的陌生女子爬到阁楼上，说："你们不嫌弃的话，就住这里吧。楼下厕所厨房共用。"

小武和她先生当晚就搬了进来。100 美金一个月的租金。大家都觉得好。

第二天，小武的先生去新泽西打工去了。小武说自己也要出去找工作。

那时她刚来美国二十几天。除了睡觉倒时差，醒着就全看电视，每天看十几个小时。先从肥皂剧看起，然后新闻，再看 sitcom（情景喜剧），一心要提高英文听力，还没有出去找工作。

她问："你怎么找工作呀？"

小武耸耸肩，淡淡地说："一家一家餐馆进去问呗。"

她张着嘴，想了想，说："那我们一起去吧。"

两人搭了公共汽车去费城唐人街。她亦步亦趋跟在矮小的小武后面，一家一家餐馆去问："要请招待吗？"

后来，她们在《世界日报》的广告上看到费城老城区的一间泰国餐馆正在招聘女招待，她们联系后赶过去面谈，老板娘决定让她俩一人试一天工。她试工的那天，总是记不住泰国菜名。上菜时用一个大的托盘，几盘主菜一起托出来上。她托起来摇摇晃晃，无比的诚惶诚恐，堂前堂后十几个小时跑下来，挣了23美金的小费。老板娘觉得她勤快，英文相对也不错，决定录用她。她怕端不稳盘子，再加上深夜下班后要穿过一个治安可疑的地带，走好一段夜路才能到最近的地铁，最后没敢接这份工。

继续挨家去问，没有结果。后来，她经人推荐，在唐人街的职业介绍所找到了一份工作，尘埃落定。

∞ ∞ ∞ ∞ ∞

那家介绍所在唐人街中心一条狭窄僻静的巷子里，一座先前被废弃的破落小楼的底楼。一共有三间屋子，一间没有窗的房间是介绍所小老板的住处，紧连着另一个没窗的小间，房间正中摆着一张旧办公桌，是小老板自己的办公室。

小老板精瘦矮小，尖腮细腿，行动不急不缓，与介绍所的大部分客人一样，来自福建，也是偷渡客。他一口龅牙，普通话带着浓重的福建口音，有几个发不清楚的音，听上去像是说话时费力，总也合不上嘴唇似的。他说话时深深凝视对方，眉头有些微微皱着，让人觉得他的心，是时时端在胸口的。小老板的嘴角边，总有一丝无邪笑意，似有似无，让人感觉这几乎是个厚道的人。

一手创立经营职业介绍所的小老板，与大部分原本是渔民或农民的福建老乡不同，他当过兵，还入过党，被偷渡的同乡们簇拥着，很是一个人物。

与其他偷渡客一样，小老板不懂英文。第一次见面，他坐在小房间正中的旧办公桌后面跟她说话。四面墙壁光秃秃的，淡白的有些肮脏。

小老板拿出一个 800 的电话号码，说是灰狗大巴士公司(Greyhound Bus)的客服号码，轻描淡写地叫她马上打电话，问问当天下午有几趟从费城去纽约的班次。她当面拨打那个号码，听了一遍电话英文录音讲解的巴士班次，用中文写在纸上递给小老板。小老板不动声色地瞄了一眼，见她写的班次跟自己事先打听好的一样，就慢慢地说："那，你明天可以来上班，先试用三个月吧。"

介绍所底楼三间房里大的那间，就是介绍所的营业厅了。那里原有两扇窗，窗上有锈迹斑斑的铁栏杆，临着外面的巷子。一面窗的下半部装着一台老旧的窗式空调，其他部分都用木板封了起来，实际上变成了没有窗的房间。屋子里正对着"窗"的墙边，放了一张发白的暗青色丝绒长沙发，从街上捡回来的。靠"窗"的墙边，分开放了两张办公桌，人坐下时背对着"窗"。小老板指着靠近门口的那张桌子，叫她就坐那里。

络绎不绝的客人进了房间，先排队坐在她桌前，登记要找的工作，她用圆珠笔记在一个本子上。大部分工作是餐馆工：洗碗、打杂、bus boy、招待、抓马、大厨、送外卖、保姆、管家。她学到"抓马"，就是给大厨打下手配菜的。餐馆老板一般打电话来介绍所告知要找的人，她再根据供需从登记的人里配对。干了几周后，有时也帮着雇工谈工钱，能谈高三五十块美金，也是件振奋人心的大事。

这间屋子每天挤满了人，都是刚刚 fresh off the boat(刚刚下船)的偷渡客，也有留学生到介绍所给自己或陪读的配偶登记的。那时没有奖学金的留学生占少数，但不管有没有奖学金，留学生基本都是打工的，餐馆、管家、保姆都有。

费城的“偷渡客”大部分来自福建福清地区，多数都姓林，是当地的渔民。那里的人，民风具有开拓性，早年有下南洋的历史。不知何时开始漂洋来美国，每家每户的男丁，十六七岁如果还在村里晃着，没有远走重洋去淘金，就算很没有出息。有些偷渡是直接来美国，有些是被藏在大货车里，翻山越岭长途跋涉，从墨西哥潜入美国边境的。负责偷渡的人叫“蛇头”，那时是1993年，据说蛇头要收一人三万美金的偷渡费。偷渡的人全家举债，就像城里人送儿子上大学，或是乡下人送儿子参军一样，光荣远征。家里人盼望着丈夫儿子在美国挣了钱，还了债，再接家眷出海。

很快到了夏天。费城的夏天极其闷热。热气从炙热的地面向上蒸，人整日被一层汗包裹着。偷渡客们挤满了这间屋子，有些嘴上叼着烟，有些人打着盹，有些人眼巴巴地望着她桌上的电话发呆。每一次电话铃响，都在烟雾腾腾，充满汗臭的空气引起一阵骚动，就像一颗小玻璃球被弹进了夏天的一个臭水池。那架窗式空调机在墙角很吃力地发出嗡嗡的声音。

找到工作的人兴冲冲地走了。他们满怀期待地奔向各个炙烤得像火炉一样的角落，开始每天至少16、17个小时的力气活，一周六天甚至七天工作。休息日，很多人回到介绍所来挤着呆坐一天，因为实在没有其他的地方可去了。

那时非法移民还可以办社会安全卡，有时可以用作美国的身份证件。曾经她带一个“刚下船”的16岁的福建男孩去办社安卡。那个孩子头大大的，脸色白皙，带着一点未退的稚气，似乎是没有人可以投靠的。她带那孩子搭地铁去社安局，他们有一搭没一搭地说着些闲话。那孩子看她时晶亮单纯的眼神，让她莫名的悲伤，到现在还能轻易地在脑中浮现。办完社安卡，她给那孩子找了一份洗碗的工作，也不知道是否还会再见到他。

几个月过去了，这孩子在一个休息日回到介绍所。他好像一棵小树被风干了几年。长高了，瘦了，显得结实了些。他默默地坐在大房间的一角，眼睛像蒙了一层薄薄的灰，没有了晶亮。

∞ ∞ ∞ ∞ ∞

某天，小老板给了她一张表格，还是轻描淡写地，说：“你看看这是什么？”

她趴在桌上把表格背面的说明研究了一阵，跟小老板汇报：“这是移民局申请政治庇护的表格。递上去后，如果移民局的初审没有立即拒绝，就要安排听证会。听证会需要排期。在排到之前，移民局会给申请人发放临时工作许可，就是工卡。”

小老板原本就知道这是偷渡客取得工卡的表格，但他不知道怎么办理。实际上当时小老板在费城的介绍所已经有办工卡的业务，每人收费 300 美金，但是把业务外包到两个多小时车程的纽约唐人街去办的。那里每人收费 150 美金，小老板净赚 150 美金。

那段时间有大量的非法移民涌入美国。《世界日报》上有报道船到美国，偷渡的人跳海拼命往岸上游的故事。

“那么多的人偷渡，听证会排期可得等好些年的，那个临时工卡可以用很长的时间！”

小老板听她说得有板有眼，就说：“那我们也自己办吧！”

立马就去打广告，仍然 300 美金一个人头。她眨巴眨巴眼睛，多看了小老板一眼——脸上总是带着无邪笑容的温和小老板，原来，并不十分厚道的。

有一段时间，大家都来询问办返美证(advance parole)的业务。正在美国等待移民局决定是否颁发正式合法身份的人，一般是不能离开美国回到本国的，特别是声称受到本国迫害而申请政治庇护的非法移民。如果回去的话，因之前就是非法入境美国，移民法不保证可以允许再次入境。但在特殊情况下，如家人病危等人道原因，申请人可以提前申请移民局允许离境和再次入境。

问的人多了，她就好奇想搞清楚原因，去研究《世界日报》上刊登出来的相关法案的总结。里面大致说，某段时间内非法入境的中国人，如果可以出示 I-94 表格(就是入境过关时自己填写，并由移民官盖章的表格)，就有资格在法案保护下申请绿卡。但偷渡的人之所以偷渡，都是第一次入境没有正常被移民官审查过的，当然也不可能有被移民官盖过章的 I-94 表格。然而，如果现在申请返美证离开美国再返美，就可以正大光明地入关，并填写 I-94 表格由移民官盖章。她发现问题的机关在于，法案并没有要求这个 I-94 表格要是此人第一次入境时填写的 I-94 表格！因此，偷渡客在以后通过申请返美证返美获得的 I-94 也可以用来满足法案要求 I-94表格的条件。她想通了这点，介绍所就又多了些业务。

每天，在无风闷热烟雾充斥的小房间里，偷渡客们流着汗挤在一起，眼巴巴地望着她忙碌。她接着电话，打着电话，眼神清澈，认真地寻找合适的职位，谈高工钱，竭尽全力为每个人安排。很把这份工作当回事。

从偷渡客们炽烈呆望的眼神，她常常感到那三万块美金借款的滚烫，感到自己焦灼的无措。

∞ ∞ ∞ ∞ ∞

慢慢地，她交了一些各样的朋友。

有个武汉大学的留学生 Joey，自己在美国一所无名的商学院已经毕业，来介绍所为他刚从国内来的太太找工作。那天她刚好不太忙，也难得有个对美国有些了解的留学生可以讲讲话，他们聊东聊西很开心。Joey 正在考虑是否去学习卖人寿保险，就邀她一起去看看。曾经他们一起去吃过一次比萨，在她家附近的一个小店，那天下着雪，是她在美国第一次进餐馆，第一次吃比萨和奶酪，还点了一杯巧克力牛奶，一共花了五块多美金。吃完了她本要付钱，却发现没有带，很尴尬。Joey 看她紧张，说："不要紧，不要紧，算我请你的。"

到了讲座的那天，Joey 还请了同乡 Christina。Christina 比她高一届，是复旦大学文科毕业的，那时在费城的 Drexel 大学学会计。Joey 开车带她和 Christina 去费城附近 Upper Darby 的一个办公楼听讲座，那个办公楼前不着村后不着店，孤零零地。记得讲员是一个白人老头，胖胖的，在白板上划了好些曲线，讲人的预期寿命，保健费的确定，保险 term life（限期人寿保险）和 whole life（全面人寿保险）方案的区别。她很费力地听了一个晚上，没有听太明白。Christina 也没有听太明白，所以她们觉得自己不像是卖保险的料，但他们三人从此成了好朋友。

有一阵三人都没有工作，在街上无趣地瞎逛，一时兴起，咬牙决定破费去看场电影。去了影院，发现正在上映 Joy Luck Club（《喜福会》），大喜，三人兴致勃勃地看完电影，出来评论说："讲大陆的那些经历拍得太假了，没有那么打扮的，说的普通话也洋腔洋调的。”不过，居然在美国看到一场电影讲中国人的故事，还是很开心。

她认识了一个姓刘的中年福建人，夫妇俩先后偷渡来美国，老刘做过搬运工，搞过装修，太太在衣厂打工，两人累死累活多年攒了钱，刚刚在南费城买下一栋便宜的破旧小楼，租了几辆缝纫机，请了刚“下船”的福建妹子准备开衣厂。老刘出入介绍所像卷着一股风，矮小精干，身板硬朗，小眼睛闪闪发光，神情有种天塌不下来的沉着。老刘也不懂英文，看她又和蔼又机灵，就央求她想想法子，找点活路。

她也没路子，拍拍脑袋后，搬来一部厚厚的黄页电话簿，查找电话本里的衣厂，一家家勾出来，闲下来就挨着一个个 cold call（给陌生人打电话）。接通了就结巴地试着自我介绍，说有办法帮人家接利润低的外包活。碰到愿意洽谈的，她就和老刘去拜访人家的衣厂。他俩在周日，开着老刘的破旧小货车，去了好些肮脏人少的街区。那些衣厂从外面看像是已经被废弃，他们在楼下按门铃，厚重的铁门缓缓打开再关上，发出哐当的暗响。接到第一单的那家厂，没有电梯，他们从空气浑浊，阴暗的楼梯上爬上楼，摸到一个照着惨白日光灯的小房间，那个中年韩国老板没有多话，问了几句就给了他们一个小单。老刘和她三步并成两步小跑着下了楼梯，跑到街上大口吸着新鲜空气，开着快车一路颠簸着兴奋地离开。

老刘的衣厂硬是这样活了下来。

还有一次，两个从纽约下来的福建偷渡客找到介绍所，说需要一个翻译陪同他俩去法院帮助付掉两张罚款单，问她能不能帮帮忙。这两人在宾州一个小镇的车行买了一辆新车。回去没几天，发现车有严重瑕疵。他们回到车行希望解决问题，但车主并不想积极解决问题，想必也是欺负他们语言不通。几番交涉没有效果，车行要将这两人扫地出门。他们坚持不走，车行就叫了警察。在警察的要求下，无奈，他们只好先离开了车行。但问题没有解决，他们蹲在大马路上实在想不通，就又擅自回到车行。这次车行又叫了警察。警察请了附近中餐馆的中国伙计，来帮忙翻译给这两个福建人听。警察说，这两个福建人在不受车行允许的情况下再次进入车行，算是“私闯民宅”(trespass)，以此为由给他们一人开了一张罚单，并要他们签字放弃抗辩权利。两个福建人虽然糊里糊涂听不懂，但觉得签字事大，不敢不明不白地签。大概因此被警察视为不服罚款的抗辩，要到法庭去当面解决。

两人回到纽约不久，收到法院的出庭通知。他们拿着罚单和法院的出庭通知找人问，打听清楚了怎么回事后，就只想息事宁人，请人带他们去法院交钱了事。

她同意抽一天时间，带这两人去宾州的小镇。他们坐地铁出城，再搭巴士，巴士开了一两个钟头后把他们带到一个清冷僻静的小站，放下他们，绝尘而去。三个东方面孔的人，东张西望，格格不入的诧生样子，让一辆路过的警车停了下来。警察问清他们要去法院，招呼他们上车，带了他们一程到法院门口，祝他们好运，放下他们就走了。

进到法庭，里面坐满了人，靠墙还站着一些人。法官坐在庭前，面对左右各站一侧的当事人，宣布案子，由当事人跟他陈述案情。法官不时提出一些问题，原告被告跟法官一番来回之后，法官就做出判决。听上去都是鸡毛蒜皮的小案子，法官判起来干净利落，一点都不拖泥带水。

这是她第一次进到法庭，看到真正的法官断案子。

这真是很新鲜的事，原来案子真的是可以抗辩，有解释的余地的！她本来就觉得这两个福建人委屈，这下可以抗辩，争辩两句又何妨呢？

轮到他们的案子了，她不知哪来的勇气，站到法庭中间，径直称呼法官“Sir”(先生)，然后开始了陈述。那时她还不知道，法官大人应该被称为“Your honor”，当时也没有 unauthorized practice of law (无执照进行法律实践)的概念。

上海交通大学工业外贸系大学四年的英文教育，此时显得硕果累累。她讲的是 broken English(半生不熟的英语)，还带点以前中国大学里教的英国腔，不过道理是说清楚的，逻辑性也强。

“先生，我作为翻译替这两个被告陈述。他们在车行刚买的新车就坏了。他们去车行要求解决问题。车行是商业场所，他们当然有正当理由去。问题没有解决，但车行不欢迎他们了，要赶他们出去。车行由欢迎他们到不欢迎他们，这个立场变化的信息，需要清楚地传递给这两个人，他们才能作出正确的反应！”她一气说下来。

法官插了一句：“但我了解到，警察当时请了翻译现场跟他们解释。”

她说：“先生，您可能不知道，警察请的人可能是中国广东人，讲广东话的。这两个人是中国福建人，听不懂广东话。您知道中国有很多方言的？不是所有的中国人都可以顺利交流的。”

那时的中餐馆，广东菜居多。警察请的是不是广东人，她其实只是想当然，当时一急，话就这样说出了口。

法官“嗯哼”了一声，饶有兴趣，若有所思。

她又壮着胆子，接着说：“先生，这两个人有正当理由去车行。无意私闯民宅。他们没有听懂要他们离开的要求和理由。如果您在这种情况下惩罚他们，您其实不是在惩罚他们私闯民宅，而实质上是惩罚他们不会讲英语！不会讲英语不是犯罪呀！”(You are not punishing them for trespassing but really punishing them for their inability to speak English! Not being able to speak English is not a crime)

法官没有回话，法庭里只有呼吸和咳嗽的声音。

然后，法官说：“在美国都需要讲英语呀。”

她迅速答道：“但学语言需要时间呀！”

法官慢慢点点头，低头翻弄了几页文件，又抬头看了看两个紧张而茫然的福建人，说到：“听上去有道理。但他们得回去学好英语，不然迟早还会有麻烦。这样吧，罚款免掉，他们还是需要交开庭费的。”

直到走出法院，两个福建人才搞懂了刚才发生的一幕。感激的福建人从免交的罚款里一人给了她一小笔辛苦费。省的钱虽然不是天文数字，这个意外得来的正义，让他们三个卑微的异乡人都格外兴奋。三人像空腹喝了茅台，一路飘飘然，轻松地踢着路边的石子，原路折回，去找来时的汽车站。

∞ ∞ ∞ ∞ ∞

没几个月，介绍所业务越做越红火。当时，唐人街最热闹的马路边靠近世界书局的楼上，还有另一间职业介绍所。据说那家介绍所背后有黑帮，晚上是地下赌场。找工作的偷渡客两边介绍所都坐坐，传话说人家对他们抢生意不高兴了。她也不理会这些，每天只是埋头做事。

大半年后的一天，午饭时，她坐在办公桌前看《世界日报》。眼睛的余光，慢慢注意到对面沙发上挤着的几个年轻人，指点着她的方向，窃窃私语。她直觉气氛诡异，抬眼看了一眼这群人。此时，一个二十多岁的男人，手臂上裸露着大片深蓝色的文身，从沙发上站起来，吐掉叼在嘴里的一支烟，朝她走了过来。她一下子警觉，当这人靠近她一步之遥的时候，她直视这人，本能地将双臂挡在前胸及下颌。这人绕开她挡着的手臂，从侧面伸手，迅速在她脸上轻轻摸捏了一下，然后快步退回到沙发坐下，跷着二郎腿，面对面盯着她。

这突如其来的袭击，让她羞辱惊恐，脑子里轰的一声，脸涨得通红，一下僵住了。

原本嘈杂沸腾的屋子，一下静止下来，像老式收录机被按了暂停键，只有墙角的空调机继续发出嗡嗡的声音，有人点着烟头的手也停在了半空中。偷渡客们所有复杂的目光齐刷刷聚在她身上。小老板坐在邻近的桌后，慢慢地似笑非笑也不出声，只是盯着看她的反应。空气里玄机四伏，不安的沉闷。

她脑中一片空白，一动不动，足足僵坐了一分钟。然后站起来，慢慢走到这人跟前，举起手背，以全身气力，反掌在这人脸上扇了一耳光。

一道长长的手印，青白泛红，顿时留在这人脸上。

她退回到自己的座位，缓缓坐下，单手叉腰，身体前倾，狠狠地盯着这个人。

大家都没有料到她的举动。原本他们是打赌，看谁有胆量去冒犯介绍所的小姐。惊愕之余，这人回过神来，知道在同乡面前颜面扫地。他从破沙发上跳起来，横着脸，指着她从牙缝里高声叫骂。其他同伙就起哄打圆场，一边说“你赢了，你赢了”，一边推攘叫嚣着出了介绍所，喝酒去了。

这些家伙走后，她把小老板叫到里屋，压着眼里蒙着的泪不滴下来，通知后天辞职。之所以后天，是因为第二天约了要带一个偷渡的人去移民局面谈。那个人原本也是她在介绍所给找的工作，在新泽西州的一个镇上，好不容易从餐馆请了假能去移民局赴约，没有她去当翻译，那人去了也是白去。后来，她帮小老板培训了一个接替她的北京人赵小姐。赵小姐从外交学院毕业，英文好，看移民局的表格不费劲，一学就会。

后来听说，不久后，介绍所被世界书局的那家派人砸了。不知道赵小姐怎么样，小老板也跑了。再也没有听到过他的信息。

∞ ∞ ∞ ∞ ∞

第二年夏天，她已历经一番生死，等夏天完了，去佛罗里达州罗林斯学院读商学硕士。通过《世界日报》，找到一家新开的职业介绍所的工作。

这家介绍所开在费城唐人街的边缘，真是黑帮开的。白天介绍所做做生意是门面，据说晚上是地下赌场。虽然拿到在佛洛里达的罗林斯学院的几乎全奖和不少的助学金，她还是要挣点费用补贴，实在是冲着工资高出市价 200 美金去的。

黑老大其实是个五官挺拔，相貌堂堂的中年男子，皮肤黝黑，细看竟然有些羞涩。白天只偶尔来一下，他的手下倒是经常在介绍所歪来倒去坐一大片。跟他们熟了后，里面有个军师角色的半老头，喜欢跟她有一搭没一搭地聊天。这半老头五官英俊异常，衣着普通但头发铮亮一丝不乱，穿着宽松的白绸缎衬衣，气势优雅沉着，举手投足有点老式的考究。年轻时一定是个绝色美男子。让她想起香港电影里江湖上曾辉煌一时而后没落潦倒的人物。

既然熟了,半老头友好地跟她说:“这里工资比别处高,是因为别人都不敢来。老大说了,如果你可以经常笑一笑,工资还可以高。”

她就笑了笑,说:“我忙着看书,笑起来累,还是让老大省点。”半老头也笑笑,没有再多话。

她发现,与江湖上的人打交道,就是要格外客气,把他们都当绅士对待。他们对她就真像绅士一样。

她仍然努力地做事。没事做的时候,就看借来的美国商学院的会计书。

除了福建的偷渡客,介绍所里有各色人等来来往往。她认识了一个操着京腔的北京人,自称是高干子弟,经常开好远的车来介绍所,天南地北地侃,是个老油条,也一定是找不到人说话的主。有一个从桂林来文化交流的大厨,看着老实,总是趁人少的时候来,欲言又止的样子,像是担着重重心事。

有一天,趁没人,桂林大厨终于吞吞吐吐地说,他是公派来美的。名义上是文化交流,但被美国邀请方利用,没日没夜让他们在餐馆廉价打工。他们同来一行人的护照,也被邀请方扣押着,只有每月去银行存工资时,才发还给他们用一下。

他红着脸,轻声对她说:“想留下。”虽然轻,但说出来,倒像是把他自己吓了一跳。

她认真瞄了他一眼,淡淡地说:“你考虑清楚吧,其他都好安排。”

几天以后,桂林大厨下了决心,偷偷打好包,在护照被发还去银行存钱的时候,掉头就逃。北京的“高干子弟”把车停在就近等他。桂林大厨回宿舍取了包,趴在车后座藏身,躲过已经追回宿舍找他的同行。北京人把桂林大厨开到福建老刘在南费城的衣厂暂住。

第二天,有两个中年男子匆匆到介绍所问她,介绍所有没有来过一个姓周的桂林人。她认真地说:“介绍所里来来往往姓周的人很多啊!”那两个无辜的人待了一会儿,耷着脑袋讪讪地走了。隔了一天,《世界日报》上登了一则大大的寻人启事。

风头过去了,她去看桂林大厨。这个高高壮壮的汉子,呆坐在一间空屋的地上。他站起来迎她,惨白的脸上惊魂未定,悲喜交加。前路虽然未卜,他说:“我年初请人算命,说是今年我会遭遇贵人相助!”

几天以后,她为桂林大厨找到在新泽西商场餐馆抓马的工作。谈了一个好工钱,又求台湾老板亲自开车来接走了他。

一切天衣无缝。

她再没有见过桂林大厨。

几年以后,在佛罗里达奥兰多的一家中餐馆,约着吃饭的朋友汤姆无端没有出现,她独自吃完晚饭。要付款时,招待过来说,款已经被厨房的大厨付了。

惊讶之余,她想了想,叫招待谢了大厨。

太阳已经下山。她心里微笑着又静静坐了一会,才在落日余晖里,慢慢开车离开。

“上帝一定非常爱你!”

她从疼痛中苏醒,迷糊中,见戴着手术帽医生模样的中年男子,和几位护士模样的年轻女人,站在她的病床前。

正在她努力想搞清楚自己身在何处时,医生模样的人开口对她说话,似乎是在谈她的病情和手术情况。

以她大学四年外贸英语的基础,和当时惊弓之鸟的状态,大部分的医学词汇都在耳边一飘而过,但最后一句话听得很清楚:

“We do not know how you survived. God must love you very much!”(我们不知道你是怎么活下来的,上帝一定非常爱你)

话是听清楚了,但要多年以后,她才明白这句话的分量。

∞ ∞ ∞ ∞ ∞

她在医院里待了五天,跟一个患癌症的老太太同住一间病房。

因为没有健康保险,是看急诊才被收进医院的,她时时担心会被扫地出门。第一个晚上,她在噩梦中一遍一遍背诵自己的电话号码和社会安全号码,分分钟惊恐会被盘问,然后被赶出医院。第二天因为刚刚拔下尿管后功能不能恢复,她每隔一会需要央求护士来重新插上尿管。第三天到第五天，她的神经仍处于惊恐状态，时不时地一阵抽搐使得她不断地在床上翻覆，片刻不得安宁。

在清醒的寂静中，她记起来在进医院前，自己在费城市区百老汇大道不远的一个狭小外卖中餐馆接外卖电话。餐馆的形状很怪，里边极为狭窄，小小的递外卖的窗口装着防弹玻璃。餐馆开在黑人区一个破落街道的拐角处，天黑后街上基本没有人在外面行走。有几次来取外卖的年轻黑人女子居然怯怯地问她，是否可以到窗口里面来等外卖。她便默默打开门，匆匆让那女子进来。

几个月前考完GMAT后，她便在这家餐馆打工，每晚11点下班，等待成绩出来才好申请学校。那时她梦想申请宾夕法尼亚大学的沃顿商学院。

有一天早上，她在剧痛中惊醒，来路不明的痛很快汹涌席卷而来，铺天盖地将她裹死。那痛像毒蛇一样死死缠住她，缠紧她的胸口，卡住她的喉咙，让她大口大口地在窒息中挣扎。一阵阵的剧痛由远而近，临到跟前重重地一击，将她从床上弹起来。那邪恶的痛狰狞绞杀着，红了眼一步步将她逼向地狱，在惊惧中，她嘶喊："杀了我吧，请杀了我吧。"

天昏地暗中，大约一天一夜后，剧痛终于累了，落幕藏匿了起来。就像两场战役之间惊恐的沉寂，空气里仍然弥漫着的硝烟预示着那沉寂只是两场战役间片刻的和平。而腹下隐隐的疼痛仍提醒她自己怀揣着定时炸弹。没过多久，当疼痛再次慢慢揭幕的时候，她意识到自己已经生死攸关，终于不得不放下一切顾虑去附近医院急诊了。

那天她在急症室被观察了一整夜。医院是家教学医院，大医生带着一波一波的小医生来探视，她一遍一遍用夹生的英语描述她的痛。医生们同情地点着头,一波一波退出病房,却都似乎束手无策,没有了下文。

那一夜,她独自躺在病房里,思量着自己背负的定时炸弹,不能入睡。看见对面墙上贴着一张人体图,她强迫自己记忆那张图上每一个人体器官的英文单词。

那个湿漉漉的夜,无边无际,在那间无窗的小病房里,无望的疼痛中,她满了 24 岁。

之后,她又进出过急诊室一次,还去唐人街看过一个中国西医。是个冰冷的天,积雪皑皑已经显得有些肮脏,闪着刺眼的白光。她被扶着勉强爬上唐人街医生二楼的诊所,进门就虚弱地瘫倒在椅子上。她不祥的苍白和临近死亡的气息,让候诊室里其他的病人色变,一一退了出去。那时,唐人街的西医看不了大病,那个医生给她抽了血拿出去化验,随后打电话给她,急急地说:"你必须去美国大医院,你的血液指标不像是活着的人了!"

她再次去医院急诊,医院看了唐人街医生的化验报告后立即收她住院,但观察到深夜仍然作不出诊断,终于决定把她打开来看。那已经是她第一次剧痛后的第三周,于是便有了开篇手术之后的那句惊叹:"We do not know how you survived!"(我们不知道你是怎么活下来的)

手术后的病房,她和老太太基本都没有访客。大部分时间,病房沉寂得让人恐慌,她们在沉默中与各自的魔鬼苦苦卓绝地征战。

偶尔,老太太往外拨电话,接通以后,故作轻松地跟对方聊天,像是无意间提到自己得了癌症,手术后在医院;随即又说一切顺利,说自己住不了几天,要对方不用麻烦来探视;末了还安慰对方不用担心,只是要对方为自己祷告。老太太的声音厚重沙哑,像一个老头在讲话；有时老太太说着话，像费力举起一只铅球再失手落下，重重砸在地上，发出让人心惊的闷响；说着话，偶尔老太太会同样沙哑地轻笑一声，笑声弹到病房光秃秃的墙上，又生生地弹回来。

在虚弱中，她努力地听老太太在电话这头讲话，灰暗的声音带着生命没有褪去的热度，溅出点点星火。她像独自赶着夜路的人，拼命向那隐约闪烁的火光靠拢。

那年的冬天，天寒地冻，雪下了停，停了下，断断续续漫漫飘着，像不断落下遮住脸庞的乱发，像烧到绝境的人嘘嘘讲出的呓语。她的床位靠着病房的一扇大窗。深夜，她盯着窗外，看大片大片的雪花，前赴后继，从窗前簌簌落下。飘过窗外的一束光时，被闪闪照亮一瞬间，再落入凛冽的黑暗里。如千军万马，被无声的号角驱使，在沉默中虔诚地奔赴使命，奔向必死的沙场。天地被大雪厚厚覆盖，白茫茫的抹去了棱角。那夜，竟是如此温柔。

而疼痛是有记忆的。

之后好多年，秋天一到，看着叶子变黄，刚一闻到焚烧落叶的气味，她就觉得冷，冷气从骨头浸到指间。忧伤像烧叶子的烟火，从不知名的地方冒出，在心里弥漫开来，载着不可估量的沉重，让人坠下，再坠下。要在佛罗里达的太阳下晒好几年，那刻骨铭心的冷气才会慢慢褪去。

∞ ∞ ∞ ∞ ∞

出院那天是个艳阳天。她的心也前所未有的轻快。噩梦已醒，太阳高照，前途不可限量。

然而，光天化日下，她却不知道，那天才是真正噩梦的开始。

出院了,她却再不能睡觉,整夜整夜地失眠。起初只是感觉虚弱,当虚弱到心脏的跳动都感觉吃力的时候,她开始恐惧。各种莫名其妙的念头不分昼夜地吞噬她,让她既肉体彻底虚弱,却焦灼到片刻不得安宁。她躺在床上,感觉天花板会塌下,走在路上,觉得随时会有车撞上来。在疯狂中,她担心近处的和远方的所有人的所有痛楚,似乎世间所有的苦难都直接在她身上烙下了新鲜的印记,让她不得不感同身受,痛入骨髓,随时无端地流泪。大部分时候,她只能虚弱地坐着,坐了几分钟就累,再躺下,躺了两分钟也累就再爬起来,起来再躺下,这样整日整夜地反反复复。深夜,仍被脑子里汹涌的念头淹没到窒息,她勉强开灯,挣扎起来坐在床头,抓起一支笔,用尽全身的力气和所有的意志提起精神,集中涣散的视线,企图在纸上留下那些念头的痕迹,企图用稻草阻挡来势汹汹的疯狂。写了两行,再没有了力气。她绝望地放下笔,关灯,呆坐在黑暗里,躺下,起来,再躺下,再起来……

她的目光呆滞空旷,流离失所于恍惚中,完全没有了行为能力。

然而,她的肉体一日一日在恢复中,表面风平浪静,看不出端倪。而内心,在肉体坐起躺下的煎熬中,却被无可救药地一寸寸推往不毛之地,烟火之外的无底深渊。灵魂火烧火燎在地狱行走,那种无以名状的刻骨痛苦,无法言说。那时的渴望便是脱离肉体,脱离"我",脱离存在。

于是,死亡变成极具吸引力的解脱,是地狱里投下的一束天堂之光,令人神往。

她开始考虑如何结束一切:割手腕、跳楼、开煤气,还是找到一把枪速战速决,一了百了……

唯一留住她的,让她犹豫反顾的,是她父母的面容——在黑暗里，她心里柔软的一处，在地球的另一端，那两张深情慈爱的面容，透过书信里的字字殷切而注视着她的温柔目光——在痛不欲生之时，她仍深深地期待能再见一次的面容。她在心里牢牢地盯着那两张脸，不让自己眩晕，一步踏空，跌往深渊。

那时，她经常跟两对比她稍稍年长的留学生夫妇在一起。一对是刚从法国过来做博士后的四川富顺人，一对是北京人。虽然没人能明白，在形容枯槁呆滞平静的外表下，她内心所经历被活活吞噬的煎熬，这两对善良的人，所到之处，凡是能带着她的地方，都让她跟着，像拖在他们身后无声无息的影子。他们容忍她呆呆地坐着，无法度量她独自在阴影里的挣扎，只是轻柔待她，煮好饭就叫她来坐下一起吃。她空洞的眼神望向他们，在某个光照清醒的一瞬，瞥见和他们咫尺之间，隔着不可逾越的深渊——他们在阳光下，而她在无法穿透的黑暗里。这两对善良的人，是她的生命线，她的救命稻草。她本能地死死抓住他们伸出的援手。

有一天，一位朋友从国内来探亲的妈妈给她打电话。这位温和的老太太，她在朋友家里曾见过几面。那时她天天跟那位朋友的父亲打电话，那位朋友的父亲在国内做中医，年轻时曾经长期失眠。她每天像吃药一样，请老先生跟她讲一遍他年轻时战胜病魔的故事，同样的故事，老先生每天耐心地跟她重复讲一遍，可以安抚她几分钟。老太太打电话来，没有任何前奏，就说："我听说了你的情况，我想我了解你的感受。我在日本探望我大女儿的时候也经历过。我从来没敢跟任何人提起……我失去了所有的快乐感觉……我也没法跟任何人描述那种痛苦……我觉得自己疯了……但我还是慢慢地熬过来了……"

像有人从地面深深地钻下一个孔，给地下放出一丝亮光。她在惊讶中轻轻出了一口气。

老太太又说：“我第一次见到你时，不知道为什么，就觉得你是一个不一般的人，将来会有出息的。”

她没有力气和勇气去分辨这句话的真假。那一刻，老太太的一番话，像一盏灯，照亮她奄奄蜷缩之处黑暗的一角。

她仍然不能睡觉，但在精神的剧痛中，她微微将脸朝向光源，费力慢慢将身体挪向那光照的地方，背对着死亡的召唤……

有一天，她终于在晚上睡了近五个小时。醒来后，欣喜若狂，第一次真实感到自己可以活下去。随后的一天，又是整夜无眠；再过一天，睡了五个小时……就这样每隔一天可以睡一夜，一次比一次时间长一点点。

死亡的阴影，如夕阳慢慢落山，落入彼岸，从她身边挪开。

那时，她并不知道那个死亡的阴影，来自忧郁症。在那个时代，一般人还没有“忧郁症”的概念。后来她读到一本忧郁症幸存者的回忆录，书的开篇就说明：忧郁症并非一时感觉情绪低落，也不是一般意义上的意志软弱，而可能是生理、心理以及神经几方面的综合性失调，是一种治疗极为艰巨复杂的疾病……作为例证，书里讲到一个从纳粹集中营里幸存下来的极有成就的犹太人，老年患了忧郁症，最终自杀。作者以此为例，说明连熬过集中营这样人间地狱的硬汉也没能逃过忧郁症之劫，来说明忧郁症症的复杂性。记得书里对忧郁症有一段难忘的描述：忧郁的人像是被关在了一间铁箱子里；箱子狭小，小到不够这人舒服地躺着，坐着或站着；箱子完全密闭，没有一丝光线，全然黑暗；箱子被火慢慢烧烤着，温度越来越高，让里面的人越发坐立不安；里面的这个人不能睡眠，也就是不可能有一秒钟的逃离；而且，这个人清楚地知道，她/他永远也不可能从这个被炙烤着的黑箱子里出去……如此，死亡便是唯一的天堂。

读那本书，是唯一感觉她的那段经历被人理解的一次。

在走两步退一步的螺旋形迂回上升中，她找到一份工作，给一位退休的犹太教授当管家。这个老头常年失眠，所以他们同病相怜。她给老头做蛋炒饭，打扫清洁，陪老头购物。老头小时候在苏联长大，有一次他们一起唱《莫斯科郊外的晚上》，她用中文，老头用俄语。

每次去，老头都不让她按时走。给她发的一小时四美金的工资总是用硬币零钱。她直觉钱肯定没有付够，但却从不当面点钱。回去发现钱少了，也不说明。不能睡觉的人可怜，她可怜这个老头。

后来她又找到一份工作，给一个纽约人寿的保险中介当秘书。一周 20 个小时，但老板要求她每天工作四个小时，五天都上班。工作地点在郊外，她每天走路，乘地铁，再加上公共汽车来回要耗在路上四个小时。虽然死亡不再步步紧逼，要从忧郁里逃离却是一个艰辛的过程，路上插满刀刃，出逃的人带着沉重的脚镣，步步走在刀刃上。冬天的清晨，她从床上爬起来，举步维艰。站在洗手间的镜子前，黑着眼圈，对着自己苍白的脸，狠狠地想："快点，快点清醒，就算咬牙提着头发，也得拽起来出门。"

她把自己拽起来，拽出家门，在清晨的微亮中，一步步轻轻走进寒冷里，去搭地铁。

∞ ∞ ∞ ∞ ∞

后来她辞了保险中介秘书的工作，几番周折以后，回到费城唐人街的职业介绍所给人介绍工作，那是她工作的第二家职业介绍所。那家介绍所白天介绍工作,听说晚上是地下赌场。但她只管用心介绍工作。

她还住在靠46街的Chestnut街上。隔壁住着几个大陆来的中国人,其中有画画的陕西人老王和在中餐馆送外卖的上海人小王。大家白天晚上都打工,也不经常照面。

有一天,画画的老王告诉她,留学生里出大事了,枪战,受伤的人住在宾夕法尼亚大学的医院里,叫她有空去看看能不能帮上点忙。

再一打听原来是她认识的人,天津来的小李和女朋友小肖。小李曾经到介绍所托她为小肖找工作。

她赶紧蒸了饭,炒了青菜和葱姜大虾装在饭盒里赶去医院。

在医院,她第一次见到小肖本人,长发凌乱,面色憔悴,一只手臂打了石膏挂在胸前,浮肿的脸上挂着难以置信的惊恐和半梦半醒的茫然。含着泪,小肖跟她讲事情的经过。

小肖是陪读来的美国,来了后跟读博士学位的先生不和,最后净身离家自谋生路。小肖在餐馆打工时遇到了同乡小李,两人就好了。之后,小肖多次跟先生提出要回去取自己的衣物,彻底离婚,小肖的先生不予理会。

僵持中相安无事了一阵,有一天,小肖的先生主动打电话叫小肖回家去取东西,小李不放心要同去。

小李和小肖打工餐馆的老板叫小张。小张在留学生圈子里是名人。听来的只言片语都说小张精明活络,手腕厉害,从不吃亏。据说小张是北大法律系毕业的,来美国跟妻子离婚后,小张拼命攒钱,起初开了一家小外卖餐馆,在黑人区,小张自己带着枪开车送外卖。后来小张攒足钱,卖掉外卖店开了家堂吃店,小李和小肖就在小张的堂吃店当招待。

从不吃亏的小张,不知为何,自告奋勇要陪小李和小肖去见小肖的先生。临走时,小张带了枪。

一行三人进了小肖原来的家,小肖打完招呼就去收拾自己的衣物。小肖的先生悄悄去把大门从里面锁上了,他再回头面对小肖一行三人时,神情怪异,没有多话,拔出枪就先冲着小李开枪。小李连中几枪,倒地,有一枪打在脸上,顷时满脸稀里哗啦,鲜血如注。小张见状拔枪回击,打中小肖的先生,小肖的先生倒地前,也打中了小张。小肖惊叫着往门口逃,小肖的先生带伤向小肖开枪,在小肖开锁时,击中小肖的手臂,小肖鲜血淋漓倒在门边。邻居听到枪声和小肖的惊叫,报了警。

小张和小肖的先生当场死亡,小李重伤,命悬一线。

在医院里,小肖被告知,怀孕了。

小肖带她去看小李。小李独自躺在一间病房里,头和脸全部裹着纱布,头显得巨大,只有嘴和鼻孔露在外面,发出重重的呼吸声。病房出奇的安静,外面车水马龙,日月照样旋转。

小肖呆立在小李的床前,一只手扶着腰,一只手轻轻放在腹部,面无表情。在小肖的世界里,昨天到今天,已是陌陌两重天,隔着遥遥万里,不可逆转。

小肖拒绝吃饭。护士叫她劝劝小肖,说:“她自己不吃我们也管不了,但她肚子里有了孩子,吃不吃不是一个人的事,不吃就很不负责任了。你劝劝她吧!”

她默默无语,想了想凑到小肖跟前,弓下腰,抬着脑袋很近地仰视小肖的眼睛,扶着小肖的肩头,轻轻对小肖说:“大难逃生,来日方长,你现在不能不管不顾啊……”

小肖像一个冻僵的人，慢慢活了过来，在她跟前大哭一场后，回过神来。为了还出着气的小李，为了肚子里小李的孩子，小肖一口一口吃了她带来的饭菜。她陪着小肖坐了很久，走的时候约定会再回医院去看他们。

但是，她没有再回医院去看小肖和小李。

几天以后，她离开了费城。走之前，时时记得和小肖的约定，也还有时间再去看他们，但她却没有去，也没有去打听小李有没有活下来……她只是一路的向前，不回头。

或许，不敢回头。

只是，多年以来，她会在某些突如其来的时刻，也许正走在路上，或者坐在车里，或许是发呆的某一刻，洗碗时水流在手上眼望窗外的一瞬间，或是看到一只鸟飞过，一片叶子飘落，或者某个平凡的夜晚，脑子里突突升起一个念头，排山倒海：“小李和小肖，他们还好吗？他们的孩子，还好吗？”

∞ ∞ ∞ ∞ ∞

她和隔壁送外卖的上海小王偶然成了朋友。小王中等身材，眉眼分明，有一些黝黑，微微带点痞子气。在上海时，是给首长开车的。20 世纪 80 年代，司机还是一个吃香的职业。小王会搞关系，在社会上很吃得开。小王教育程度不高，首长的女儿是大学毕业，小王本事大娶了首长的女儿。

后来小王太太自费来了美国，说好站稳脚跟以后把小王也办出来。小王在国内左等右盼，太太如约终于帮他办了出国经济担保，他拿到了签证出国陪读。在众人羡慕的目光里，小王风风光光地跟朋友家人辞了行,兴冲冲地来了美国。

下了飞机,妻子来接。小王行李还没有拿好,妻子就说:“有些事需要跟你说明。”看着小王一脸期待地听,小王太太说:“不瞒你说,我已经另外有人了,现在就住在一起。”

没等小王回过神来,妻子接着说:“不管怎样,我也把你办出来了,也算对得起你。你刚来没有地方去,可以暂时跟我们同住。你可以住在客厅里……你自己看着办吧。”

小王终于回过神来。

想着分离时漫长的等待,一路的辛苦,临行时跟上海亲友们留下的衣锦还乡的豪言壮语。

回,是没脸回去了。哭,也哭不出来。

没有其他的人可以投奔,语言又不通,小王噙着眼泪,跟着妻子回了“家”。

小王住客厅,妻子和她情人住卧房。

跟她提起这段往事的时候,她坐在小王的车上,小王正开车去离费城一个多小时的大西洋城赌场。那时离小王和太太在机场的对话已经好几年,小王先在餐馆作洗碗工,攒了钱后重操旧业,买了一辆白色的旧车为餐馆送外卖。

他也早已搬出了妻子家的客厅。

他们去大西洋城,是因为小王现在没事就往那里跑。几个月以前,小王在那里的赌场手气好,赢了一小笔钱。小王细细研究,认定赢钱是有规律可循的。又有几次赢钱上手后,小王觉得前途无量,自己好像不再是籍籍无名的餐馆工,出人头地就在眼前,也可以在前妻跟前出口恶气。

小王决定把赌博当事业做了,一有空就来来回回穿行在费城餐馆和大西洋城赌场之间。小王跟自己正打工的餐馆老板约定,等到他赢到三万美金,老板就与他一起投资开间外卖中餐馆。

赌场管吃管喝,小王有时也拉一个好奇的闲人作陪,比如她,分享赢钱的刺激和对未来的憧憬。她谈不上好奇,但正从病中缓慢地恢复。小王赌,她跟着去散心和吃丰盛的免费自助餐。

有次去大西洋城的高速路上,一辆大货车跟小王的白色小轿车并行了很久。那货车很长,车厢被车轮撑得很高,在小轿车跟前俨然一个庞然大物,感觉随时可以没有遮拦地碾压过来。有一段路,货车开得很近很近,似乎一不注意小轿车就会飘到那货车的车体下。

小王踩着油门,握着方向盘,全神贯注地跟那货车近距离并行。拼了好一会,才松了油门,眼睛直直盯着前方。

然后,小王就跟她讲了他和太太的故事。

像是讲别人的故事。

他们沉默着,听着车流在高速路上驰行和着窗外的风呼呼刮过时,混沌单调的声音。

又有大货车车队开近,小王的白色小轿车混迹在前后左右的货车中。小王自言自语地说:“有一段时间,我去大西洋城。下雪,路上打滑,车有些飘。有时,人也恍恍惚惚的,真的就想一下子飘到卡车下去啊。”

她只是呆呆盯着窗前,右手紧紧地拽着车窗上部的把手。

跟着小王去了几次大西洋城后,她不再去了,搬了家,与小王没有了联系。后来,听人说小王赚到了三万块钱,准备跟他的老板合资开外卖店了。

又过了一阵,她快要去佛罗里达的冬日公园念书了。

一天傍晚，接到小王的电话，想跟她借 40 美金付水电费。一问，才知道小王亏惨了。他不满足赚到三万美金合资开外卖店，想再接再厉赚到十万美金后，与老板合资开堂吃店，最好还能拿到酒牌，那才风光呢！但小王的手气到头了，一路稀里哗啦输下来，输红了眼，不吃不睡想翻身，就是停不下来，直到最后片甲不留。

她叫小王开车过来，给他开了一张 100 美金的支票，嘱咐他保重。

几年过去了，在冬日公园的一个雨夜，她被电话铃声惊醒。接起电话那刻，很响一声雷鸣，让她战栗了一下。

电话那头的声音，很遥远，说是小王，只是问候她，说了些别来无恙的话，费城的人和事。她听着窗外的暴雨声，半梦半醒中接着电话，能讲的话不多，不时有好长一阵的沉默，有些微微的尴尬，然后他们说再见，说保持联系。

挂了。

∞ ∞ ∞ ∞ ∞

那时她遇到了一个重庆女孩，叫白云飞，比她大几岁。云飞是北京大学的，与先生几年前来美国。好不容易打工读完书，找到了工作，云飞却得了胃癌，而且发现时已是晚期。美好的生活没有开始就被打碎，现实残酷。云飞的先生，离开了云飞。

云飞修长清秀，皮肤白皙，说话慢条斯理，总是带着浅浅的笑。云飞的家里摆着一张自己弹钢琴的照片，目光深深地温柔笑着。她看到时，眼光久久不愿移开。

云飞像在寒风里发着奇异淡香，枝叶疏离的一支腊梅。

有一次她们一起去唐人街,胃已经切除的云飞,小口小口,努力试着吃一个小笼包。

又有一次,云飞开车带她和朋友张平去华盛顿附近,听当时在费城留学生里流行的气功讲座。

冬日的高速路,满眼掠过车窗的是光秃秃的树丛,枯黄的田野,和黝黑寂寞的房屋。云飞的车里放着一盘磁带,那是她第一次听到翁倩玉的《祈祷》:

"让我们敲希望的钟啊,多少期待在心中。让我们看不到失败,让成功永远在。让地球停止了转动啊,四季少了夏秋冬。让宇宙关不了天窗啊,让太阳不西冲。

让欢喜代替了哀愁啊,微笑不会再害羞。让时光懂得去倒流啊,让青春不开溜。让贫穷开始去逃亡啊,快乐健康留四方。让世间找不到黑暗,幸福像花儿开放……"

车在高速上疾行,他们一遍一遍地听着《祈祷》,微笑着一起跟着唱,看远方的冬日落阳,慢慢消失在地平线上。那个灰暗干冷的日子,云飞的车里,花开绽放。

后来,她去了佛罗里达。

勇敢善良的云飞,独自在家中过世。她听朋友永红说,云飞的护士早上来探望,发现云飞在前一晚,平静地离开了。

在佛罗里达的明媚阳光下,她心里响起《祈祷》,在那遥远的歌声里,她纪念云飞,纪念他们在异乡,那个暗淡冬日的高速路上,春暖花开的时光。愿美丽的姑娘云飞,在天堂里,幸福得像花儿开放。

冬日公园

冬日公园(Winter Park)是座热带小城,坐落于美国东南部佛罗里达州的中部,在奥兰多市(Orlando)的北面,离迪士尼乐园和环球影城(Universal Studios)不到一小时的车程。

冬日公园曾是东岸富人冬天南下度假的地方。如今仍是一座富裕的小城,大小豪宅遍布于各个僻静的小街,半隐在低垂的老橡树间;在大门口优雅的石柱后,长长私家车道的尽头;在开满热带鲜花的巨大草坪间,静立于星罗棋布的湖畔。

头年冬天在费城时,接到寄自冬日公园的罗林斯学院 Crummer 商学院的一封信。信中说她的 GMAT 成绩对于取得本院提供的"merit-based"(不考虑财务能力,以成绩和职业能力为主要考虑标准)奖学金,"极具竞争力"。她从没有听说过罗林斯学院,佛罗里达似乎也远在天边。一打听,发现这所学院离新近从费城搬去奥兰多的好友 Joey 的工作地方不远。听 Joey 说罗林斯学院在当地口碑甚佳,是所谓的"贵族"学校。她致电学院,通话的副院长 Stephen Gauthier 先生爽快地免除了十美元的申请费,安排了电话面试。很快,学院正式通知给她颁发近全额的奖学金和助学金。

八月碧蓝的一天,飞机滑行后从费城机场腾空而起。她的脸紧贴着窗，俯视那座泛着暗色蓝光的庞然大城，漠然笼罩在灼热的光辉里，静立于 Schuylkill River 的蜿蜒曲线间。她凝视窗外，想那城市里无光的角落，暗淡的日子，和她遭遇的人们的悲欢……费城，逐渐模糊在视线里。

终于离开了。

她收回目光，摊开那城市压印在心里，无从褪去的暗影，像摊开一条昂贵的灰色丝缎。那些难以言说的人事，像黯淡的壁画，永远地绣印在光滑的缎面上——她细看，抚摸，轻轻叠起，深深地放好。

眼光再投向窗外。近处，漫漫直到天边，都是无瑕的云朵。

而，“冬日公园”，是多么令人向往的字眼。

∞ ∞ ∞ ∞ ∞

她在一个老太太家里租到一间客房。那年老太太薇拉 76 岁，丧夫多年，日子越来越不宽裕，就把三间客房出租了一间。她是薇拉太太的第一个房客。

冬日公园的 353 Elkhorn Ct.，就是薇拉太太那幢一层楼的平房，在一片老居民区，僻静，街道两边罩着厚厚的树荫。薇拉太太房子的前院有一棵老橡树。巨大的树干在离地半人高的地方开杈，分成粗大的树枝，像手臂一样横向伸展再上行，分出细枝和更细的枝丫。树上挤满深绿色的叶子，长长地垂吊着西班牙青苔，青里泛白，像挂着的胡须，风起时随风缓缓摆荡，那树像个捋着胡须的千年智者。清晨和傍晚，三两只松鼠在树干上追逐，如行平坦大道，上蹿下跳，让这老树更显静默。薇拉太太的房子，就歇息在这棵橡树的树影下，随着这树，一呼一吸。

她的窗，正对着那棵老橡树。

她匆匆买了辆二手自行车，迫不及待骑去四英里以外的罗林斯学院。一路上只有她在骑自行车，人行道很窄，马路上的汽车擦身驰过，车尾呼呼掀起的风，像要把她连人带车卷到马路上。正午的天，乌云聚集，从天边低低地压拢过来，闷热得让人呼吸困难，到学校时，她全身已经湿透了。

罗林斯学院在冬日公园的城中心，Park Ave.（公园大道）的尽头。校园里全是白墙红瓦的西班牙式建筑，砖瓦迂回重叠，线条圆润古朴。校园里散落的小楼多有褐色的木头小门洞，玲珑的阳台和狭窄的窗户，一切都亲切可人，原本带着童话故事的天真和淡淡的喜气。暑期间的校园，草木兀自郁郁葱葱，花朵默然开着，在此起彼伏的蝉声中，有几分落寞。

她将自行车倒在路边。在无人的校园里，独自急急奔走着。天色变暗，风大了起来。她被莫名地驱使着，在风中一路向前，经过玫瑰园，Knowles 大教堂，穿过校长楼前的大草坪，经过 Olin 图书馆，游泳池，沿一条小径走下缓缓的小坡，一直走到校园的尽头。

不远处，赫然呈现在眼前的，是漫向天际的湖水，闪着烁烁无语的暗光；近处，浅褐色的芦苇和修长的绿草摇摆在风中的湖岸，动荡不安；一排深绿黝黑的古老橡树，静立于岸边，凝视湖面，细听远方的低语；风掀起橡树枝上垂吊着的西班牙青苔，缓缓飘起于半空，在漫天的动感中，默然定格。

忧伤而华丽。

她慢慢停下，站住，眼眶瞬间湿润，双手轻轻捂住嘴，寸步不能再动。

大雨倾盆而下。那水流，像江，像河，从她身上冲下，浸透，浸入骨髓。浸透灵魂。天地间，她兀自立在雨中，透过雨水和泪光，凝视黯淡天际。

心，像被洗过，像雨后无风的湖面，深不见底的平静，没有一丝涟漪。

费城，那么遥远——过去的，就真的过去了。

∞　∞　∞　∞　∞

开学了。

商学院给每个学生发了一台小巧的 IBM 手提电脑，在当时，是有些前卫的阔气。那年招了不到 60 名新生，1/3 为国际学生。商学院讲究团队协作，班上同学被分成十个小组，有些课业要求小组共同完成，集体打分。她所在的小组里还有美国人史戴芬妮、布莱恩、卡迈克、菲利普，和肯尼亚的依轮古。她那时对白种人的脸总看不大出细微的区别，老分辨不清个头身材相当，头发眼睛颜色相像

经济学教授拍的小组同学合影(1994 年)

的布莱恩和卡迈克谁是谁，让组里的同学觉得愚蠢而不可思议。

因为英文不够好，对美国的商业运作知识也是基本空白，她最怕的课就是市场学，全是软概念。在小组为市场学写方案报告进行"头脑风暴"想点子的时候，她只能尴尬地坐在一边，没有一点实质的贡献。幸好还有金融课，这门课有许多硬道理，需要数学基础好。小组金融作业里常常需要用当时流行的 Lotus 1－2－3 电子表格，用数学公式建造金融模块。她是工科出身，话虽说不清楚，数算得清楚，虽然看不太懂《华尔街日报》，股票债券也是似懂非懂，却可以轻易把金融公式给正推反推一遍。她就自告奋勇独自承包金融模块的设计建造，周末也不吃不睡地在手提电脑上反复推算，力图为小组争光。好歹也作了一些贡献，没让组里人给全盘看扁了。由此，她决定扬长避短，多选些会计金融类的技术性课程。

不过，口语不过关，吃亏吃力的地方仍是无处不在。商学院强调表达能力，对上课参与发言的频率和质量都要打分。她口语烂，说话要在脑子里先用中文过一遍，条理结构组织好，再翻译成英文，才敢举手发言。常常好不容易翻完了，别人早就抢先举了手。特别可气的是，班上有同学听说她的 GMAT 高分，几乎拿了全额的奖学金和可观的助学金，居然问她是不是用中文版考的 GMAT！她红着脸，叹口气，嘴笨自然就显得人笨——口语之差，由此可见一斑。

她开始疯狂地练口语，没有捷径，主要就是反复地朗读，也录下自己的英文朗读来听。亏得有薇拉太太，她常常朗读《圣经》给薇拉听，让薇拉纠正她的发音。在南山中学时的英文老师袁成昆和在上海交大的杨素英教授都曾逼着大家背英文课文，"语感是要练出来的！"——读都读不清楚，怎么说得清楚呢？

孜孜不倦了一段时间，不觉到了一个分水岭，一个历史性的时刻——

有一天晚上她做梦，梦见电话铃声响起，她匆匆拿起话筒，不假思索地就说："Hello? Hello?"然后就醒了，想想再也睡不着，她从床上坐起来，在黑暗里兴奋得快要笑出声来——"哈哈，说的是'hello''hello'，不是'喂''喂'哟！"

"老天，我居然在梦里说英文啦！太伟大啦！"

过了商学院最初几个月手足无措的狼狈后，一切在忙碌中慢慢进入正轨。她对资本社会缺乏系统的认识，还缺少美国社会生活的一些常识，商学院于她，少了些高级商业管理教育的实践意义，倒像她在美国的orientation(基本方向性培训课)。她像块海绵，好奇地东吸吸，西擦擦，搜罗吸收所有的知识景象。

有一天，她在楼梯过道上看到一则广告，邀请学生里的LGBT人士开会。她怕漏了重要活动，去问同学莫妮卡什么是LGBT。莫妮卡郑重告知，就是gay，lesbian，bi-sexual and transgender(同性恋、女同性恋、双性恋和变性人士)。那是她有生以来第一次听说这个词和得知这个团体的存在，基于中国人传统的标准，就很诧异这个组织可以在光天化日之下招摇过市。随后，听说班上加拿大来的同学盖茨是同性恋，再听说菲律宾来的卡洛斯是双性恋……就感觉天下大乱，有些惊慌。她跟卡洛斯私交不错，就跑到卡洛斯跟前，玩笑着提起那个双性恋的"谣言"。卡洛斯平静地说，不是谣言，他就是双性恋，他在菲律宾有个女朋友，将来他还是会跟女人成家，因为他想做父亲养孩子。她慢慢点着头，若有所思，像听了天方夜谭，对卡洛斯刮目相看——但不知道该正面看，还是反面看。

∞ ∞ ∞ ∞ ∞

她的年级里有三个中国人，除了她，还有复旦大学文学系毕业的上海人小张和清华大学计算机系毕业的北京人小李。小张已经在美国中部的一所大学取得了文学硕士。小李直接从国内来，以前在北京的IBM做销售经理，本来已经被世界闻名的宾夕法尼亚大学沃顿商学院录取，但无力支付沃顿的学费，退而求其次，拿了罗林斯学院Crummer商学院的全奖先来美国学习，再作以后打算。

二年级也有三个中国人，复旦大学生物系本科且已经在阿拉巴马拿了生物硕士的Kedi，厦门大学的小郑，和中国人民大学的小钱。大家都忙忙碌碌的，几乎没有一起活动过，只是偶尔在学校的走廊碰碰面。但是有一回，临时听说附近有家专放小众艺术和外国电影的Enzian剧院，正在放国内禁播的影片《活着》，由余华的小说改编，获得了多项国际大奖。大家第一次碰到中国电影在奥兰多公映，很兴奋，破天荒地都马上放下课业，拼车一起去看《活着》。那真是一部动人的电影，大家在黑暗里随着剧情哭了又笑，笑了又哭，多少年都让人难忘。那天，大家都是红着眼睛走出电影院的。

小张和小李合住公寓，小张有辆车，每天开车带小李上下课，也顺路从Aloma路上拐进Ranger，再到Elkhorn路把她载上一起上学。有时，她的小组里住在附近的布莱恩，也开着吉普顺路带她上下学。亏得可以搭便车，不然，背着电脑和厚厚的教科书，在佛罗里达的高温里狭窄的人行道上骑车上下课，不会是件愉快的事。

小李和她大学同级，因为在IBM的销售部干过，比她见多识广，学习也比她轻松许多，散发着热气腾腾的精力。小李野心勃勃，没有去成沃顿商学院,似乎是他永远的心痛。小李整天泡在机房里,钻研这个课题,那个课题,盘算着下一步如何发展,永远地忙碌着,好像可以让那心痛减轻一些。毕业后小李离开冬日公园,去科罗拉多攻读计算机硕士。她和小李在 Aloma 路上的 Eckerd 店外的椅子上坐着聊了一会儿,轻轻拥抱道别,大家认真说好保持联系,却再没有联系。四年后的夏天,她在华盛顿的律所实习时抽空到费城看朋友,在唐人街一家中餐馆的门口,遇到小李。那时小李在费城附近 Valley Forge 的一家电脑公司工作。他们兴奋不已,握手拥抱。大家再次互留联系方式,认真说要保持联系,此后还是再也没有联系过。

小张比她和小李都大几岁,留着小平头,五官端正温和,言语不多。小张课余时间在一家比萨店开车送外卖,除了经常载她和小李上学,跟其他同学很少往来。到了第二学期,小张就总是显得很阴郁,开始抱怨原来在中部的大学读文学硕士时的导师一直迫害监视他,说他到了商学院后,那个导师还没有放过他,还在继续监控他。她没太听懂小张怨言的来龙去脉,听懂的部分也觉得逻辑牵强,匪夷所思,就只是淡淡安慰小张几句,并没有更多地放在心上。后来,商学院里的美国同学中也开始议论小张,说他怪异。又听说小张还声称有联邦调查局的特工在监视他,据说还把这事反映给了商学院的领导。但这些都是捕风捉影的事,无从证实。

小张仍来上学,不说话,一下课就去打工。后来连小李也说小张奇怪,因为小张硬说他们居住的小区里,有人住在对面监视他。听小李说,小张很晚不睡,看哪家的灯也还亮着,就说是在监视他;小张发现公寓附近停了陌生的车,或熟悉的车换了停车位置,也觉得可疑;有次回到家,小张坚持认为家里有人潜入来搜索过了,还说他的电脑也被人搜过了……小李摇摇头,无可奈何的样子。

本来就瘦高的小张,像只惊弓之鸟,在一刻不宁的恐慌中,愈发的干瘦。到了第二学年,学期中间,小张就没来上学了。没有跟大家道别,小李和她,再没有见过小张。同学里有人说,订比萨外卖时,曾经碰到小张来送过一回。

清晰记得瘦瘦高高的小张,带着上海口音的普通话,小平头,背微微有点弓,棱角端正的脸,温和厚道的笑……

多年后看了部名为 Beautiful Mind 的电影,讲患有偏执型精神分裂症的诺贝尔经济学奖得主 John Nash 的故事。蓦然间,又想起小张,惊觉自己多年前的无动于衷,就像曾经漠然目睹了一个负重的人溺水,看他慢慢向下沉落,看水淹过他的脸,没过他的头顶;看他伸出的手臂,最后在水面无声地摆动,直到指尖也没入水中;看水中的漩涡合上,像漂着一张空白的纸,水面再没有一丝那人的痕迹。

很内疚。

∞ ∞ ∞ ∞ ∞

第一学年的暑期,她在课程选择上扬长避短的策略有了结果,在环球影城(Universal Studios)的金融部找到了一份实习工作,任务是协助计算环球影城每天的零售销售收入。虽然是份枯燥无脑的工作,只能挣到最低工资,每天还要单程开车四十几分钟去奥兰多以南 Kissimmee 的环球影城上班,还是兴奋不已。

接下来的问题只有两个:她没有车,也不会开车。

先学开车。吃百家饭,高年级的 Kedi,老朋友 Joey,本班的韩国好友金裕正和秘鲁的克劳蒂娅都教过她,考了三次,被考官训了两回，总算考出驾照。然后买车。在17/92大道上一家台湾同胞开的旧车行，看中了一辆1983年的银灰色丰田Celica。台湾同胞心软，她从2 500美金的喊价，硬生生磨到1 950美金成交，还包了三个月保险费。

离家去环球影城实习(1995年)

她从没上过高速路，还是马不停蹄地硬着头皮，冲上了去Kissimmee的I-4高速，去环球影城的园区上班。每天在艳阳暴晒的trailer(拖车)办公室里，菲律宾老板Roy先生的眼皮底下，做足八个小时，一刻不停地计算环球影城公园里每天的进账。热带的佛罗里达，每天下午四五点钟，滂沱大雨说下就下。她下班后还要急急赶回商学院的机房打夜工，不能迟到，每每被这大雨堵在I-4路上。那雨哗哗哗哗地从天上的水龙头里泼下来，像堵厚实的墙，阴险地将她的老车团团围在路上。在雾气蒸发的破落老车里，天地间一片灰蒙蒙的阴黑，她四面被水墙围住，前不见路后不见路，有种失去重心不知身在何处的错觉，又担心那老爷车随时会熄火，在路上抛锚。只是在极度惶恐中坐等被后面的来车，随时撞个人仰马翻。在分分钟惊觉生命危机之时，她次次发誓，一旦有钱，就要买辆崭新的，崭新的车。毕业后一工作，她果然首先贷款买了辆崭新的丰田Corolla。为了省钱，什么配置都不要，连收音机和电子钟都嫌多余，只要车是全新的。那辆 Celica 拿去做部分置换给了车行。闪闪发光的崭新 Corolla，寄托了她在佛罗里达的滂沱大雨中，所有的梦想。

商学院第二年的生活，更加多姿多彩。除了学业和打工，她也跟着同学去 Park 大街上的 Fat Tuesday 看电视上的球赛，Fairbanks 路上的 Fiddler's Green 爱尔兰酒馆喝酒，去奥兰多市中心的夜店跳舞。但大部分时候还是泡在学校读书打工，累了就在底楼学生休息室的长沙发上躺下打盹。Monica 取笑她不拘小节，她笑笑，累了还是忍不住躺沙发。

Monica 是波兰人，年少时曾在波兰获奖被资助到意大利念完中学，后来本科毕业于美国的 Vassar 学院。Monica 天赋异禀，语言能力过人，又极有创意，在市场课上大放异彩，让她叹而观止。不过 Monica 总显得有点紧张，有些小心在意地周旋在同学中间。也许她有不少细节行为，在 Monica 眼里是尴尬愚蠢和不拘小节的，不过她自己没有意识到，一如既往的心安理得。毕业的时候，Monica 跟她说，"… Well, whether they like you or not, it's a different matter, at least those guys in the class respect you, because you do whatever you want and just don't give a damn!"（……这样说吧，他们喜不喜欢你，那是另一回事了，班里那些人至少是尊重你的，因为你想干吗就干吗，我行我素，就是他妈的一点都不在乎）

Monica 毕业后跟她一起去了西屋电气。这件事与她有关，但最初的起源是高一年级的 Kedi。Kedi 毕业后原本在奥兰多的一家贸易公司工作，后来拿到了一个去西屋电气发电业务国际运作部的面试机会。Kedi 面试下来不理想，因为西屋主要需要一个金融和会计背景更强的商学院毕业生，而 Kedi 的强项是市场和销售。

Kedi 就推荐她去面试。她在面试中了解到，这个职位的职责主要包括西屋在中国的五家合资企业的财务分析。她的面试进展顺利，面试她的人事部主任在面试时，顺带提到西屋在波兰也有合资企业。她就想到 Monica，说班上就有个波兰同学也是专修金融财务课程的。主任自己也是波兰裔，就要她传话，邀请波兰同学来西屋面试。Monica 那时已经拿到 Fitch Rating 在纽约的职位聘书。Fitch 当时是世界上排名第三的信用评级机构，能去纽约也是很多商学院学生向往的。Monica 本已决意去纽约的 Fitch，西屋的这个机会意外地让 Monica 心潮起伏——那时 Monica 已经离开波兰多

西屋电气发电业务国际运作部财经分析师(1996 年)

年，没指望过有机会能真正回去。但 Monica 的父母和妹妹仍住在华沙，能经常往返于波兰和美国之间，对 Monica 有着特别大的吸引力。

Monica 最终选择了西屋，留在了冬日公园。她成了改变 Monica 人生的一个原因。几年以后，Monica 投桃报李，也以一则小小的广告，改变了她的轨迹。

∞ ∞ ∞ ∞ ∞

商学院期间，她一直住在薇拉太太家。看薇拉经济拮据，她说服薇拉再招一个房客，并在商学院和中佛罗里达州立大学（UCF）贴了广告。就这样招来了莎莎。

莎莎 19 岁就从四川大学毕业了，学机械工程的，据说当年是四川大学的校花。后来嫁了一个清华大学的先生，随先生留学去了德国，几年后从德国来了美国的阿拉巴马州。莎莎一直觉得婚姻不幸福，到了阿拉巴马后，申请到了 UCF 的硕士奖学金，就载上不多的行李，离开了先生，独自从阿拉巴马州开车到佛罗里达来读书。

长发飘飘的莎莎比她大三岁，听口气以前一直被人呵护着，有些天真脆弱，她觉得自己更像姐姐。莎莎喜怒不定，高兴的时候像个孩子，哈哈地笑，无忧无虑，彻头彻尾地开心；可是，很快脸上又蒙上一层忧伤，一头乱发，无精打采地，几乎就要下不了床了。莎莎虽然离开了前夫，但经常跟他打电话，大小事情都跟前夫讨论，也经常跟她谈起和前夫以前的生活。听莎莎说，前夫对莎莎不能释怀，一直在等莎莎回头。那时，在艰难的异国他乡，虽不再是爱人却还是亲人，也并不奇怪。和前夫这段创伤的关系，在莎莎奔赴独立的路上，是根安全的拐杖。

莎莎是独生女儿，在内地一个边远的山城长大。莎莎说她母亲年轻时是个美人，在莎莎很小的时候病了，再也没有好起来。莎莎的母亲好像是精神病，父亲一生不出远门，守在山区照顾母亲，一辈子活在母亲畸形的精神世界里。当初莎莎是在父母的坚持下和清华的先生结的婚。后来在德国，在美国，父母都不同意莎莎离开先生。莎莎执意离开后，父母在写给莎莎的信里说了不少恶毒伤人的话。有一次，莎莎给父母寄了张相片，记得那张相片上的莎莎很美，眉毛修过，笑起来细细弯弯的。莎莎的父母在回信里，因为莎莎修过的眉毛，大骂莎莎，用了“放荡”这个词。莎莎跟她提起父母骂她“放荡”时，无所谓的笑里掩藏不住无奈。莎莎的眼睛湿润的那一瞬间，只觉得在她心里也扎了一下。

在内地遥远的山城，莎莎的父母，隔着万里云月，写信给他们唯一的女儿。女儿搭上了开往陌生世界的列车，抛下他们，在他们无望的注视里缓缓离去。莎莎的父母，用“放荡”这根针，钉在女儿的胸口，钉住他们对女儿血淋淋的爱。他们手中那根称为“爱”的细线，牵着莎莎的喜怒哀乐。

聪明的莎莎，应付学业很轻松，在学校里似乎也挺受人欢迎。她看到的莎莎，大部分时间都快快乐乐地忙碌着。

不久，莎莎开始不时提到教授门下的一位同学，说常常无意中发现那人盯着自己看，眼神深深的样子，莎莎一注意到他，那人就暧昧地笑笑，赶紧将视线移开。再不久，同学聚会时，那人来跟莎莎聊天，莎莎说那是个法国人，有些羞涩；之后，莎莎说那人约自己一起吃饭。再之后，莎莎似乎就经常和那个法国同学一同出入了。有一段时间，莎莎简单倾心地快乐着。

然而，像油一样一点就着，无处安放的莎莎，需要为炽烈寻找归宿。而那个羞涩的法国人，是杯温水，且温度的区间很宽，莎莎不容易把握。骄傲的莎莎，从来只被人呵护追求过，不信邪不服输，忍不住步步紧逼。那个温和的法国人，招架不住，步步后退，干脆开始左闪右躲。

正踩在从失望到绝望的舞步间，莎莎病了，被诊断是癌前病变。

在恐惧中，莎莎回望来路，惊觉到前夫的好处，考虑良久便想要回头。莎莎把复合的事在电话上提了出来，一直耐心温存的前夫，此时正色说——晚了，他正准备再婚，而且女朋友已经怀孕了。

这，是莎莎唯一，始终都没有料到的。

莎莎渐渐陷入了忧郁，情绪大起大落，低潮时，一路下坠，落入不祥的黑暗之地。此时莎莎的教授变动工作，从 UCF 转到佛罗里达大学，莎莎也跟着转学，从冬日公园搬去了两个多小时车程外的 Gainesville。她在费城经历过忧郁到谷底的致命杀伤，知道莎莎已经沦陷于危险的沼泽地，夜里有时陪莎莎讲话到天亮，或者两人就守着接通的电话，在电话两头也不出声，直到各自睡着。

她去 Gainesville 看莎莎，一床席梦思放在卧室的地毯上，旁边是简陋的书桌。莎莎的房间离高速路不远，整日整夜被车流飞驰而过的声音灌满，却让人感觉空旷落寞，坐立不安。莎莎像一个魂不守舍的影子，涣散而焦灼。

好长一段时间后，莎莎高兴起来了——在社交网站上认识了一个硅谷的男子，两人在网上和电话上相谈甚欢，还没见面就几乎要谈婚论嫁了。据说那人是个工程师，刚刚离婚，前妻是个菲律宾女子，孩子跟了前妻。随后，她们共同的好友 Yan 去 Gainesville 看了莎莎一次，带回来的照片里，莎莎穿着淡色连衣裙，长长乌黑的头发,在太阳底下一如既往的美丽着,新修过的眉毛弯弯的,眼里含着笑,亮晶晶地闪着温润的光泽。

那次,Yan也见到了那个第一次飞来跟莎莎会面的硅谷工程师。Yan只是说那人胖胖的,比莎莎高出许多。

不久,莎莎准备退学,铁了心要去硅谷开始新的生活。那时莎莎已经在攻读博士学位,离课业结束开始写论文只有几个月了。莎莎的导师觉得可惜,力劝莎莎等到写论文,因为写论文在哪里都可以写,在地域上对莎莎不存在束缚。莎莎退学前到奥兰多来跟她同住几天,她也劝莎莎:"来日方长啊,为什么要前功尽弃,放弃一切呢?万一一步踩空,粉身碎骨呢?"

莎莎在薇拉太太的起居室,晒着太阳,情绪亢奋,微笑着细想即将揭幕的新生活,她的这些话,从莎莎的脑后飘过。有天早晨,她走进厨房做早餐,莎莎早已斜靠在起居室的沙发上,对她说:"我发现你每天准时七点半出现在厨房,吃同样的早餐,用同样的时间收拾妥当出门,我以前没发现你这么有规律,有点无聊或者是无趣吧,不知道是该佩服你还是同情你……"

莎莎终于还是放弃了博士学位去了硅谷。

她也离开了冬日公园,去纳什维尔的法学院读书。跟莎莎通话,知道那个硅谷圣何赛的工程师,在莎莎搬去圣何赛的几周后,有一天不辞而别,消失了。莎莎说周四他们还在一起,之后几天没有消息就打电话到那人的公司,公司的人说那人上周五就辞职走了,也就是和莎莎见面的第二天,而头一天没有一点要消失的迹象。莎莎再也没有找到那人。

大半年以后,惊闻莎莎结婚了。丈夫也是电脑工程师,据说以前在微软工作过,是硅谷南面风景优美的海边小城Carmel by the

Sea 土生土长的人，据说是个独养儿子。那人 40 出头第一次结婚，胖而且高，莎莎站直也只到丈夫的腋下。

再半年后，听说莎莎和丈夫分居了，那时她在法学院上二年级。莎莎说她独自住在丈夫的房子里，邀请她去过圣诞节。圣诞前几天，她飞去了圣何赛，莎莎到机场接了她，直接带她去了间拥挤的川菜馆给她接风。莎莎丈夫的房子，在硅谷中心的山景城（Mountain View），是一幢联排别墅。房子显得很新，家具不多。莎莎说丈夫要赶她出去，她坚决守住不走。丈夫请了律师向法院申请离婚，法院派人来送达传票，在房子外按门铃几次，她都装作不在家。莎莎说，她一直没敢告诉父母自己没有读完博士，也没敢告诉父母第二次离婚的事。逢年过节，就找个朋友装成丈夫给父母打电话，说几句简单的中文问候——莎莎说父亲在电话那头呵呵地笑，开心得不得了，根本分不清是不是莎莎丈夫的声音……

亲热劲过了，她发现莎莎仍是晴雨不定。待到第三天的晚上，记不起是因为什么缘故，莎莎对她发火。也许她说了什么话，本来好意，却戳到了痛处，莎莎大爆发，几乎歇斯底里地对她喊道："你有什么了不起的，你们一直就瞧不起我，你和 Yan 都是，你们不要以为我不明白。你有什么资格对我的生活评判，指手画脚的……"

最后，莎莎决绝地说："我看你还是回去吧？我这里不需要同情和帮助！"

在震惊中，静等莎莎说完，她问："你是要我马上改机票吗？"

莎莎说："对。"

她马上就去跟西北航空公司打电话，当时已经是晚上，她把几天后的机票改到第二天最早的一班，通知了莎莎，自己回房间收拾行李去了。

她第二天离开，从此在莎莎的生活里消失。也不知道莎莎有没有在最后，找到自己想要的幸福。

∞ ∞ ∞ ∞ ∞

认识汤姆，是因为二年级的时候上“创业者”课（Entrepreneur）。教授让学生们一人找一个企业家面谈，把面谈内容写份报告，学生们也可以从学院给的企业家名单上找人。她选了一个叫汤姆·摩根的校友进行了面谈。汤姆创办了一家金融服务公司，专门利用政府资源为微创企业提供金融服务。跟汤姆面谈后，就被招去他的公司做实习生。金融公司在奥兰多市中心，在临街一幢红砖老房子的二楼，记得一楼是一家快餐店。她跟着汤姆进进出出，工作任务是设计金融模块。汤姆的想法天马行空，一天一变，相关的金融模块就要不断地调整公式设计的假设（assumptions），才能跟上汤姆的节奏。

汤姆原是纽约人，曾就读于哥伦比亚大学。汤姆的父亲曾任美国驻日本武官，受父亲影响，汤姆对亚洲文化有一些研究，也很有自己的见解。汤姆年轻时在北京大学学过中文，办公室的书架上有英文版的《道德经》《红楼梦》和《金瓶梅》。汤姆最喜欢中国，其次日本，最看轻韩国，不以为然地说韩国没有文化，就是从中国借点日本借点，自己还不承认。

汤姆有个稳重端庄的华裔女朋友，是个颇有建树的牙医，不过汤姆对牙医女友好像不是十分起劲，说起晚上要去跟牙医女友吃饭，看不出一点兴奋。跟汤姆熟了，汤姆情不自禁地提起以前的一个女友，古巴人，住在南面的迈阿密。汤姆说这个前女友是他的鸦片，只要这个女神肯远远给出一个信号，他就会放下一切，不管不顾地赴约。汤姆体面的生活次序，随时可能被这个神秘的女神摧毁。汤姆说他知道牙医女友是他的一剂良药，是他应该娶的女人，但鸦片的香气，却是不可抗拒的。这个古巴女神，让汤姆气短，永远在等待，犹犹豫豫不敢建立新生活。

后来她毕业去了西屋电气工作，仍与汤姆保持联系。为了帮助汤姆摆脱古巴女神的魔掌，她曾经把皮肤闪着橄榄色光泽的西屋同事 Jamie，带 1/8 中国血统的牙买加长腿美女，介绍给汤姆。两人吃了一顿饭后，Jamie 望眼欲穿，汤姆那边没了下文。

有次在中餐馆吃饭，她忍不住跟汤姆提起去法学院的梦想，说完又怕汤姆笑话，马上自己说“可惜英文不够好”，又说自己去读法学院不过是个 pipe dream（白日梦）。汤姆就跟她解释，律师有交易律师和诉讼律师两种，交易律师对语言的要求相对挑战性小些，叫她可以考虑朝交易律师的方向努力。汤姆端着茶杯说那番话，一点都没有笑，一本正经的样子，让本装作无所谓，弓着背的她，不由得坐直了，认真地看着汤姆的眼睛听他讲完。

又有一次，她跟汤姆讲学校的一个项目，她兴奋地说：“I single-mindedly came up with this idea and singled-handedly executed it!”（我一门心思独自想出了这个主意，又独自一手把这个主意付诸了现实）汤姆听了，抬眼认真地看着她，嘴角亮起一丝笑意，说：“If you know how to use the word ‘singled-mindedly’ in this context, going to law school is definitely not a pipe dream for you, nothing to fear, go for it!”（你如果会在这个语境里用“独自一门心思”这个词，去法学院对你来说绝对不是一个白日梦，没什么好怕的，去干吧）

她听了那话，真的就去干了！

那时，在冬日公园的生活已经变得像泡沫一样，仍是轻飘飘的美丽，也随时会破裂。她渴望新的挑战，寻求更接近自己天性和"使命"的轨道，向往更有分量的生活。那时，因为西屋公司的频繁重组变革，工作变得很动荡，她还要经常出差去亚洲，要抽时间准备考LSAT(法学院的入门考试)，常常很吃力。每每有放弃的念头时，就一再问自己："我要在这个泡沫里过一生吗？这里是我一生的归宿吗？"问完，又提起精神，再做一套模拟题。

汤姆曾经答应给她写封申请法学院的推荐信。他们约好了在一家中餐馆见面。左等右等汤姆都没有出现，她自己点菜独自吃了饭。埋单的时候，招待说厨房的大厨帮她埋了单。惊讶中，她想起在费城遭遇的大厨，微笑着寻思：世界莫非真的这么神奇！

但汤姆没有再联系过她。偶尔想起汤姆她忍不住猜想，难道真的是古巴女神召唤了吗？那，是她觉得可以原谅汤姆失约了的，唯一的，而且可能是美好的理由。

∞ ∞ ∞ ∞ ∞

她于1997年12月月初考完LSAT。来年三月份的时候，收到田纳西州纳什维尔的范德堡大学法学院的录取通知。

八月离开奥兰多去纳什维尔，临走的前一天才从西屋辞职。中午和部门的同事们在Semoran大道上的Shoney's聚餐告别，下了班再和常在一起玩的一众好友喝酒告别。之后，她和Monica，提着啤酒在公司后面湖边的树林绕湖一周。夏日的傍晚，树林里神秘深邃。她俩絮絮叨叨说着话，在小径上走走停停，她们之间悬着淡淡的别离忧伤。走到一个临水的长椅时，Monica坐了下来，望着映着夕阳的湖面，若有所思地说："美国很伟大，给了我很多的机会，我小时候想都不敢想的机会。我真的很爱这个国家！"

太阳快下山了，她俩走回到西屋大楼前的巨大草坪，看见白色大楼像游艇一样立在夕阳的光辉里。傍晚草坪的喷水笼头瞬间打开，细细的水柱喷向空中，淅淅沥沥，再轻柔地落在碧绿的草间，在夕阳下像白色的雾气。她俩将鞋脱下，挂在肩上，踩着凉凉柔软的草，手拉着手走向夕阳中那幢白色的大楼——像从沙滩上奔向蓝色的海，她的心像要飞出笼子的鸟，她的未来像已经在掌中摊开。

第二天清晨，载着全部的行李，她开着那辆丰田 Corolla，从冬日公园出发。她穿出佛罗里达一望无际的热带平原，经佐治亚州的亚特兰大，越过大山，开入田纳西温柔的，绵延滚动的山脉。

发间，插着一朵白色的康乃馨，她止不住地微笑着，向着纳什维尔城的范德堡大学，一路向前。

向着纳斯维尔城的范德堡大学，一路向前(1998 年)

薇拉太太

薇拉太太常对她说:“You are my daughter from afar, I am your mother away from home.”(你是我远方的女儿,我是你异乡的母亲)

认识薇拉的时候,她 24 岁,老太太薇拉 76 岁。

那年,她去佛罗里达州的罗林斯学院攻读商学院管理硕士(MBA)。她在费城时的好友 Joey 刚好先期去了佛罗里达,在奥兰多的州政府工作。薇拉的儿子德瑞克是 Joey 的同事。经 Joey 和德瑞克介绍,她认识了薇拉,在薇拉家租了一个小房间。

初次见面,她记得自己慎重地穿了一件在国内请裁缝做的衬衣。青绿色的蜀缎,金色的圆形小扣,高领,半袖,衣服下面的左右两边微微开衩。那天,薇拉穿着一件桃红色连衣裙,满头银色卷发,短短地拢在耳后。

薇拉太太的房子在佛罗里达州中部的冬日公园市,一条林荫笼罩的僻静小街上。房子的前院有棵巨大的橡树,那房子终日被罩在橡树的树荫里。

七年前,薇拉太太的丈夫艾尔就去世了。薇拉独居,靠着艾尔微薄的社会安全金过活。日子日渐拮据,儿女们也帮不了大忙,终于决定租出三个客房里的一间补贴日用。

佛罗里达州是个外州移民居多的州。很多北方人到佛罗里达退休常住，或是做北方“候鸟”，冬天才来居住。薇拉和她先生艾尔，就是北方宾夕法尼亚州费城的人。薇拉有浓重的费城口音，对O的发音就很有特点。艾尔是意大利后裔，薇拉是爱尔兰后裔。据说美国的爱尔兰裔和意大利裔移民，由于早期移民的历史原因，早年的种族关系最是爱恨交织，艾尔和薇拉走到一起，想必还是有些阻力的。

薇拉和艾尔十几岁时在舞会上认识。从照片上看，艾尔年轻时，是个皮肤稍稍黝黑，浓眉大眼的小伙子。西装革履，卷发铮亮，眼里满是清澄的笑意。老年的艾尔戴着副那个时代流行的黑框眼镜，蓄了点小胡须，浅浅温良地笑着，既潇洒又是满脸的慈祥。

薇拉和艾尔开始恋爱时，第二次世界大战正如火如荼。美国参战后，艾尔当兵去了，音信全无好久。薇拉说：“也不知道他还有没

薇拉和艾尔在蜜月中(年份不详)

有回来的一天。”没有艾尔的日子，一天天过得慢。薇拉在姐妹们的劝说下，也试着跟别人约会，可就是左右不称心，对艾尔仍念念不忘。后来艾尔居然回来了。一回来，薇拉马上丢下当时的男友，和艾尔重续前缘。

薇拉高中毕业后不久，就跟艾尔结婚，不久怀了孕。薇拉辞掉在电话公司才几个月的工作，从此在家养儿育女。艾尔也是高中毕业的学历，收入不高，要打几份工才够养家。这对夫妻，一生都不富裕，又养了五个儿女，日常用度得小心掐算。记得薇拉提到，艾尔曾经下班后兼职，在办公楼做清洁工补贴家用。儿女小的时候，每周薇拉都从预算里省出点钱，专门给艾尔煎一块上等的牛排，不让孩子们碰，犒劳艾尔打几份工挣钱养家的辛苦。

半个世纪以后，薇拉提到艾尔打工的事，还是一脸的心疼。薇拉太太的艾尔，虽然是再普通不过的一个男子，却是薇拉眼里一颗伟岸的大树，一生兢兢业业用树荫护着太太和儿女。

薇拉患有严重的先天性气管炎，早年在北方老家费城时，气管炎经常发作而命在旦夕，要立即送医院急救。为了缓解薇拉日益严重的病情，多年来，费城的医生就建议他们搬到热带的地方。薇拉五十几岁的时候，全家终于迁到了温暖的冬日公园。

迁入新居不久，笃信天主教的薇拉想在家里例常举行祷告聚会。人生地不熟，薇拉就循着黄页电话簿，找出住在附近的一些人家，挨家挨户打电话去邀请。她认识薇拉时，薇拉家每周二的祷告聚会，已经风雨无阻地进行了二十几年。薇拉跟她提起这段历史，自豪地说：“我打电话过去，有些人觉得突兀，可又不好意思拒绝，就来了。有些人很好奇，也来了。不过也有人不太友好，我就厚着脸皮，不管他们了。”

薇拉捂着嘴呵呵地笑，“其实，我很紧张跟陌生人打电话，焦虑要不要‘骚扰’人家。不过后来，我想反正大不了人家不感兴趣罢了”，说完，又强调了一句：“而且我的艾尔也支持我！”

艾尔老头虽然去世多年，薇拉几乎天天都提到他，口口声声“我的艾尔”，似乎艾尔老头还待在房子里的哪个角落，随时都会嘴里含着雪茄，笑眯眯地应声走出来。

薇拉太太，坐在厨房餐台前的高脚凳子上，把几粒五颜六色的药丸数好，小心放进嘴里，就着白水仰头喝下，惋惜地叹口气，说：“哎，我就是太爱干净整齐了，年轻时一天到晚不停地擦擦弄弄，地毯吸了又吸，把东西摆来摆起，家具陈设拖来拖去，都没有顾得上多跟艾尔和孩子们去外面多玩玩。现在想想，摆来摆去最后不都一样，碗在水槽里多积一会儿，桌上积了点灰尘，有什么大不了的呢?!可惜，年轻时不懂，时间又太快，一晃就没有啦！”

薇拉和艾尔夫妇，一共拉扯大了四个女儿，一个儿子。五个孩子都有自己的辛苦和艰难，都是薇拉心里，口中，天天向天父祈求看顾怜悯的心头肉。

老太太偶尔翻着老照片，看艾尔从英气逼人的翩翩小伙，变成慈眉善目的老头，看儿女们从大头娃娃长到玉树临风。薇拉戴着老花镜，细细抚摸照片，声声念叨着：”The good Lord has been so good to me, I am so blessed!”（慈爱的主对我多好啊。我多受祝福）

艾尔老头一生烟不离手，好多照片上，两指间都潇洒地夹着根烟，是得肺癌去世的。艾尔肺癌病重时，还经常给老太太零钱，叫她去买好看的衣服穿。老太太也照办，直到老头快不行了，薇拉就把艾尔给的钱悄悄拿去买了件黑色的丧服，藏在衣橱里。然后找出一件鲜艳的艾尔没见过的裙子穿上，再擦干泪，带着笑容去艾尔跟前。

后来艾尔实在不行了，已经瘦成皮包骨头，他跟薇拉恳求："甜心，你让我走吧，我已经准备好了。"话说出，艾尔吐出口气，便气若游丝地在昏迷与清醒间徘徊，静静等待薇拉准备好，可以最后放手。薇拉心疼艾尔的苦，可真是舍不得啊！

最后，薇拉还是答应了艾尔离去的恳求，守着她的艾尔，握着艾尔的手，看着她的艾尔呼出最后一口气，安然离世。

艾尔临终时，最最放心不下的，是薇拉的气管炎。就算搬来佛罗里达后，薇拉的气管炎还是有严重发作的时候，要靠艾尔紧急呼叫救护车，去医院急救。

神奇的是，艾尔走后，薇拉的气管炎就此再也没有复发过。薇拉肯定地跟她说："我的艾尔，他在天上看顾着我呢！"

∞ ∞ ∞ ∞ ∞

每天早上六点半，薇拉太太准时起床。吃饭洗漱后，涂上鲜艳的口红，穿上高跟鞋，打扮得精致得体地开车去教堂。薇拉太太的好些漂亮衣裙，都是在旧货店淘回的，一两块美金一件的旧货。每每有新收获，薇拉会在客厅里，像小姑娘一样兴奋地试给她看。那些旧衣裙，穿在薇拉身上，都无比的体面。

老太太薇拉，笑嘻嘻地说："有时啊，我不小心停在镜子前，忽然发现镜子里有个一头白发，满脸皱纹的老太婆。吓我一跳！我想，这疯婆子是谁啊？然后我才想起来，就是我自己啊！我一点都不觉得老啊，我觉得自己还是个年轻姑娘呢！"

说这话时，薇拉太太斯文地捂着嘴，忍不住咯咯自嘲地笑。一边笑，一边往她身上快速轻轻一靠，又拍拍她的肩，碎步走开，忙别的去了。

薇拉很喜欢天使，客厅各处，摆了各样的天使雕塑或玩偶。薇拉常看的一个电视节目，叫“Touched by an Angel”（被天使触动）的系列剧。这个剧上演的时候，薇拉粘在荧幕前，一晚上被剧情打动得眼泪稀里哗啦。

薇拉是个好奇的人，每天专心读报，收看 CNN 的新闻，音量开到震耳欲聋。她听着把鼓膜震得轰轰响的新闻，在共用的厨房快快做完饭，赶紧躲到房间里去。

每次她在厨房，摆出要大炒大弄的样子，薇拉便坚守在灶台边，饶有兴致地，一样样查看她的各式中国酱料。郑重其事地询问，这个叫什么，那个放多少，是啥味道。点点滴滴细节都不漏下，好像要学 Julia Child，给美国人量身定做了一部经久不衰的法式菜谱一样，

在薇拉的厨房大炒大弄（1995 年）

也要给美国人撰写流芳百世的中餐巨著。可惜，中国人做菜一般不用量器，她只好辜负薇拉太太对精准的热望，艰难地解释“酱油适量”和“盐少许”的中国式厨房智慧。薇拉总是眼睛睁得大大地听，直到她炒川菜煎辣椒的油烟，把薇拉呛到卧室里去关起门来。

常常，她疲惫地从学校回家，沉沉瘫倒在客厅书架前那张墨绿底色百合盛开的沙发上。薇拉微笑着，疼爱地摸摸她的头，轻轻走开，让她在沙发上兀自睡过去。那客厅，沐浴在夕阳寂静的柔和里。

常常，薇拉手上捏着一串 rosary（祷告念珠），从容地在家中踱着步，从一头的客厅，踱到另一头的客房，低声祷告着，手指滑过一个一个 rosary 念珠。有时薇拉停下来，在沙发上小坐，微闭着眼，口中仍切切念着的祷词，像空中飘过的细雨，也像温暖的雾气，弥漫四周。热带午后的太阳，被百叶窗滤掉了炙热，给房间打上温柔的光。薇拉太太的脸上，皱纹舒展，泛着薄薄的光。满脸的柔和，全然的交托。

那房子便被罩在深不见底的寂静中，无以言喻的平安。

像梦中，永远的伊甸园。

∞ ∞ ∞ ∞ ∞

快 80 岁的时候，薇拉的洗衣机坏了。令她惊奇又服气的是，薇拉毫不犹豫去买了套全新的洗衣烘干机。不久车子也坏了，薇拉又去买了辆二手的日产轿车，很神气的红颜色。

好像前面还有过不完的日子。

老太太的好朋友叫瑞达，隔了一条街住着，是个操着浓浓布鲁克林口音的纽约人。瑞达老太太是意大利后裔，长得却像爱尔兰人，一头红发，脸上布着稀疏的雀斑。瑞达太太聪明过人，年轻时曾在美国的一个军事项目上做过秘书，在西部的沙漠小城里生活过一阵，这是瑞达一生的骄傲。瑞达太太读书无数，脑子里装的事多，一旦开口，就有点喋喋不休的味道，还有点见多识广的城里人的优越感。如果活在当下，脑子快，果断麻利的瑞达，一定是职场的铁娘子。

薇拉的艾尔，放心不下薇拉，临终前曾嘱托瑞达日后要照看薇拉。瑞达从此风雨无阻，在每天傍晚时分，必然散步到薇拉家来探望。瑞达读书快，过目不忘，总有新的故事可以讲给薇拉听。两个北方老太，几十年的老姐妹，在洒满日暮余晖的客厅里，你一言我一句，就算只是鸡毛蒜皮的流水账，也可以津津有味地过一遍。

能干的瑞达，一辈子却不会开车，重大的事情要出入，薇拉太太就做她的司机。每次这个时候，两个老太太都细致地化了妆，穿好裙子和高跟鞋，瑞达查好了路线，薇拉操盘，俩人配合默契地从容出门。

薇拉还有个朋友，孤僻的老太太梅尔，北欧人，身材高大，不苟言笑。梅尔跟家人不来往，唯一的儿子参加越战回国后，举着斧头砍人，被送进了疯人院。梅尔不喜与人交往，连薇拉的祷告会都不愿意参加，只是愿意偶尔单独到薇拉家坐坐。梅尔很穷，在佛罗里达常年暴热的气候里，却负担不起空调。梅尔是个独立骄傲的老太太，每次来访，都是被薇拉邀请的。薇拉借口说院子里的花，需要梅尔来帮忙打理一下。梅尔很会养花，便义不容辞高高兴兴地来帮忙。梅尔戴着草帽在院子里忙得满头大汗，薇拉在屋里备好冰茶和点心，也进进出出地操持一下午，给梅尔做一桌的家常菜。梅尔忙完后，心满意足地跟薇拉享用一顿对她而言难得的美食。

如果她在，梅尔照例要对她问长问短，教诲一番。梅尔有些严肃有余，最喜欢抓住她问的，是她有没有研读《圣经》。她含糊其辞一阵，赶紧走人。

那些“无龄”的老太太们，在岁月中已经走远。她们清晰慈爱的面孔，印在佛罗里达温暖沁香，年轻时迷茫忧郁却充满憧憬的日子里，在偶然中想起，平淡，又仿佛惊心动魄。

∞ ∞ ∞ ∞ ∞

她从商学院毕业开始工作以后，就从薇拉家搬了出去。

她父亲去世的那天，是六月四日。那时，父亲已经病倒卧床三年。她在清早接到国内的电话，得知父亲多年的煎熬，终于解脱了。一切在意料之中。

放下跟母亲的电话，她浑身空洞，木然无泪。在客厅的地上呆坐良久后，拨响了薇拉的电话。薇拉接起电话，她费劲地说出一句：“薇拉，我可以去你那里吗？”再也发不出声来。

薇拉轻轻问：“现在吗？”

“当然可以。”

她到了，薇拉迎出门来拥抱她，还没等她开口，就问：“是你父亲吗？”

有薇拉在，似乎，伤心之痛轻了点，疯狂的绝望不再那么疯狂。一切的错误，最终都会被纠正，一切的不好，都会在某个指定的时辰，变好。

在薇拉面前，所有微小的美好，都绽放得更加毫无保留；所有不足挂齿的微小快乐，多了一成无忧无虑的满足。

后来，她被法学院录取了！薇拉在祷告会的时候跟老姐妹们夸耀："你们不知道吧，她有次一下子被开了四张交通罚单，她居然有胆走到法庭去给自己辩护，硬给辩掉了两张！"

为了省点钱去上法学院，她和薇拉商量，决定重新搬回薇拉家。她想租薇拉家最小的那个房间。

薇拉后来的几个房客，都是在罗林斯学院或者在佛罗里达中部大学读书的中国女孩。都是她积极广告、面谈，帮着薇拉张罗来的。

薇拉微笑着说："我年轻的时候呀，梦想去做修女，到遥远的中国去传教，可是我的气管炎太严重了，走不远，哪都去不了。不过，上帝真是仁慈，把中国娃娃都送上门啦！上帝是不是也很幽默呀？"

薇拉说："那间房那么小，230 美金就够了。"她说："那房间够大的，窗前还对着老橡树，是风景房呢！我看收 280 美金也不算多啊！"

她俩都知道这番不正常的谈判有些滑稽，简短几个回合之后，租金定在了 250 美金一个月。薇拉不肯再多收一分钱了！

她厌倦了冬日公园像泡沫一样的日子。终于，是时候离开了。

离开了薇拉洒满阳光的客厅，踏上追求彼岸的征途。她读完法学院后，从一个城市，去到另一个城市，从一家赫赫有名的大所，再去另一家百年不衰的老店，永远的在途中，追寻世界，乐此不疲。

她的电话每每打到冬日公园，薇拉在客厅里接起电话，声音，像在海上的迷雾里，她切切寻觅的灯塔。那塔上的灯，穿过迷雾，一如既往，闪烁温柔不变的光。

她抵达纽约了，住在曼哈顿下城对面泽西市的 Paulus Hook。窗前是波光粼粼的哈德逊河，阳台向右望，就是 Ellis 岛和自由女神像。她寄给薇拉相片看，薇拉在电话那头赞叹到："风景真好，你一定会有不少的客人来吧！"

大事小事聊了半天，才放下电话不久，薇拉又打过来，嘱咐她："忘了跟你说，你那里人来人往的，花费一定不少，不要太大手大脚，要小心预算哦！"

每年薇拉太太生日，她早早地寄张卡片，里面夹一张 100 美金的支票。薇拉总是打电话来谢她，总是急切的，有些过意不去的。薇拉说："你给我的钱太多了！你自己够用吗？过生日，我的孩子们都从来没有给我那么多钱！"

薇拉又不无自豪地说："他们每年都给我跟我年龄一样数额的钱。我到了一百岁，他们给的钱就跟你给的一样多了！"

每年她的生日，她也都收到薇拉十美金，15 美金的支票，上面龙飞凤舞地签着名。薇拉在电话中关切地嘱咐："亲爱的，生日快乐！你好好地去买冰激凌吃吧，也可以去看场电影！"

她想着薇拉坐在厨房的餐台前，午后的阳光慷慨地洒满一地。薇拉郑重其事地将卡片和支票放进信封，又在支票簿上，字迹工整地记录下这笔开支，再填好所剩无几的余额。

她不禁微笑。薇拉的支票，连同生日卡片，她小心地收了起来。

∞ ∞ ∞ ∞ ∞

再后来，薇拉进了养老院。

瑞达老太太说起这事，无奈中忍不住有些愤愤不平。"薇拉她是真的不想去啊。她摔了一跤，摔断了骨头，刚刚养好，又摔倒了。她的孩子们怕她再摔，又怕照顾不过来，随时提心吊胆，就处理了她的家当,把她送到养老院了……”

想到老姐妹身不由己的苦,瑞达的眼泪,在眼眶转了又转。

她在纽约收到瑞达的节日贺卡,卡片报告到“……我们每周都去看薇拉一次。她一切都好,今年 3 月 31 日就满 85 岁了!”她想象不会开车的瑞达,顶着热带炽热的太阳走路去看薇拉的情形……

回到冬日公园,薇拉太太已经在养老院一楼的一个单人房间安了身。Elkhorn 路上橡树下的家,与养老院就隔着几条街和一个大路口,咫尺间,已经成了淡淡月光下,挪动的时光中,遥不可及的回忆。

她感觉自己变成了无家可归的孩子。

第一次去养老院看薇拉,薇拉推着助步器到门口来迎接她,仍然化着淡淡的妆,穿着雅致的连衣裙,银色的卷发稀疏了不少,仍然一丝不乱。

她们在薇拉的房间里坐下。薇拉坐在一张单人沙发上,背后的书架上摆满了老照片,旁边就是她的单人床。

薇拉说:“你看看,这个房间不错吧,我还有自己的洗手间呢!”说完连忙又从沙发上撑起来,邀她去察看小小的洗手间。

极力要跟她表明自己条件状况尚好,没有让她担心的地方。

她有些不懂事,提起薇拉的老房子。薇拉本来微笑的脸上,闪过一丝复杂的神情,或许是忧伤,或许不是。有一刻,薇拉的眼光空茫茫徘徊在远方。

薇拉轻轻地,像是对自己说到:“是啊,我也真是很想念我的房子。不知道现在谁住在那里,不管是谁家,希望他们在那里快快乐乐的。”

她静静陪着薇拉坐着。沉默了一会儿,薇拉的眼光从远处收回，脸上释然一笑，说到："我的孩子们，他们也难，也是为我好啊。"

还没等她的思绪从那老房子的树荫下挪动出来，薇拉已经开始聊养老院的生活。

"这里的老头老太们，总是愁眉苦脸的。我看见什么人苦着一张脸，就去邀请他/她共进晚餐。"

其实，老头老太们，都是吃养老院食堂的自助餐。所谓共进晚餐，不过就是两人端了饭菜，在一张桌子吃饭而已。薇拉说这话时，好像她不是这里年老体衰的"老头老太"中的一员。

温柔的薇拉太太，乐呵呵地穿梭在"那群"愁眉苦脸的"老头老太"中间，抱抱这个，拢拢那个的肩，像是午后落在肩上一束暖暖的光。

再有一次，她和马克一起从纽约去看薇拉太太，给了薇拉一个惊喜。他们在薇拉的房间坐下，老太太还是坐在那单人沙发上，双手放在扶手上，双腿轻轻地放在沙发的垫脚上。

薇拉太太话不多了，明显有些瘦弱，一直笑眯眯的，听他们说话。只是在提到瑞达的时候，薇拉说："她走得那么忽然……"说了半句，便停住了，头忽然转开，目光转向窗外。过了一会，薇拉回过头，若有所思地说："我真的天天都想她啊……"

这是她唯一一次看到薇拉太太流泪。

有一刻，屋子静了下来，三人都盯着窗外。薇拉的窗前有颗棕榈树，树干硕大粗糙。空调的出风机喷出的热风，刚好喷在那树干上，顶部的树叶，就一直簌簌抖动不停。他们都没有急于再说什么，只是静静坐着，看那抖动的棕榈树冠。

该走了。他们跟薇拉拥抱道别，不让薇拉跟出门送。

轻轻关上薇拉的门，他们踏入走廊的暗影里。

她心里，无端的预感，这是此生，与薇拉在世上最后的一面。

穿过走廊，马克轻手轻脚，半晌无语，直到他们坐进车里，才幽幽地，满脸难以置信地，说道："There was a moment, I felt an angelic presence in that room. Did you notice that? I don't think I'd ever felt that way before."（有一瞬间，我感到那房间里有天使临在。你注意到了吗？我以前从来没有过那种感觉）

他的眼眶，竟有些湿润。

很长一段时间没有得到薇拉的音讯，打电话到养老院，得知薇拉住院了。

又过了一段时间。打电话，薇拉还在医院。

七月的一天，她收到薇拉女儿葆娜的邮件。看到葆娜的名字，她便知道，薇拉走了。

平静地做了准备，去冬日公园奔丧。

临行前，她却变得焦躁不安。最后，竟然取消了行程。

没有原因，似乎有些不近人情。想来想去，也并没有给自己一个说法。

在冬日公园薇拉葬礼的那天，太阳炽烤的午后，她穿过如潮的人群，去纽约第五大道近 48 街的圣派翠克大教堂。在教堂深阔的拱形屋顶下，墙边的一尊圣母像前，点上一根蜡烛。

烛火在她脸上投下淡淡的光晕，像温柔的抚摸。她看着火苗，就着烛泪喜悦地跳动，燃尽，熄灭，冒出一股细细的烟，消散在大教堂清凉的空气里……

∞ ∞ ∞ ∞ ∞

有时，对于多年前取消去冬日公园的行程，她仍疑惑。

即使在多年后遥远的上海，某个起风的秋夜，当她又想起那被取消的行程和在圣派翠克大教堂里点亮的蜡烛，她仍在忧伤、遗憾和羞愧间摇摆。

也许，是她不愿在光天化日之下，面对包围在活生生的儿女骨肉间的薇拉吧。

她更愿意，在那空旷圣所的暗处，守着细细燃烧的烛火；那里，有着她们的两人世界。

在那烛光中，她永远的薇拉，含笑对她说：

“亲爱的，你是我远方的女儿，我是你异乡的母亲！”

探望薇拉太太，身后的壁挂上写着“神，是我的牧者”(2001 年)

去了一个快乐的地方

去年，母亲在哥哥家。一天进家门时，头晕摔倒，脑部骨折，有多处发散性大出血。

母亲很快被送进了重症监护室。不久再从私立医院转入省医院。几经辗转，母亲仍然生死未卜。那时如果只看CT片上反映的伤势，为了救命，任何医生都该建议家属为病人做开颅手术的决定了。可开颅手术，对于77岁的母亲，就算不死也是大伤啊。而且根据临床观察，母亲一直虚弱却还基本清醒。医生说，继续观察。

母亲在重症病房多日，每天只有不到30分钟的探视时间。母亲的周围，躺着些不省人事，奄奄一息的病友，发着骇人的呼吸声，或偶尔呻吟一下，更多人只是死寂地躺着，只有检测仪器上才显示还有生命指征。探视时间还未到，家属已经里三层外三层地堵满了进门的通道。探视时间一到，就哄拥着往里面挤，再鱼贯而入进到病房。

家属有对着病人哭诉的，或凑到病人耳边大声喊话的，或拉着病人的手围在病床前絮絮叨叨的，但大多数病人都没啥反应。母亲隔壁床躺着个老头，这些天就没有见他有任何动静。一个像是五十多岁的妇女在老头床前立着，一面哭着抹眼泪，一面说："老头啊，你晓得啵哟,家里已经莫得钱了。你咋个还不醒啊,你给我醒过来,不醒过来我们就不医啰!你这个背时的,你还要不要家里人活哟!"

还有家里子女多的,轮流进来看了病人一眼,就到走廊上去,一家子挤在那里争吵,还要不要倾家荡产地医。那家人的闺女靠墙埋着头哭,说"要医",媳妇说"不是不想医,问题是医生都说了醒过来也是半个植物人,家里还有几个娃儿要读书,咋个医嘛?!"一边说着,用纸巾一遍遍擦眼眶里不断涌出的泪,一边,又瞟向旁边围观的人,希望找到些许同情的眼神,有点舆论的支持。那家人的儿子蹲在地上,阴着一张脸,说不出话来。

多数家属都对监护护士赔着笑脸,千谢万谢,央求护士们多对自家病人费点心。

虚弱的母亲安静地躺着。见她和哥哥来了,眼里就有了丝笑意。她俯在母亲的耳边,轻轻告诉母亲,有许多人在为母亲切切祷告,嘱咐母亲自己也要默祷,祈求神的怜悯,祈求自己可以平安接受任何的结果。

母亲微微点头,似乎示意听明白了。

某天去探视,见仍躺在床上的母亲,高抬着手臂。一只手,在另一只手的掌上比划着。问母亲在做什么,回答说:"在给你们写信。"听似一句糊涂话。问母亲:"写什么?"凑近了一点听,母亲虚弱地,一字一顿轻声说:"随遇而安。"

母亲仍没有脱险。她在家中母亲房间里,抽空整理一些母亲的物件。在一堆老照片和书信里,发现了一封她的旧信,寄自美国佛罗里达州冬日公园市。信封破损,发黄发脆。

她站在母亲的单人床前,轻轻打开信封。几张她的照片,一下子落了出来。里面还有一封正反面都写满了小字的信,纸质已经薄脆。

信写于1997年6月4日，父亲去世的那天。

亲爱的妈妈，

您好吗？

这个时刻，很想在您身边。因为不能，又总想传达一点什么给您，所以写这封信。

这几天以来，自从您告知我爸爸病情的最后恶化以来，我脑中并没有很多的冲动和成型的想法。只觉得很混沌，身体不自觉地紧张，好像要缩小，透不过气来。我不时大口地呼吸以缓解胸口的压抑，想象父亲也正在困难地大口大口企图吸进更多的空气。

昨晚放下电话之后，我便进到屋子坐在床上祷告及冥想。关了电话，在不觉中竟睡了过去。早上醒来即打电话给您，知道了这样的情形，我心中有一瞬间解脱的感觉，随之而来便觉失落，既没有流泪的冲动，也仿佛没有悲伤。在我以往无数次的想象中，我觉得自己是会大哭，号啕大哭的。但我没有。三年以前，我印象中是1994年7月28日，下午两点多的时候接到哥哥从医院打到奥兰多的电话，说是问我的情况，但却让我怀疑，因为他怎么会无缘无故在凌晨(绵阳时间)两点打电话给我？然后发现爸爸病倒，仍处于昏迷状态，已经好几天了。对我而言，那是晴天霹雳。真的好像是天塌下来了。那个时候的我，虽然离家已经很多年了，但父母仍还是心中的支柱，是自己在死亡边缘挣扎的时候心中渴望要回的家。我刚刚离开费城，要开始在奥兰多的新生活。我知道爸爸心中是跟我同样盼望激动的。但他却倒下了。我整整哭了一下午,很惊慌的哭,好像眼泪都要流干了。从此以后,我再也没有那样哭过。95年夏天第一次回国看爸爸,尽管仍然有全家围坐吃饭,爸爸开玩笑让大家哄堂大笑的时候,我觉得我心中的父亲,已经永远走了。

也许那就是为什么我今天没有眼泪的缘故?我坐在这间客厅的地板上发呆,到十点半左右,我给薇拉太太打了一个电话,只是说:“Vera,我可以去你哪里吗?”她问:“现在吗?当然可以。”然后我便起身换了衣服,开车去薇拉的家。她家如往常一样,整洁安静充满安详的气氛。还未等我走近敲门,她已经赶过来把门打开了。一开门她便问:“你父亲?”我点了点头。她拉着我让我进了门,未及关门便说:“让我抱一抱你吧。”然后我们拥抱了对方。她说:“放心,你父亲现在好多了,去了一个快乐的地方。主是多么的好,主会照顾他的。”然后她又说:“你打电话时,我正在祷告,放了电话,我便想哭,祷告时都觉哽咽……”

我们进到客厅,坐了下来。她便又起身去给我张罗咖啡和早餐,一边又问长问短:家中的情形,妈妈,葬礼,哥哥,等等。我一一向她解释,又跟她讲自己并没有什么……我们就这样聊了一个多小时的天。她说她是相信精神的,肉体怎样都是会消失的。然后我们便开始谈将来的安排。她说妈妈会难过很长一段时间,也会慢慢好起来,就像她自己一样。她说她现在有时都不能相信她丈夫已离开她,她常常仿佛觉得自己仍在照顾他……薇拉总是称呼罗嘉 baby(翻成中文就是“宝宝”的意思)。她说你妈妈去了新加坡,跟宝宝在一起,心情会好起来的。她邀请我留下来与她及她的一个朋友名字叫梅尔(Meryl),一个73岁的老太太,一起吃午饭。我问她我可以帮什么忙,她便叫我帮助她洗菜。我一片叶子一片叶子地慢慢洗了青菜,又帮她切番茄。薇拉在一边煎牛排。医生不让她吃牛肉太多,但过一阵吃一点还是可以的。等到梅尔来时,已经1点45分左右了。我们一起坐下来吃饭。我听她们谈话多,没有讲太多的话。然后我便回到家中,给您写这封信。

我一会儿请朋友帮我拍张照片,赶紧冲洗出来,连同这封信快件寄给您。希望您能感觉我跟您和爸爸及哥哥,还有潘姐和嘉嘉,都在一起。

薇拉给她所在的天主教会捐了一点钱,请他们给爸爸每天祷告,从她捐钱那天起,教会便给爸爸整整祷告一年。教会寄了一张卡片来确认这件事。等我将卡片翻译成中文,便寄给您!

妈妈,主在看顾我们,请把悲伤放在他手中。

华儿

1997年6月4日,4点15分,奥兰多

屏气读完。

她握着信,慢慢在母亲的床沿坐下。多日以来,焦灼奔波中日益紧张刚硬的肩头,松了下来。

又回到多年前,佛罗里达那个忧伤而明媚的日子。她的目光,一直落在信尾的最后那句:主在看顾我们,请把悲伤放在他手中。

迷　惑

寄信地址：

353 Elkhorn Ct.

Winter Park，Florida 32792

U. S. A.

收信地址：

上海浙江中路400号

春申江大厦803－805室

上海200001

中国

Dear K.

收到你的信，感觉很复杂，反复读了好多遍。

不能相信你会写这样一封信，也很难相信你曾有那样的感受。心中有很深的感动，与之而来也有些悲凉与沧桑。人生本来就有无法控制的悲欢离合，我们在美国更是进到一个漩涡的中心。经历多了，好像也麻木了，至少表面上如此，也不得不如此。

生活中会遇到很多不同的途径，通往未全知而大相径庭的将来。我的反应是很典型的手足无措，如同我紧张敏感的性格一般。然而紧张也好，不知所措也好，总是还要随着潮流向前行，所以有时不知道自己在选择道路，还是命运在分配人生。

你在我心中是个极聪明而且非常unconventional（非传统）的人，然而你这封信倒是让我窥见你更可亲也更真实的一面。我想我是可以理解你的情感。深沉、强烈、纯情也很飘渺。你说你无所追求，但我认为其实是你想要的东西太高远而已。这现实生活中的琐细，常常是无法满足我们需要的伟大成就欲的，于是你便常常显出一些所谓的被动和没有方向的无精打采。但我常常在你慢慢的行走中，看到你深藏的焦灼——你只是不知道走快了，又将去到何处。

你我这样的人，在美国有好多。大家在电话中切磋来去，发现都是一样的未知前路而且很孤独。我想这是我们这一代人的命运吧。社会在变革，旧的观念和价值体系被打碎了，而新的思想并未有系统的注入。我们处于一种尴尬的半真空状态，常常心中没有底气而摇摆不定。幸而我是一个女人，所有关于国家前途，人民的生路的常常是beyond my ken（超越我所知）的一些课题。面对个人命运，因为我是个缺乏安全感而又极自尊的人，所以唯一的出路便是自救。然而安全感本身是个相对的概念，且也不是物质丰裕能完全加以保障的。所以，闲暇时，我亦尝试作一些spiritual（精神）的探索。

三周前与一个美国女作家Diana去Long Wood的一个教堂，看见人们在上帝的神光及圣灵的触摸之下痛哭流涕或是前扑后倒，我感到迷惑，感到那样的感觉对我是不可思议且过分的 overwhelming(压倒性的)。我去过中国教会听中国牧师的讲道,可惜仍然让我感觉人们对上帝之所求太过功利。你也许还记得刘美玲,她的父亲拉着我的手,语无伦次地说要将上帝交给我,种种。随后又拿出他的产品介绍来给我大大推销了一番,让我不知道他感谢上帝是为什么:精神上的安宁还是物质上的收获,当然更可能是全部。反正他的那番颠三倒四的宣传让我大倒胃口。不过,上帝如是真理,也是不容这样的俗人加以歪曲的。我也仍将以虔诚的心继续探索。目前在读林语堂的著作(《信仰之旅》),论及中西方的宗教和哲学。书中对中国的哲学,宗教,等等的严肃检查、肯定及批判,都是我以往没有接触过的。我发觉在对基督的认识上,林语堂有些很具 common sense(常识)却又充满反动色彩的思想。例如他说他不相信地狱"因为如果上帝如有我母亲一半地爱我,便不会将我置于地狱,不是五分钟,而是永远。"他说这样的惩罚是连世俗的标准都难以接受。这样的话恰恰打在我对基督教怀疑的点子上,因为我一直不能理解为什么地狱没有尽头,而上帝仍然爱我们……

话题一走走远了。

OK,我便不得不在 Orlando 安顿下来,至少也得两三年。Law school(法学院)的梦仍然在冷冷而遥远的燃烧,但去 UCF(中佛罗里达州立大学)上几门会计课显得更切实可及,至少可以 kill some time(消磨一点时间),并安慰我孤独的心。

我希望你更快乐及有生气一点。

想象你西装革履,穿梭在上海的人群中,偶尔有飘来臭豆腐的香味,而你做着悠远的梦,又有些许失落,此时天空有小雨飘下，夜幕在黄昏 taxi 的喧闹中悄悄潜入——好像也蛮有味道。

Winter Park, Florida

July, 1996

奥　兰　多

“人力穷而天心见，径路绝而风云通”（林语堂）

第一次听人提到上帝，是她大学二年级期末，1989 年。

五月的一个周日，她从交大闵行分部赶去香花桥的法华镇分部，和要毕业的几个老乡聚会。

老乡们陆续到了。一个大师兄刚从街上回来，满头大汗地说：“有个白头发的上海老太太，拉着我们，硬要给我们一本《圣经》，还说上帝爱人什么的，真是莫名其妙！”

大家正准备用电炉吃火锅，就都哄笑着说：“那老太太一定有病吧！”

确实是匪夷所思的事儿。

大学毕业，千山万水的几年后，在美国费城，她偶然得到一本小书，讲上帝创造天地万物，人类驳逆上帝被逐出伊甸园，上帝派遣其独生子救赎人类的故事。

所谓的：“神爱世人，甚至赐下他的独生子，好让所有信他的人不至于灭亡，反得永恒的生命”。（约翰福音，3：16）

这是多么引人入胜，想象丰富的天方夜谭啊！

那时，正是她大病初愈之时。不久前，给她做完手术的医生，曾摇头惊叹："我们不知道你是怎么活下来的，上帝一定非常爱你！"

"上帝爱你！"这话在她，如此新鲜。然而她虽然身心虚弱，头脑却很清醒。工科出身的她，对着那本小册子上的"神话"，心想："一定得要多愚蠢，多懒惰，多没脑筋的人，才会相信这书里的无稽之谈啊！"

∞ ∞ ∞ ∞ ∞

再是万水千山之后，从费城到佛罗里达的奥兰多。

初到的那天，接到哥哥在国内半夜两点打来的电话，强装镇定却吞吞吐吐说父亲病了。

父亲病倒了，脑溢血。之后的几年，父亲的生命之光，在漫长的煎熬里点点熄灭。无数白天夜晚，在她铭心刻骨的思念和担心里，对于生命的无助和生存的困惑，像乌云，在她的心里隐隐聚散。

那时，她在罗林斯学院读商学硕士。租住在薇拉老太太的家，一幢四个卧室的牧场式平房，静静歇息在一棵古老橡树的树荫下。

在她心里，那便是天堂了。

薇拉太太对她说："You are my daughter from afar, and I am your mother away from home."（你是我远方的女儿，我是你异乡的母亲）

76岁，白发泛金的爱尔兰后裔薇拉，指着一张她两岁时，扎着黑发小辫，瞪着圆圆黑眼睛的照片，天真地说："可不是吗，你不就像我的一个孩子吗？"

她和薇拉太太之间的节目之一，是她给薇拉太太念一段《圣

薇拉指着照片说:“你不就像我的一个孩子吗?”(1972 年)

经》,薇拉太太认真地帮她纠正发音。

《圣经》朗朗读过,于她,只是要努力提高口语而已。

薇拉太太慈爱大度,贫穷却优雅有尊严。

薇拉太太是天主教徒,每周二家中的祷告会,对她不专门邀请,却总空出一个位置给她。祷告会后有丰盛的家常菜。偶尔她参加聚会,心猿意马熬过冗长的祷告,向往着已经摆在桌上的 deviled eggs(恶魔鸡蛋)和 baked sweet potatoes(烤红薯)。

薇拉的信仰,不在道理上,对天父的爱,就是爱人如爱己。爱在她温和的笑容里,有安慰的问候里,在她省出的一张张五块捐款支票的慷慨里,在她耐心听完兜售电话的人讲完话后,才礼貌谢绝的仁慈里,在她捏数着 rosary 念珠在家中踱步,默默向圣母祈祷的虔诚里,在她清贫的日子一切仰望天父的平安喜乐里……

每每，薇拉太太坐在摇椅上，闭眼轻声祷颂“万福玛丽亚”。

她在匆忙地进进出出中听到，总是充满怜悯地想：“可怜的薇拉，没受过教育，缺乏独立思想，需要精神寄托。”

然而，有泪不轻弹，负荆斩棘的她，对于远方病房里，上下插满管子，空洞呆望秃墙，星星之火正在熄灭的父亲，应该如何坚强？

深夜，昂贵的 AT&T 越洋电话里，她对力竭疲惫，失措茫然的母亲说出的话，是如此的无力。她的安慰，被话筒传到地球遥远的另一端，像一片片苍白的羽毛，飘落到无痕的水面。

而每日清晨，薇拉太太精心穿戴好，迎着太阳，准时出门去听弥撒；薇拉太太在厨房里，用计算器小心仔细地计算每日的用度；薇拉太太闭着眼，坐在洁白的床前祷告，轻轻捏数着那串奇异光滑的 rosary 念珠……

薇拉太太，脸上泛着温和的光，是全然的仰望和释放。

日出日落，她在薇拉太太慈爱的目光里，冲进冲出，“日理万机”地应付着学业，打着工，努力地快乐，奋力地活着。

∞ ∞ ∞ ∞ ∞

偶然认识了一位嫁到美国的台湾女子。这个美丽不羁的台湾原住民女子借给她一本书，林语堂先生的《信仰之旅》。原著用英文写成，书名为 *From Pagan to Christian*：*The Personal Account of a Distinguished Philosopher's Spiritual Pilgrimage Back to Christianity*（《从异教徒到基督徒：一个杰出的哲学家回归基督信仰的精神朝圣》）。

从小出生福建牧师家庭的语堂先生，集文学、哲学和美学大师于一身，在对古今中外各类主要哲学和信仰研究探索一生后，回归基督。

语堂先生在《绪言》里，说他的这本书“记载他在信仰上的探险、怀疑及困惑；他和世上其他哲学及宗教的磋磨，以及他对过去圣哲所言、所教最珍贵保藏的探索”。《绪言》里还说：“我确信在这种对最高贵真理的探索，每一个都必须尊由他自己的途径，而这些途径是人各不同的。哥伦布曾否在美洲登陆是没有多大关系的，最重要的是哥伦布会去探索，且有过探险旅程中一切的兴奋，焦虑和欢喜。如果麦哲伦选取一条更长、更迂回的不同路线来绕过好望角抵达印度，也是没有多大关系的。各人必然有各人不同的路。我清楚知道，今日到印度去，搭乘喷射飞机是简单得多的方法；你可以快一点到达。但我怀疑如果你搭乘喷射飞机到达得救，更迅速、更正确地认识上帝，对你会有多大的益处。”

语堂先生在《绪言》里还说：“我得宗教走的是一条难路，而我以为这是唯一的路；我觉得没有任何其他的路是更妥当的。因为宗教自始至终是个人面对那个令人震惊的天，是一件他和上帝之间的事；它是一种从个人内心生发出来的东西，不能由任何人来“给与”。因为宗教是一株最好在田野中生长的花，那些在盆中或温室里生长的，容易变色或变得脆弱。”

语堂先生对他的旅程概括为：“我也必须说明经过的程序不是方便而容易的，我并非轻易地改变我所常信的道理。我曾在甜美、幽静的思想草原上漫游，看见过某些美丽的山谷；我曾住在孔子人道主义的堂室，曾爬登道山的高室且看见它的崇伟；我曾瞥见过佛教的迷雾悬挂在可怕的空虚之上；而也只有在经过这些之后，我才降在基督教信仰的瑞士少女峰，到达云上有阳光的世界。”《第三章

孔子的堂室》

这是本艰涩难懂的书。引用不少佛经、道教、儒学和其他古典巨著中的原文。她没有看懂多少，但周末开始去奥兰多 Oregon 街上靠近 Colonial 大道的一间中文教会。教会的丁牧师头发白花花的，早年从台湾来。据说是麻省理工学院毕业的。她当时工作的西屋电气公司里，几个大陆出生的工程博士，都是刚刚在那里受洗的信徒，对那间教会有着火热的投入。

在教会里，她睁大着眼睛细细地听道，用心滤过听来的道理，默默在心里赞同，抑或置疑。教堂的钢琴奏出赞美的旋律，在教堂的木制屋顶和简朴的墙柱间回荡。唱着赞美诗的人们，眼里满是清澈的虔诚。她抬头仰望讲台背后，静静悬挂的十字架，焦灼无助的心，每每得到难以言述的安慰。

那时她还偶得一本杂志，里面有很多学者的见证。他们在精神上自有一番别样的经历。她常常惊叹于其中的共鸣。

然而，她与教会，和教会的人们，保持着舒适的距离。她还有许多要独自思索的事，要独力搞清楚的问题，有许多错综复杂的自我，还值得玩味，亟待探索。

教会里时不时有巡回讲道的牧师来访。有一次，从加州来了位胖胖的老牧师。祖籍上海，前半生在加州行医，作神经外科大夫。老牧师块头大，没有一般慈眉善目，温和谦卑的典型牧师形象。老头的情形是——无语时，自带一种沉静的威严，可能跟半生持刀站了手术台有关；开口时，也不像一般知识分子那么克制，而是抑扬顿挫，掏心掏肺，激情四射。老牧师请人搬走了讲坛，在讲台上撸起袖子来回踱着步，带着浓重的上海口音，放手放脚地开始宣讲：有严厉时，有温柔处；有时低头，内心独白；有时仰面，大声宣告；有时，捧手在胸，面对听众，深情道来，循循劝导。

人胖怕热，教堂不大又挤满了人，老头一边讲，一边不时用块白色手帕，擦拭脸上，领口里和手臂上的汗水。

跋山涉水，整整三个晚上，终于讲完了。

凝神静气的会众，从一种摄人的力量中，被释放了出来。有人本来身体前倾，此时松散地靠在了椅背上，长长吁出一口气。教堂里，除了有克制着清嗓子的轻咳声，忽然没有了讲话的声音。湿闷的大热天，空调不够用，屋顶上的电扇开到了最高档，扇片用力飞快地转着，那力量让扇身有些微微地颤抖，送出霍霍的凉风。

然后是问答时间。

老牧师从观众们写在一堆纸条上的问题里，抽了一个回答。这是个有关地狱的问题，便是“上帝是爱。但如果上帝爱我有我母亲爱我的一半，他将不会送我去地狱——不是五分钟，不是五天，而是永永远远的沦落在地狱里。既然有地狱，那么上帝还是爱吗?”

那正好是她递上去的小字条。其实，这个问题，原本也不是她的问题，是林语堂先生在《信仰之旅》中撞跌过的问题。

老牧师端着杯水，在台上摇着头说:“这是个很深的问题，看似发自伦理常识，答案却不简单。”接着，老头开始引经据典地回答解释。

回想起来，老先生的逻辑，也许可以提炼成几句话：地狱是个与神永远隔绝的地方。神不仅是爱，也是完全的公义。神赋予了人以自由意志，所造的是今天所谓的“大写的人”，而非木偶或机器人。给人自由意志，是因为神希望人人都选择爱和跟随他，而非不得不爱和没有选择地跟从。没有选择的爱，从逻辑上而言，不是真爱。人既然可以选择，就会有人选择不爱。而神又是完全的公义，自然不会强人所难。因此，选择永远拒绝神的人，也从而永远与神隔绝。

老先生似乎在台上讲了很久。而她在台下，用尽力气，也只听得似懂非懂。尽管如此，当老牧师最后在堂前作“福音呼招”的时候，她却在不觉间，高高举起了手，并跟随老牧师和其他举手的人，作了决志祷告。

然而，她对信仰的感知，仍大都还停留在逻辑和知识层面。神，在冷冰冰的书里，在经上；她，却活生生地行在地上。她的心，依然坚硬，依然骄傲。

∞ ∞ ∞ ∞ ∞

不久，他在父亲病后第二次回国探访。这次，她随行带了本《圣经》。

那时，父亲已经半边瘫痪。大部分时候，他神情木讷，略略有些呆滞。只是偶尔，眼里亮起小星星，才又显得神志清楚，才思锐利，忽然间蹦出一句风趣的话，让人惊讶之余，哄然大笑。她透过笑出的眼泪，看到父亲，在她的泪光中昙花一现，归回从前的自己……

笑声未落，父亲又回到呆滞的神情。而她的泪，转瞬间，就从一种眼泪，变成另外一种眼泪。

父女俩，有时就在父亲的小房间坐着，也没有话说，只是相互守着。有时，她靠着打盹的父亲，取出《圣经》来翻看。也有时，父亲睁眼躺在床上，听她轻轻地念诵经文。父亲静静地躺着，盯着天花板看一阵，又转头看向窗外的阳台，看阳台之外大片的阴天。父亲看她念诵着，眼光就落在她的脸上，深深久久地滞留，目光似乎在探寻，又似乎想索取一点什么。

看不大出，父亲在听，还是没有听。她念诵了一阵，问他："累了吗？还要念吗？"父亲微微点头，没有表情，淡淡清晰地回答："念吧。"

后来，她将《圣经》留给了母亲，告别了父亲，回到奥兰多，回到在奥兰多的生活。

那时，她已经从罗林斯学院毕业，在奥兰多的西屋电气公司，作国际运作部的财经分析师。

那几乎是一串像珍珠一样光滑闪亮的日子。他们一群来自世界各地的年轻人，有头有脑，有说有笑，工作很卖力，玩得也疯狂。公司旁边的假日酒店，University Boulevard 和 Semoran Boulevard 交接处的 TGI Friday，冬日公园 Park Ave. 上沿街时髦的酒吧，还有同事里奥在城里 Eola 湖边的单身公寓，都是他们经常聚众玩乐的地方。

对地球另一端的父亲的牵挂，像长长的阴影将她拖住。她带着那阴影，将光滑闪亮的日子，如珍珠般串起来挂在手臂上，在阳光下招摇而过。她跟着伙伴们一起，鼓着腮大口大口地吹气，将那无边无际的日子，吹起来，吹成一串串泡沫，在阳光下漂浮闪烁。

∞ ∞ ∞ ∞ ∞

她要好的女友中，有个从北卡州夏洛特分部新近调来的女子伊丽莎白。大家叫她丽兹。丽兹比她大九岁，中等个头，微微有些胖。深金色的头发，刘海挑染成微微泛白的白钻金。丽兹长着一张动人的脸，不算典型的美女，却味道绵长，让人过目不忘。丽兹有一双褐色浑圆的眼睛，眼角微微向下倾斜，闪着温柔无邪的光，像一只奇异的波斯猫，勾人心魄。

丽兹是西弗吉尼亚人，说话时，声音慵懒，略带磁性，带着南方口音特有的柔软，眼里荡着笑意。丽兹听人说话时，一双迷蒙的大眼，无限信任地凝视对方，似乎世间其他种种已然褪去，天地间只剩丽兹在深情倾听，让说话的人如沐春风，而不觉间，精神抖擞，全神贯注在丽兹这个倾听的人身上。

而她却隐隐觉得，丽兹其实是脆弱的，缺乏安全感。像是一个绊倒后，伤口流血暴露在外面的孩子，脸上带着迷失的无助，无辜得让人怜爱。

迷人的丽兹，总有人关注，不缺人陪伴。但丽兹喜欢接近她，下班后常常约她一起消磨时光。

一次酒后，丽兹跟她讲自己的故事。那时丽兹正在跟第二任丈夫离婚，但丽兹真正痛苦的，是她无可奈何地又爱上了另一个人，公司里的一个主管，是个有妇之夫。在酒吧昏暗的灯光中，她看到丽兹半醉的眼里，忽然蒙上一层泪，平日里如花的脸上，罩上绝望的阴郁。

那时，她也正陷在一段沮丧无望的感情里。与他相恋的那个人，有才有貌，善解人意，来自东部的体面人家。对于年轻时的她，那个人有能力又脆弱，有阳光又神秘，带着动人的光环。就算有些小小的喜怒无常，偶尔有些莫名的小情绪，也是有魅力的。

他曾说起，家里本有个全家疼爱的小弟弟，早年生病去世了。他也曾无心提到，他的父母，在弟弟死后，感恩节不再吃火鸡，圣诞节不再点亮圣诞树。她听了，心中惊叹：如果父母的心，随死去的小儿子死去，对于还活着的大儿子，是否算是一种活生生的抛弃？无力给父母以安慰，被父母无视的儿子，会不会觉得，自己是可有可无的人，会不会渴望在众多人的眼里，都是不可抗拒的，格外地去寻求自己存在的证据呢？

最初，那人殷勤地靠近她，他们有过一段心领神会的畅快时光。然而，几乎没有原因的，那人却又止步，最后就停在了若即若离的距离。在深陷的情感沼泽地，既然沮丧无望，她便想离去；但对方又苦苦不肯放手，万分矛盾。她虽清醒自尊，却没有淡然放下的决心，亦没有决然离开的勇气。那样一段剪不断理还乱的复杂，不是她那样的阅历，可以淡然消化得了的。

就在各自情场的僵持中，丽兹和她，成了战友，相互支撑着，在战壕里舔着各自隐秘的伤痛。只有她俩在一起的时候，可以伸展开来，将各自带血的伤口，无忌地挪到灯光下，在相互同情的目光中，细细抚摸，娓娓道来。

∞ ∞ ∞ ∞ ∞

公司整改，她从西屋国际运作部的财务部，调动到了能源部的市场部，分管亚洲，常去东南亚一带出差。她邀丽兹同往散心，讲好丽兹跟她挤酒店，省了住宿费，只需出机票钱。她们的计划是，她先去新加坡办事一周后再去吉隆坡，丽兹就直接从美国飞吉隆坡跟她会合，工作完毕后她们同去香港，之后丽兹回美国，她再继续北上大陆。

丽兹在一个周五的下午，飞抵吉隆坡。小别重逢，她们相视而笑，轻轻相拥。

工作上的事结束后，她在吉隆坡的业务代理 Lim，一个家道殷实，老练文雅的中年华裔男子，招待她们去吉隆坡郊外云顶的赌场

获得西屋电气“全面质量奖”的市场分析师(1998年)

Genting Highlands。

吉普车翻山越岭,深夜时分,到达云顶的酒店。山顶夜色清凉,缭绕在雾气中。她们跟着同行陪伴的几个黑衣男子,凌晨时分,走进赌场。巨大的赌场大厅,人头攒攒,挤满了清一色的男性赌客。她们随着那几个黑衣的男子,穿过深夜里雾气弥漫的大厅,去赌场的另一端。所到之处,一桌桌的男人们,从赌台前转过头,恍然如梦中醒来,睁着带血丝的眼,用惊异的眼光看着她们——看黑压压的人群里,雾气中,迎面走来的金发女郎,丽兹。

Lim 和他的伙伴们在赌台前站定,被众人包围着,在一声高过一声的喝彩中,节节抬高赌注,红着脸赢了不少的钱,大赞她俩为吉祥物。

在赌桌前一波接一波的高潮中,恍恍惚惚到了天明。回想起来,似梦似真,那真是一个不可思议的夜晚。

第二天下山。她提议先乘缆车到半山腰，再坐车到山脚。丽兹立刻显得紧张，犹豫着要不要坐缆车，尴尬地笑着对她说："我恐高，真的！"

她以为丽兹开玩笑，不以为意。

但丽兹真的纠结再三。最后，咬着下唇，深深地看住她的眼睛，轻声，却异常决绝地说："If you want to take it, we will take it. I will do it for you!"（你想坐，我们就坐吧。我要为你坐）她大笑，拖着丽兹上了缆车。

坐在缆车里了，她注意到丽兹紧握扶手，脸色惨白，才知道丽兹是真的恐高，真的怕。

她忽然想，刚才丽兹深深看她的眼神，和那句决绝的话，是多么的来路不明啊！

在吉隆坡郊外下榻的 Hayatt 酒店，傍晚，她们穿过长廊去酒店的酒吧。热带的大芭蕉树，忽来的阵雨打落在芭蕉树叶上的雨声，马来女人艳丽的华服，都是她们感觉新鲜的异国情调。

入夜，酒吧里，菲律宾歌手绵长凄苦的情歌，让她俩沉默，各怀心事。

她注意到，丽兹对她极为迁就。她说的话，丽兹都很附和，带着讪讪的浅笑。有时，又似乎欲言又止。后来，丽兹就只是慢慢喝酒，侧过头去看正在深切娓娓，倾情吟唱的歌手了。

她俩坐在离舞台最近的地方，乐队演完，邀请她们一同去吉隆坡城里玩。闷热潮湿的深夜，她俩和乐队挤在一辆吉普车里，车在狭窄的土路上一路颠簸。

丽兹醉了，恍恍惚惚地看着她，也不说话，紧拉着她的手，在半路上吐得不省人事。

第二天，她们离开吉隆坡到了香港，白天四处闲逛，晚上就去酒吧坐到深夜。

分手的前一晚，她们去下榻酒店的底层酒吧听人弹琴。酒吧里人少，她们在暗处找了一个角落坐下。

在半醉中，她悠悠提起，与远方那人的纠结，前路的渺茫……

同样半醉的丽兹，没有回应，也始终没有直视她。

她想起来，她们坐在吉隆坡街头喝咖啡的时候，她也向丽兹提到过这纠结的情事，丽兹也是无语。只是头转向别处，漠然观望过往的行人。良久回头面对她时，似有一丝焦灼，却只是两眼空洞看着手指，并没有看她，仍是寂寂无语。

此刻，在酒吧里，孤独的琴手弹着寡淡的旋律。她看了一眼沉默的丽兹，没有警觉地，一个念头从她脑里闪过。

她的心，被那念头一惊！

第二天，在香港机场道别。她们似乎都暗自松了一口气，提着行李，奔向下一个旅程。

∞　∞　∞　∞　∞

不久后，她回到奥兰多。

一个周五，下班后临时兴起，他们一行四人去 Daytona Beach，那段时间正是 Bikers' Week（摩托车党周）。她、丽兹、里奥和那位与她若即若离的人。

那是一个疯狂的夜晚。Daytona Beach 的满街满巷，挤满了穿着皮衣皮裤，手臂上满是文身的摩托车党。空气里弥漫着烟酒和大麻的气味，摇滚乐和乡村乐，从各个街边的酒吧里，带着震耳欲聋的热浪，腾腾翻滚出来。

丽兹穿着一件小黑裙，她穿着牛仔裤和黑白相间，露出大半个肩头的紧身上衣。他们兴致勃勃地混在人群里，拎着啤酒瓶，走街串巷，出入一个又一个酒吧。不时有人向她吹口哨，或者醉醺醺地窜到身边，在她的耳边低语"Hi, baby"。他们四人，只是哈哈地笑，嘻嘻向前跑几步，离那些醉汉远一点。

多年以后，还能记起那个佛罗里达温暖湿润的夜，有拂面的风，淡黄的月，而她感觉像长了翅膀，时时都可以飞起来。

深夜返回奥兰多。里奥开车，她坐前座。丽兹和那位与她若即若离的人，坐在后座。

一路上，大家没有说话。夜色中，疾行的车里，她对悬在后座的沉默，心里莫名升起异样的感觉。

到了公司停车场，他们道别，各自开车回家。

凌晨到家后，她坐立不安。

半小时后，鬼使神差，她摸出家门，驱车去那人的家，在城郊一个偏远处，被树林围绕的地方。

去那里的路蜿蜒曲折，两旁是高大茂密的树丛。在暗夜里，路旁的树丛，变成连绵不断，黝黑沉默的墙，只是在转弯处，被车灯照亮。她心里恐慌，不知要寻找什么，只是被无名的力量驱使着，加大油门在暗夜的小路上飞驰。

到了。她轻轻走到他的门口。月光中，看到门的把手上，勉强夹着一个外卖菜单。

轻轻一碰，那菜单就掉在了地上！

这道门，那一夜，没有被打开过。

她知道，四人相约去 Daytona 前，那人刚从匹兹堡出差回来。他们去 Daytona 时，他还带着出差的行李箱。那一晚，他们四人分手后，原来他并没有回家。

轰然间，几周前在香港的酒吧，她脑里闪过的让她惊惧的念头，被证实了！她确信无误地直觉，那个她爱的人，跟丽兹走了。她亲爱而被她心疼的丽兹！

她恍然大悟，记起在吉隆坡的街头和香港的酒吧，丽兹讪讪地笑，次次躲开她眼光的沉默；在去吉隆坡城里，深夜颠簸的土路上，丽兹大醉如泥，拉着她的手，欲语又止。

她想起来，在马来云顶的缆车里，丽兹对她的迁就，面色惨白的脸。

终于明白了。丽兹虽极度恐高，却莫名其妙豁出命似的，在云顶决然"为她"，像临刑一样爬上缆车——"If you want to take it, we will take it. I will do it for you!"

"I will do it for you!"

"I will do it for you!"

"I WILL DO IT FOR YOU!"

丽兹，像打碎一块稀世古玉而不知所措的孩子。而忍着恐惧陪她坐缆车，是一个内疚的孩子对她无语的偿还。

∞ ∞ ∞ ∞ ∞

在"世界的末日之夜"，她驱车返回。

整夜没有合眼，整夜被炙烤着。如果可以让世界在此刻结束，她一定会义无反顾。

而窗外的鸟，开始声声轻叫起来。微弱的光线从百叶窗的缝隙渗透进来，房间里的暗色开始褪去。

又是一个艳阳天。

她痛极麻木，身心疲惫地坐在床头。

茫然。

这一刻，已是如此无望地不可逾越，而接下来，无尽无际的日子，如何熬下去呢！

床头左边是一个旧式的床头柜，柜上放着一盏老台灯，堆着一叠各样的书籍。

她顺手拿起最上面的一本。这本书，原是以前男友的母亲送她的，只是略略翻过。一次清理杂物时，就顺手丢弃了。薇拉太太看到这本上好的书，捡回来擦干净，不声不响地又放在她的床头柜上。

此时，她心不在焉地从这书的中间翻开一页。跃入眼帘的，是一个人的呼喊：

> “让我忘记世俗所有的智慧吧，忘记世间所有的教诲，让我忘记教会所教我的，让我忘记《圣经》上所说的，让我忘记所有听到的道(sermon)和智者的劝诫！您亲自跟我说话吧？不要中介，您直接告诉我吧！您要我领教什么？我还没有做够吗？您要我怎样做？”

再往前翻几页看，原来，这是一个遭遇种种，疲惫绝望，灵命枯竭的牧师的旷野手记。书的封面，是夕阳下，河岸边，风中飘动的芦苇，和漫到天际的水域。

这些文字，是一个灵魂走到十字路口，在天地间跪下之人的呐喊。那人向着无声的上帝，死寂的沉默，掏心掏肺，捶胸顿足。

这些词句，字字灼烧着她。一夜未流的眼泪，从她的眼中滚落下来。

放下手中的书，仰面望墙，不觉间，她喃喃开口：

“如果你存在，你要我怎样？我努力做一个好人。我努力忘记过去，努力向前。难道我承受的还不够多，我还不够好吗？你还要我怎样？你还要给我什么教训？”

她僵坐在床上，从含泪轻轻自言自语，到泪涌如潮，在夜色褪去天光渐明的屋子里，对着温湿的空气，大声地质问。

无边的绝望，窒息的愤怒，决堤的眼泪，一一将她淹没。

世界是如此的寂静。在寂静中险象环生，充满邪恶的陷阱。

霎那时分，一缕强光，从百叶窗的缝隙射进房间，将窗前那棵老橡树的枝叶，投射在床对面的墙上。那间小屋霎时明亮，就像一张面无表情的脸，瞬间如花般展颜开放。

那是一个有风的天。枝繁叶茂的橡树，在风中簌簌起舞。投在她墙上的树影便随风摇摆，使得那闪烁的光线，在墙上摇摆的的树影间，窜动跳跃。

像有无形的手，以那窜动跳跃的光为墨，在墙上书写无解的语言。

这个景象，在世上的这个或那个角落，这面或那面墙上，分分钟都幕起幕落地上演。就像云聚云散，花开花落般稀松平常。此刻，却像有一种力量，让她挺直坐定，全心凝视那面墙上，来自他乡，来自另一个世界，无法言喻的奇妙。

那窜动闪烁的光，全然牵动着她的视线。颤动的树影像是一首流淌的旋律。世界是多么的寂静，一切过往的喧嚣，被那寂静淹没，而那无声的世界，被笼罩在无数的细语中。

有个声音，细微到像一声叹息。是的，有人在对她说话，来自远方，独独对她的低语，无声的低语——虽无声，却震耳欲聋，震撼心灵。

这无声的声音，带着无法量度的力量和无与伦比的温柔，直通她的心灵，将她填满，抚平。

时光静止。

良久，抑或只是片刻，她似乎从梦中醒来。而脸上的泪痕已干，所有的苦毒，荡然无存。愤怒、绝望、嫉妒、憎恨、自怜，烟消云散。

她的心，充满平安。那平安从里到外弥漫开来，将她温柔地包裹。

而她，确信无疑，这平安没有来自她自己。在如末日般降临的羞辱和失落的悲哀里，她无法，在一夜之间，给予自己这样的平安。

这平安，来自另一个世界。

破碎已远，她的胸怀里，又跳着一颗完整的心。平静，安详。

她打开百叶窗，阳光瞬间慷慨地撒满每个角落，拥抱这间屋子里的一切。

风像一支歌。窗前那棵繁茂的老橡树，在歌声中，全然仰面，沐浴在阳光里。

她的心里升起一个声音，几乎是催促着她：

“起来！是时候了，去接受洗礼吧！”

纳什维尔

南方田纳西州的纳什维尔，号称美国乡村音乐的首都。城中心的范德堡大学，号称“Harvard in the South”，南方的哈佛。其实好几所南方的名校都自称南方哈佛。

她去范德堡读书是很偶然的。

那年她和男友又分手了。她在东岸最南部的佛罗里达，他在西海岸，隔着千里他们已经分分合合好几次了。最初是他要分手，她默默地阴郁了大半年。分手之后又和好。这次要分，是她提议的。

秋天他们在旧金山碰头，就开始为此纠结。她搭夜班飞机回东岸的那个下午，在 Union Square 附近的一条小街闲逛。迎面走来一个年轻女子，怀抱一个面若桃花，天使一样的女孩。他凝神痴望那女孩的脸，回头轻声对她说：“你知道，如果我们在一起，孩子就会是这样的。我会照顾你们，你什么都不用担心的。”那女子走过去的时候，一群鸽子从街边飞了起来，喉咙里发出轻柔的咕咕声，灰色的羽毛在太阳下闪烁。

他是一个极低调的富家子弟。除了开车的时候很激进，其他时候动作慢吞吞的，行事总是一板一眼。褐色的大眼睛，温柔而清澈。

她提出分手，他提议最后再商谈一次。时间定在圣诞节，地点就在纳城。他父母住在附近的州，他趁节日去看他们，节后他俩各赶一程去纳城赴约。

在纳城。干冷无雪的日子，风大刺骨，他俩各自揣着手，漫无目的地在街上走。车辆稀少，冬日满目萧瑟，街边店铺里隐隐传出节日音乐，平添孤寂。

不经意间，他们走到了 West End 街上的范德堡大学。他本科是那里念的，就带她在校园里走走。天冷云低，校园里高矮不一的树，大都秃着。各式风格的建筑像是蒙上了一层灰色，但仍不失优雅庄严。

在学生餐厅不远处，他指着一幢不起眼的小楼，说那就是校园电台所在，当年他可是电台的音乐 DJ。

他酷爱音乐，在旧金山的一家 record label（音乐制片公司）工作。他们前次分手时，他慎重地拿出自己心爱的一套昂贵的录音设备，硬要让她帮着保管。他说："如果你肯帮我保管，我会再来取，我们就还没有完全分手"。她心里一暖，叹口气，觉得他孩子气，还是把设备留下了。

他们不知不觉间走进了范德堡大学的法学院。正放着寒假，大厅走廊，楼上楼下都没人迹。二楼图书馆外快下楼梯处，摆了一个大大矮矮的茶几，散落着几张沙发。茶几上孤独放着一本厚厚的彩色册子，是法学院的申请表格。鬼使神差，她顺手拿了放进包里。

当晚临睡前，她想起了那申请表格，取出来坐在灯下仔细翻看。在学生名单里，她注意到一个中国人的名字，姓 Tong，此人之前还毕业于罗林斯学院（Rollins College）的 Crummer 商学院，她的母校。这么一来，她便觉得跟这个范德堡大学有了一丝干系。来年申请法学院的时候，她递了十几份申请，顺便也给原本没有打算申请的范德堡法学院递了一份。

几个月申请下来，她得到的唯一一份录取通知，便来自范德堡大学法学院。

∞　∞　∞　∞　∞

范德堡大学法学院每年招两三个中国人。三个年级，加上她，那时一共七个中国人。到达的头几天，临近开学，她就认识了几个。那天她循着路边看到的中文标识去一个中文教会。正好有一对北京来的夫妇在小小的礼堂作受洗前的见证。午餐的时候跟会友交谈，才知道好几个法学院的中国学生都是在这里受洗的。那对即将要受洗的北京夫妇都是北京外交学院毕业的，先生就在法学院。一位姓李的化学博士和一位北大姓马的同学也是法学院的。

法学院学业繁重。他们都忙于每天无穷无尽的案例阅读分析，惶恐于在课堂上被教授当众提问，没有太多课余交往的时间。尽管如此，偶尔在一起包饺子或啃汉堡的时光，无比的纯净美好。

她结识了三个小姐妹，都是北京姑娘。其中两个是来陪先生读书的，一个法学院，一个商学院。她们的重点乐趣是周末做饭聚餐。易小姐有一道油炸茄子，还有一道红烧黄鱼，如今想来还让人口舌生津，跃跃欲试。她的拿手菜，鸡丝凉面，就是那时练出的手艺。做凉面时，她藏在厨房里配料，信手挥洒下来，每每让姐妹们啧啧惊叹。纤弱的王小姐不做饭,高兴时摆弄一下墙角的一架老钢琴。卢小姐是摄影天才。曾经给她拍过两张黑白的照片。一张她穿着低胸的小黑裙,若有所思地站在洗手间的一面镜子前,眼神茫茫。

同学一场。毕业前,她破例让王小姐进厨房,看她调制凉面酱汁。凝神静气调制完毕,她拍拍手上的葱末,笑着对王小姐说:"调好了。你如果有灵气,看明白了,就是给你的毕业礼物,也算咱俩同窗一场。"可惜王小姐只顾着说话,没顾着记笔录。再央她讲一遍,她就死活不肯了。

她还有三两个朋友,同班的琳达、史黛茜和邻班的罗密娜。

罗密娜的妈妈是阿根廷人,爸爸是爱尔兰裔的美国人。罗密娜从小父母离异,由妈妈在阿根廷独自带大的。罗密娜有一对褐色美丽的眼睛,一头长长的深棕色卷发,娇小玲珑,既精致,又有南美人的热情豪放,是个少有的善良女子。罗密娜极为聪明,一点即通,她跟罗密娜讨论问题,总觉得罗密娜思维实在快,自己脑子跟不上。罗密娜那时的男友,也是后来的先生迈克,是个犹太人,比罗密娜大好多。罗密娜的姓氏很长,是爸爸妈妈各自的姓氏中间用一截短线连接起来的。跟迈克结婚以后,按传统要冠以夫姓。罗密娜还是想保留父母中的一个姓,纠结了好久是去掉妈妈的,还是爸爸的姓。

她和年级里仅有的另一位中国人王小姐,常跟罗密娜一起混,一起在放着摇滚乐的咖啡屋阅读永远也读不完的案例,写 outlines(课程总结);逢年过节,也被邀请去罗密娜家聚餐。

毕业前她们三人有张照片,在法学院里被教学楼围着的院子里照的,那院子叫 Black Acre,法学院里的学生活动经常在那里举行。

那时她们都找好了国际大律所的工作。她去硅谷，王小姐去纽约，罗密娜要去得克萨斯州的首府达拉斯。她们三人站在春末的阳光里，踌躇满志，笑靥如花。

几年前，她趁圣诞期间从上海回到美国，那时离她们毕业时那张阳光下的照片，大约十年之遥。她拆开半年前法学院校友会寄来的一封信，信中说：罗密娜，先生迈克和他们四岁的儿子，在达拉斯家中的一场大火中，全家丧生。

和罗密娜毕业前在法学院 Black Acre (2001 年)

世上少有的一些人，活着像光芒一样，罗密娜就像那样的一束光。时至今日，她仍难以想象，罗密娜的妈妈，如何面对没有罗密娜光照的余生。

∞ ∞ ∞ ∞ ∞

第一次注意到琳达，是在合同法课堂上。教合同法的 Howard 教授是个单身的南方中年淑女，每天上课穿的套装裙子，一学期都没见重复过。Howard 教授点名 P 小姐回答提问。

法学院上课，都不称名，只是某先生，某小姐的道姓。据说是为了提示大家律师职业的严肃性。大部分的法学院学生，都是大学毕业直接考入法学院的，像她那样将近 29 岁高龄才进法学院的学生占少数。在课堂上被郑重其事地称为先生，小姐，感觉一下就肃然起敬了。

P小姐琳达的声音，从大课堂的最后一排传出。细细的声线，高高的 pitch（音调），几乎像是西洋歌剧里的假声，带着浓浓的东欧口音，要费点力才能听懂。她伸长脖子回头看，看到一个金发女子，本来就大的眼睛睁得更大，脸上羞涩犹豫的神情，像一个被抓住偷了瓶子里糖果的小女孩。P小姐面色红润，尽管声音柔细，整个人却像一团旺盛的活力，被装在一管细细的玻璃瓶里，随时都会井喷。P小姐琳达，来自 Latvia。法学院三年级时，她和琳达成了室友，合租一间犹太教会原来廉价租给俄罗斯犹太人的两室一厅的套房。

琳达刚上法学院不久，就在图书馆打工。那时连美国同学都恨不得每周七天每天 24 小时不吃不喝，才能完成那滚滚堆积的阅读作业，不知道英文都讲不利落的琳达哪来的时间可以用来打工，而且据说琳达第一个学期的重头课“合同法”还拿了 A。后来琳达不知怎样又在当地的一家牧场打工，爱上了马，毕业时找工作，琳达一定要找离牧场不远的城市，这样琳达可以不离不弃带上她在纳城牧场收养的一匹老马。琳达绝顶聪明，慷慨爱笑，表面大大咧咧，黑白分明，其实敏感心细。琳达拼命打工，很少睡觉，有源源不竭的精力。日子虽然辛苦清贫，琳达却淘了一套音响设备，还置了一套三件的全新乳白色沙发，放在客厅里。深夜躺在沙发上，凝神细听古典交响乐。琳达说：“听古典音乐能让人聪明。”这个做派，让她很是刮目相看。

琳达说小时候在 Latvia 物质缺乏，甚至只有一双鞋，不分场合地穿。琳达将厨房的橱柜塞满了各种食物，各样供给，好些东西都储存好几样。而她截然相反，不喜购物，是用时才买的风格。她对琳达这种“深挖洞，广积粮”的做派也是刮目相看。

美丽而冰雪聪明的琳达，外表羞涩而内心丰富热烈，经常陷入恋爱，好人坏人都有。每每都是全力以赴，次次死去活来。琳达像一个透明的人儿，一本翻开的书，坚毅和脆弱的故事就摆在人面前，触目惊心，让她心疼。她和琳达坐在深夜的客厅里，听琳达讲最新的爱情故事，听得九曲弯弯。她在琳达细细的声音里落入这女子蓝光荧荧的瞳仁中，像落入一汪无底的湖泊，被全然浸润，感同身受，常常磨拳擦掌，恨不得替湖面蒙着层泪光的琳达两肋插刀，赴汤蹈火。然而，当她常常揪着一颗心，被沦陷在琳达的故事里没走出来，琳达小姐已经进入了下一个角色了。

Latvia 人跟俄罗斯人有民族成见。有一次琳达给她看 Latvia 的一个动画片。里面的人手拉手，在雪地里围着篝火唱歌跳舞，唱的是要紧紧手拉手，团结一致抗击外来敌人的部落歌曲。她对琳达笑："你们人少，才要手拉手团结。你去中国看看吧，就不要手拉手了。"

琳达很会煮咖啡，用特大号的咖啡杯盛，把牛奶用 French press 搞出些泡沫加在上面。她俩各自端着硕大的杯子，坐在狭小厨房里窗边的小圆桌前，天南地北地讲着总也讲不完的话，在不时的轰然大笑中，弯腰抹着眼角笑出的泪；而窗外，正漫漫飘着大雪，或绽满初春的新绿，或有秋日的风吹起，或者是寂寞的夏日午后，一只野猫从窗前的院子里蹿过。

开学时，她研究新学期的课表，左选右选都排不定选修课。琳达最不喜欢人愚笨迟钝。看她坐在小圆桌前磨叽了大上午，赤着脚咚咚咚阔步走进厨房，不耐烦地冲她说："怎么你倒是越长越漂亮，却越来越愚蠢呀！"

琳达语言天分极高，分析能力也超群。虽不怎么用功，课业一样好，尤其是税法，是税法教授的得意弟子。毕业后，在教授的力荐下，去了教授以前任合伙人的芝加哥大所 Kirkland Ellis 的税法部。也算是物有所值，人有所归，对得起琳达过人的天赋。

她至今保存一张琳达从芝加哥寄到硅谷的一张黑白卡片，寄于她毕业考完加州律师资格考试后。卡片里面，琳达的英文草书像鲜花般徐徐绽放，行云流水般写着：

> Dear Hua! Congratulations on passing the dreaded California Bar. Hopefully, this is the last exam we have to take, so now we can carefully concentrate on our careers, speaking of which, I know you will be a star. It will make me happy to see you succeed, as you, no doubt, will. Linda.（亲爱的华！祝贺你考过了令人生畏的加州律考。希望，这是我们最后的一次考试，则现在我们终于可以小心地专注在我们的事业上了。说到事业，我知道你会是很出色的。你无疑会成功。看到你成功，会令我非常高兴的。琳达）

卡片的正面，是个跳着芭蕾的小女孩。那女孩腾空起跳，脑后的小辫在跳跃中扬了起来。那孩子的侧面，轮廓饱满而五官模糊，头微微向上仰望，迎着光，两臂像翅膀般张开，像平生第一次腾空起飞的小鸟。

就像琳达和她。

和琳达在毕业典礼后(2001 年)

∞ ∞ ∞ ∞ ∞

史黛茜是个金发美女。皮肤光滑，白皙透明，五官毫无瑕疵。给人的第一印象略显冷漠，说上话以后，发现其实只是羞涩内向而已。说到兴处，也是有声有色，极有热度的人。史黛茜的先生杰生，原是史黛茜哥哥的同学。史黛茜初次在哥哥的一众哥儿们里见到杰生，惊为天人。此后便在家里茶饭不思。所幸随后杰生找了一个幌子约史黛茜出去。小姑娘欣喜交加，很快自作主张搬过去与杰生同住。

跟她讲这段历史的时候，史黛茜在法学院的地下室，端着一大杯咖啡，半骄傲半自嘲地对她说："我从此就没有搬出来过。剩下的就是历史啦！"(The rest is history)

和史黛茜在杰夫房子外的阳台上(2000 年)

杰生长得像电影 *Good Will Hunting* 里的那个数学神童 Will。高高的额头,蓝色的眼睛,英气逼人。后来她的房东杰夫见到杰生,每每偷偷脸红,无法直视。因为杰生让杰夫想起离他而去的前男友。杰生是陪史黛茜来纳城念书的,那时他以写技术书籍为生,给 Oracle 写过一套厚厚的技术手册。她后来在弗吉尼亚一个中科大毕业的朋友家,看到那套几卷的丛书,本本厚如砖头,封面金灿灿地印着杰生的名字。

史黛茜出身于犹他州的摩门教徒家庭。十几岁时,父亲的生意发了,史黛茜就成了富家小姐。史黛茜说小时候父母没时间照顾她家兄弟姐妹四人,就给他们一人发了一台电视机,在各自的房间关上门看。她想象洋娃娃一样的小史黛茜,金发上扎着蝴蝶结,穿着泡泡裙,独自坐在白色小床上看电视的样子。杰生是天主教出身的纽约人,从小父母离异。史黛茜温柔对他,像小母亲一样。

有一段时间,史黛茜、杰生、她和房东杰夫四人,经常去纳城的一家 Unitarian Church(统一教会)。这样的教会是大杂烩,什么都信。各种宗教深究起来,其实在深层面多有基本原则上相互冲突的地方。什么都信,当然就变成什么都不真信了。那家 Unitarian Church 有一个面容清秀的女主持,着白袍。教堂里点着香火,主持有时会敲一下堂前小小的一口钟,叫大家静坐。那钟的声音很轻,却绵长,绕梁不止。

有年正是总统大选,布什对戈尔,针尖对麦芒,选民也争得如火如荼。史黛茜和她都挺民主党的戈尔。她来美国看的第二本书,就是戈尔写的。有几个段落,让她捧着书在图书馆站着读了好久。戈尔恰好也是她俩范德堡法学院校友。大学的学生和教授多是自由派人士,支持民主党。据称丘吉尔说过:25 岁的人如果不是自由派分子，便是没有心肺之人；40岁了还没有成为保守派的一员，便是没有头脑之人。民主党是自由派，共和党是保守派。她俩离40岁还远，心肺充沛，是自由主义的民主派死党。

那时，法学院教法律调查课(legal research)的是一个单身女教授。教授半边脸部的下侧有一点变形，不知是生过病还是受过伤。此教授长相穿着都普通，如果不是脸上的这点状况，走在人群里应该不会给人留下印象，就像握在手上的一大把quarters(25美分硬币)里的一个quarter。但这位教授一旦站上讲台，立即面貌非凡，举手投足淡然优雅，字字珠玑，风趣幽默，灼灼闪耀智慧之光。就像书上的动画人物从二维空间，跃入立体影院的三维空间，极为引人入胜。此教授亲民，偶尔亲切跟她聊天，提起70年代去过一次中国，印象里还是满大街骑着自行车，穿着灰色中山装的中国人。

大学这样的知识分子圈子，表面思想自由，实质从众风气严重。在自由主义风气占压倒地位的法学院，这个教授有个特殊之处，是一个凤毛麟角的共和党分子。有一天，她在位于图书馆内的教授的办公室跟教授聊天。聊到大选，两人逐渐话不投机。已经话锋尖锐了，最后的一根稻草便是，她说："那让有钱的人给穷人分享点财富有什么不好！"教授涨红着脸，冲她嚷道："给我出去，滚回中国去！"(Get out，go back to China)

她气宇轩昂地走出去，从此不理这个教授。哪知道40岁以后，她也变成律师队伍里少有的"保守分子"。

她和史黛茜继续挺戈尔。挺了半天，到大选之日，却听史黛茜说没有去投票。问原因，说杰生是共和党铁杆，两人都去投票的话，互相抵消，还伤和气，对家庭安定团结不利。她自己是外国人，不能投票。投票可是表明立场的原则问题！抵消可以抵消，立场不能不表明呀。不是读法学院吗？将来不就是靠发表意见吃饭吗？她原指望着史黛茜能投上这一票！对史黛茜的务实，缺乏政治节操颇为失望。

史黛茜很喜欢听证券法教授的课。她们的证券法教科书，就是这个和蔼的，瘦瘦高高的白发老头写的。老头哈佛法学院毕业，是证券法学术界的大腕。听说还是个牧师。据说老头早年还在美国海军陆战队当过兵。但她觉得老头说话前言不搭后语，跳跃性过强，不是她的菜。她喜欢的，是那个教国际贸易，矮矮胖胖，讲课像在自言自语似乎总有些心不在焉的老头 Reichman 教授。这个老头说话幽默风趣，思维敏捷，语速极快，也是学术界泰斗。喜欢 Reichman 老头的另外一个主要因素，就是此教授让她想起她同样矮矮胖胖，有些心不在焉，说话幽默风趣，思维敏捷的，过世的父亲。

法学院毕业时，史黛茜的父母来参加毕业典礼。史黛茜邀请她和家人晚餐，在纳城市中心一家高级餐馆。她到了，看到史黛茜的父亲，高高瘦瘦，和和蔼蔼的一位白发老头，居然与证券法教授一式一样的。

∞ ∞ ∞ ∞ ∞

除了她和王小姐这两个亚洲学生，法学院同级还有三个韩国男生，他们每天进进出出都抱团，互相间以兄弟相称。

据说老大出身韩国政治世家，父亲曾是内阁成员。老大脸上永远都带着笑，为人特别认真客气，有种君子之交的恭敬有礼，是个温和厚道的人。老大很有国际视野，似乎那时就看准了中国潜在的世界地位，自己慢慢学中文，一见面就拉着说正宗国语的北京人王小姐练习中文。她和老大一起上过国际贸易法的小课，老大下了课还在思考韩国应该如何结合自身条件，扬长避短，在国际贸易中胜出。记得老大有天激动地对她说，韩国应该向日本看齐，发展电子产品和汽车工业。那时韩国的汽车还没有在世界各地满街跑，她佩服老大的报国之心，开阔的眼界，当时也觉得老大有些异想天开。现在，每每在街上看到韩国汽车，就不禁想起老大当年的那番豪言壮语。

老二是个天才，头巨大，脸圆乎乎的，五官英俊，脸上架着一副小圆眼镜，据说当年是韩国的高考状元。老二的太太是韩国大公司老总的千金，气质惊人的优雅，不过老二说他跟太太吵架时，从来不会道歉。老二笑眯眯地说："这是原则问题，丈夫不能跟妻子道歉。"就算太太哭，老二也不让步。她觉得那么决绝而不分实际情况一刀切的态度有些不可思议，说："你这也太大男子主义了吧！"老二说："别给我上纲上线，反正我就是不会道歉。"法学院二年级的时候，老二的太太生了一个儿子，当时没看出老二有多么激动。过了好几个月以后，有一天一起上自习，老二神秘地跟她说："我儿子现在太有趣了，我太爱我的儿子啦。我觉得我从来没有这么爱一个人，可以说我现在才知道'爱'是什么东西。"她瞟了老二一眼，看他喜不自禁的样子，就问："那，如果你儿子和你老婆都掉到河里去了，你又不会游泳，你会不会跳下去救？先救谁？"老二歪着脑袋皱着眉头想了想，说："嗯，这个问题我倒没想过。如果儿子落水的话……嗯，我想我会去救的，嗯，对，我想我应该会的。老婆嘛，嗯，老婆嘛，我想，我可能不会吧……如果我不会游泳的话，很大的可能性是不会的，至少现在是这么想的。"末了，老二忽然想起来，正色对她说："这个，你千万别跟我老婆说啊！"

老三最是诚惶诚恐的样子，跟牢了老大和老二。老三那时英文说不大好，一见面就跟人道歉。老三有次跟她解释说："我在韩国时可不是这样嘴笨，我能说会道，很活跃的。现在语言不流利，感觉像个傻瓜！"老三毕业后没有在美国找到合适的职位，回了韩国。几年前因为业务合作而通过老二跟老三联络上，那时老三已经是韩国顶级律所里的大合伙人。热情洋溢地回她的邮件，说："以后你来汉城看看，不要忘了你在这里有个朋友哦！"

法学院有各种的学生团体，按学术，业余兴趣，地域种族等等分类，例如亚洲学生的团体 APALSA，全称为 Asian Pacific Islander American Law Student Association（亚裔及亚太岛民美国法律学生协会）。她和王小姐以及韩国"三兄弟"自动都是 APALSA 的会员。法学院的美籍亚裔学生本科毕业于名校的居多，背景都很过硬，不过在学校里并不显得十分活跃。几个亚洲外国学生虽然不是法学院的主流，这些人在自己的本国被人从小肯定，一路顺风顺水走来，在法学院不卑不亢，在自己的小圈子里自得其乐，似乎也没有要挤入主流的愿望。相对于来自亚洲的外国学生，美籍亚裔学生的态度和行事似乎更谨慎收敛一些，对于美国的种族歧视比起外国学生似乎也更有触角。也许是因为他们在美国成长，或许在成长过程中不同程度上经历或体会过种族歧视，对被怀疑为种族歧视的行为更加敏感和反感。

有一次，法学院的法律写作课上，年轻教授给了一个虚拟案例，教授要求大家按照 IRAC，也就是 Issue，Rules，Analysis and Conclusion（问题、法律原则、分析和结论）的写作原则，分析案例，撰写法律备忘录。记得虚拟案例有关一个韩裔律师，名校毕业后在波士顿的一个大律所工作，由于种种原因被律所解雇，这个律师考虑以种族歧视的理由对律所提出起诉。这本来是一个常规的课业项目，但案例中对这个韩裔律师的个人背景描述似乎是基于社会上对韩裔的 stereotype(刻板形象)理解而设计的。在美国，忽略个体差异而纯粹基于种族普遍文化和物理特征的刻板性言论，是不符合政治正确，被人侧目的。这个案例里对韩裔律师的这种 stereotypical 的描述，被法学院里一个低年级韩裔女生注意到了。这个女生感到这个案例非常缺乏敏感(insensitive)，感觉个人很受冒犯，认为这个案例是对韩裔学生，甚至对所有亚裔学生的侮辱。这个女生本科毕业于耶鲁大学，耶鲁大学是有名的自由主义左派的大本营，非常强调政治正确，也许是耳濡目染吧，这个女生个人也很有活动能力，到处就此事发布意见，煽动舆论支持。

后来这件事由 APALSA 向院方提出抗议，要求与院方撤回案例并道歉。法学院院长召集那位当事人教授和 APALSA 成员开了一个座谈会。APALSA 开会一般出勤率不高，那次可能是 APALSA 最隆重的一次集会，大家纷纷提出意见，表示不满。发言的多是美籍亚裔学生，外国学生在一旁听的比较多。听完抱怨，年轻的教授似乎没有表现出太多的悔意，咬定不是故意的，又解释说他在编案例的时候根本没有想那么多。

她觉得这话有些强词夺理，坐在后排角落里举手公开提出异议："……是否'故意'不应该作为歧视是否存在的衡量标准，如果行为人对某个行为是否构成歧视本该有分辨力和基本意识却没有分辨力和基本意识的话，也许这本身就是个问题，说明法学院的最基本政治正确度还没有到位，还没有把反对种族歧视的意识在法学院的文化和政策里体现贯彻出来，这种现象在法学院这样的法律教育机构发生更加强了事件本身的恶劣程度……"

在法学院里她一向寡言少语，事先对此次事件也并没有强烈反应，只是抱着参与的态度去参加会议的，不知自己为什么当时跳出来说话。那次，可能是瘦得像根杆子的法学院院长第一次注意到还有这么个中国学生吧，而且很可能并没有留下好印象。

座谈结束后，低年级的一个韩国男生跑来对她竖起大拇指，说："太感谢啦，感谢支持我们！"她说："咱们都在一条船上，那个案例说不准弄个中国人来写写，一样的。"其实，她也不是真心对种族歧视敏感，或真的提倡政治正确，而是对教授明明已经被告知亚裔学生有意见却仍然不以为然的态度有意见——以美国的文化来衡量，那个案例确实不能说没有问题，如果教授简单直接无保留的提出道歉，大家都会接受的。就这件事的性质和行为人法学院教授的身份，用"不是故意的"这样的理由来搪塞，未免雪上加霜，感觉是对大家智力的冒犯。按照中国的文化标准，她虽然对此事在技术层面是否构成歧视的认定，与美国一般标准下得出的结论不一定完全相同，但毕竟在中国出生长大，对于政治斗争却是天生敏感的。

快毕业时，APLSA 组织过一次聚餐，地址定在郊区的一家韩国餐馆，由韩国老大和老三担任联络员。老大和老三积极张罗，对聚会严阵以待，就像奥运会选址在汉城，聚餐的成败关系到大韩民族的尊严和国家脸面。老大和老三早早就跟餐馆老板打好招呼订好了餐。去吃饭的那天，大家坐定，老大一人给大家发了一份为聚餐而专门自制的菜单，郑重地感谢大家光临韩国餐馆。这种对自己的国家和文化认真的精神，让人感叹。

∞ ∞ ∞ ∞ ∞

上法学院一年级的某个晚上，在图书馆二楼看书。隔着大大的公用书桌，觉得有个人不时抬头看她。后来那人过来说："你知道附近现在还有咖啡厅开着么？"她眼前一亮，仰头看到一个书生模样，羞涩高大的英俊男子。她就这样认识了B。

认识B的那天，她从秋日清晨的校园穿过，看着大片绿色的草坪，白色树干泛着淡淡金光的桦树，黄灿灿的枫树落叶遍地，在朝阳下光芒万丈。她莫名的感动，在心里温柔地求祷："神啊，感谢赐予这样的美景，而我是如此的寂寞，请带给我一个可以分享的人吧！"

当B在夜晚出现的时候，她想到清晨的祈祷，心里微微的笑，B伸出的手，她轻轻踏实地握着。

B是"落难"才到纳城的。B当年全奖读完一流名校本科，毕业后被美国几乎所有的顶极法学院录取。B最后选择的法学院，是因为院方提供了丰厚的奖学金，又派了让B景仰的某南方籍校友，一位著名的左派政界人士，亲自打电话给B亲切游说。B从东部法学院毕业后给纽约联邦法官作Clerk（助理）。一般只有法学院学业最优异的毕业生才有资格给联邦法官做助理，有志于成为诉讼律师的法学生一般期望有给法官做助理的历练。能给联邦法官做助理，特别是如果能给最高法院的大法官做助理的话，被视为律师一生的职业荣耀。可惜B的法官忽然离世。B被推荐来给在纳城的联邦法官作助理。

B来自一个南方家庭，从小在教会长大，长大了反叛，对基督信仰极为反感。不光反感，他看了好多书籍来印证他的立场，书页的空白处还记录有着他点点的读书心得。她想到初遇B那日的祷告——上帝真的很具黑色幽默感啊。

B是个理想主义的天才，有天才的自私和脆弱。理想主义加脆弱的人，在现实的磕碰中，常遭遇难以释怀的挫败感。纳城的小池塘没有足够空间给理想以翅膀,不是B的诗和远方。后来B回到东部,去了华盛顿的一家大律所。去了大所,代表利益阶层,又怨恨自己出卖先前立志要奉献一生的公共利益事业(public interest),仍然纠结不已。再后来,B打算去日本,最终没有成行而远走夏威夷,也许焦灼的心终于可以在碧水天涯中找到安宁吧。

但那时她不懂这些。对B的离去,耿耿于怀。每到黄昏,她就心痛。痛到她必须退到床上,用那个墨绿色小枕头使劲压在胸口。某个冬日,她和同班的王小姐站在王小姐的宿舍门口说话,偶然谈到情事,她忽然泪水奔涌,伤恸大哭不止。她匆匆穿过黑暗中的校园,摸索到校园边的车库,坐在车里,慢慢拭干眼泪,呆坐良久。

寒假时,她从图书馆借出几十本书,全部堆在床上。不分昼夜地看,每天看到睡着为止,起来接着再看。日复一日,开学的时候,她就不再用枕头按着胸口止痛了。

∞ ∞ ∞ ∞ ∞

法学院一年级夏天结束,她匆匆忙忙从华盛顿赶回纳城去租下一学年的房子。开学的前一晚,才从广告上找到杰夫要出租的房子。房子是栋小小的老楼,离学校15分钟,坐落在一个治安不太良好的地区。房子上下两层,杰夫住一楼,一楼厨房客厅共用。杰夫要出租的是刚刚装修好的二楼,是一个大房间,中间的书架前可以放一张书桌,将房间勉强分隔成客厅和睡房。房间的墙壁是泛着金黄色的新木板墙,还带着温暖的木头香气。卧室边有间小小洁白的卫生间。客厅的窗正对着杰夫房子边上废弃的一幢老楼的一扇窗,窗前爬满茂密的藤蔓。

她当即决定签约。可杰夫欲言又止，脸色忽然泛红，半晌迟疑地说道："有件事我要告知你，不知道你介意不介意。"杰夫看了她一眼，顿了一顿，又说："我是 gay（同性恋）。我想我应该先告诉你。"她愣了一下，随即说："没关系，那不关我的事。谢谢你告知我。"他们都松了一口气。

杰夫是个有硕士学位的社会工作者，在当地的一家 hospice（临终关怀院）工作。杰夫是田纳西本地人，在一个笃信基督教的家庭长大。他小时父亲去世，母亲把孩子们拉扯大。他从小是个懂事听话的孩子，跟他母亲很亲。在大学时，他碰到他后来的妻子。杰夫说他妻子是他的 soul mate（心灵伴侣）。杰夫跟他的妻子在大学恋爱四年，结婚六年。中间他工作供养妻子从医学院毕业再执业。

与自己此生的 soul mate 结为夫妇本是人间天堂的福分，然而杰夫一直生活在煎熬里，因为他是没有出柜的 gay。杰夫说他很小的时候就觉得自己与众不同，因为他老是感到受男性的吸引，他本能地觉得不对，感觉异样，从小充满纠结。后来他实在熬不下去，就跟妻子坦白出柜，离开了妻子。他的妻子肝肠寸断，不能宽恕他。而他出柜后，最爱他的妈妈和其他亲戚也与他断绝关系，杰夫一下成了一个孤家寡人。

离开妻子后，杰夫遇到一个至爱的男人。可惜那个男人还有一个女友，摇摆在那个女友和杰夫之间。杰夫的煎熬并没有结束，那个他爱的男人，有一天不辞而别，据说去了西海岸。她遇到杰夫的时候，杰夫蓝色的眼里，带着笑意的时候，都有一层挥之不去的忧郁。

杰夫在临终关怀院的工作就是要照顾临终的人，在他们生命的最后一程，温柔地送走他们。经常，杰夫回到家中，沉默无语，像是老了好多岁。坐在门口摇椅上一只一只的吸烟，直到入夜。

杰夫听人说话的时候，眼光专注清澈，像一坛静静的水，可以照见说话人的影子。跟杰夫讲的话，像轻轻丢进坛里的石子，讲话的人可以在清澈的水中，看那些石子一颗颗沉到坛底……杰夫的理想，是在寂静的北卡罗来纳的山里，开一间 Bed and Breakfast（提供早餐的小旅馆）。杰夫说要有好多书，有鲜花，有溪流，有鸟，让心灵受过创伤的人，可以到那里去疗伤。

然而纳城是美国南方宗教保守的重镇，所谓的 Bible Belt（圣经带）。在纳城，杰夫是需要戴着面具生活的。杰夫似乎从不和同事交朋友。尽管如此，她经常听到杰夫提到，某某有妇之夫跟他提出暧昧的暗示，让她觉得世界上还有很多戴着面具生活的人。有几次她中午下课回家，发现门口除了杰夫的车，还有陌生人的车。她进屋，客厅里没人，屋子里并没有声响。她轻声上楼。直到她听到车开走的声音，才下楼做饭。晚上杰夫出来做饭，他们同桌吃饭，闲话像往常一样，什么也不提。

杰夫有次喝醉酒，跟她说："做一个同性恋很难，众叛亲离。如果我是可以选择的，怎么会选择这样的道路呢？"

公司圣诞聚会时，杰夫带上她去，有意不跟人挑明他们的房友关系。那时她有一头乌黑闪亮的长发，杰夫英俊潇洒。他们各持一杯鸡尾酒，在音乐里疯狂地跳，大声地笑……他们知道他的同事会怎样想，这正是他们要达到的效果。

那个冬天，她和杰夫都失恋了。夜晚，他们并排坐在老房子前面阳台的摇椅上抽烟。天际渐渐浮出一轮月牙，微微一抹温柔的浅黄。她说："破碎的月亮，像我们的心。"杰夫轻笑，深吸一口烟，再长长吐出，说："月亮会再圆，我们的心也会再圆满。"他把手臂搭在她肩上，轻轻地拢一下。

但是，她觉得杰夫的心从此没有再圆。

杰夫决定离开心碎之地纳城，去三个小时以外的田纳西首府孟菲斯。他把房子卖给了提姆和马克。杰夫走的那天，他们约定，他要全部搬走后，她才回家。她在学校待到傍晚才回家，在杰夫空空的一楼房间里滞留良久。

半年后，她在大雨中开车去孟菲斯参加法律道德课考试，在杰夫家借住一晚。放着杰夫喜欢的乔治麦克的歌，他们有好多话要赶着说。杰夫骄傲地说："我可以自己烧很好吃的豆腐啦！"认识她以前，杰夫都不知道豆腐是何物，是她教会杰夫烧豆腐的。

杰夫又兴奋地说："我还发现了一间亚洲杂货店，里面还有卡拉OK，就在收银台旁边。想想看，在那儿买东西的人，有人伴唱，因为那儿的老板娘闲着就唱卡拉。问题是老板娘没唱完歌不干活，如果碰巧一首歌很长的话，客人买好了就得排队等着她唱完，她才有心收钱！"

杰夫卖房子给提姆和马克时，要求他们在她毕业前不能赶她走。提姆和马克是一对同性恋人，马克可能只有二十几岁，搞计算机的，比较害羞，很斯文的样子，话也不多。提姆比迈克大好些，早年结过婚。迈克是蓝领，说话粗躁，好些话，是不符合政治正确的标准的。她在心里原谅他，也不计较。

提姆喜欢做饭，有一套天价的刀，寒光灼灼地在厨房的墙上挂了一排。临近法学院考试，她没有一丝闲暇的时间，整天捧着厚厚的书本进进出出。提姆用那套寒光灼灼的刀切菜切肉做好饭，为她多摆一副盘子刀叉，也不专门叫她。她想吃饭，就自己来坐下。

临考前的一个月，更是不眠不休，严阵以待的时节。清冷的深夜，埋首数小时后，她揉着眼睛从书本中抬头，轻手轻脚下楼，打开厨房开向后院的纱窗门，门吱嘎一声弹回去关上，在寂静如水的夜里划出一条口子。她缩在大衣里，坐在台阶上，点燃一根薄荷味的Virginia Slims，细长地夹在指间。有风的天，后园里黝黑的树影在路灯下摇曳，天际挂着淡淡的一轮月亮。

罩在冰凉的夜气中，她深吸一口烟，停住，再缓缓吐出，烟火在黑暗里微微地一亮一闪。

夏　天

法学院的夏天，让人既神往，又焦虑。总算可以从法学院沉重的课业解脱出来，喘口气，但夏天之前，必须找好实习工作。

像其他排名靠前的法学院一样，范德堡大学法学院从冬季就开始安排全国各地的律师事务所轮流到校园面试学生。律所一般重点面试二年级的法学院学生，也叫 2L，等他们法学院二年级结束的暑假去律所实习。在美国大律所一年一度程序严密的新律师招募筛选过程里，校园面试和二年级暑假的实习基本上是找到毕业后长期工作的必经通道。一年级的法学生，也称 1L，还没有足够法律理论基础，不是律所的重点招募对象。1L 们的暑假实习，一般就是在公司、政府机构、法院或其他组织的法律部门等，其招募程序和工作内容相对大律所一般而言都较松散些。

五月初，范德堡大学法学院就放了暑假。第一个暑假实习，她在法学院所在地纳什维尔市的电力服务公司的法务部。纳城的夏天高温湿热，她每天开车到市中心的纳城电力上班，停好车顶着太阳走到办公大楼，就有已经浑身湿透了的感觉。

纳城电力的法务部有六个人。德高望重，高大伟岸的 Eugene 老头，昵称“Gene”，是部里一把手，具有电影里南方政客的练达形象。话不多,说得也慢,细想却句句击中靶心,而且没有说出的意思比说出的多,唯有助理帕蒂太太能全懂。帕蒂是 Gene 多年的行政助理,一个雍容的半老太太。帕蒂爱穿修长的铅笔裙,金发在脑后梳成法国结,言谈行事游刃有余,滴水不漏,让人如沐春风。帕蒂的先生每天开车来接帕蒂下班,帕蒂收好东西,气度不凡地踩着高跟鞋从容出门。Gene 虽然有点家长架子,对帕蒂太太却格外客气温和。两人话都不多,声音也轻,眉眼来回之间,就心领神会地把办公室管理得事事妥帖。法务部的年轻人私下玩笑,猜测 Gene 老头是不是打年轻时就暗恋帕蒂太太,不过没有任何证据,是个不解之谜。

Gene 的手下有两名律师:衣着讲究,不苟言笑的钻石王老五肯特先生,和热情似火,陪老公到纳城乡村音乐界来闯荡的 Laura 小姐。办公室还有两名秘书小姐贝姬和丽萨,整天被 Laura 使唤得团团转。一众都是南方人,说话拖着严重的南方口音。

纳城电力是地区性的公用事业服务公司,下属许多电厂,规模不小,事务繁杂。法律部要处理公司内外大大小小的法律事务。她的大量工作是就涉及纳城电力的各种具体法律问题进行法律研究(legal research),撰写法律备忘录,以及协助审阅公司内部政策和处理有关劳工劳资方面的纠纷,包括有些小的诉讼案子的文件撰写。在肯特和 Laura 的直接领导下,她每天大部分时间都独自坐在狭小无窗的办公室电脑前写备忘录,或不亦乐乎地埋头泡在一箱箱文件里。

Laura 是个很活跃的民主党人士,而她像大部分法学院学生一样,那个时期也是偏民主党的,于公于私与 Laura 都很合拍。Laura 有时领她去见纳城的妇女界人士,或带她去参加田纳西州的民主党 Caucus 举行的政治活动，热心地跟人引荐她这个中国实习生。有人热情地过来寒暄，握完手后，笑着问："你在这里习惯吗？忙什么事呢？"她一本正经地说："哦，不瞒您说，我是从事间谍工作的，暑期特别忙。"说完喝口酒，看着对方。对方先一愣，然后大家就都一起哈哈大笑。不过，除了开点玩笑，她并没有实质的政见。

她用左右手轮番捧着鸡尾酒杯，掌心微微冒汗，有点不太自然地混在三三两两的人群里，认真地听这些温和礼貌的地方政客们口齿犀利地讨论政治，对这些与自己完全无关的话题似懂非懂地连连点头，就觉得他们个个都很有才。

有一天，她收到好友 Monica 从奥兰多给她的信，信里夹了著名的 *Economist*（《经济学人》）杂志上的一则小广告，广告上说世界闻名的 G 公司在华盛顿的国际法律及政策部要招一个兼具工科、外贸、金融和法律背景的实习生，工资为法定最低工资。Monica 说这个广告是为她量身定做的，就剪下广告给她寄来。

她赶紧按广告的要求给 G 公司提交了实习申请。不久，居然收到去华盛顿的面试邀请。

面试她的是 G 公司国际法律及政策部的部门负责人，也是 G 公司的副总裁兼高级法律顾问的盖博先生。盖博先生坐在他位于宾夕法尼亚大道上，宽敞明亮的拐角大办公室里的大办公桌后跟她见面，似乎对她在西屋的经历十分感兴趣，一开始就连着问了好些有关西屋经历的问题。

西屋电气与 G 公司都是美国老牌跨国公司，在历史上为用交流电还是直流电的问题，曾是你死我活的 arch rival（死敌）。

她回答盖博先生的问题时，一提到西屋，习惯自然地总说

“we”“us”和“our”[“我们”(主语)“我们”(宾语)“我们的”],一种亲切熟稔的口气。但她每说一次“we”“us”和“our”,盖博先生就垂下头,放低鼻梁上的老花镜,从镜片后犀利地盯她一眼。几眼盯了下来,再提西屋,她不动声色地改口,说“They”“them”和“their”[“他们”(主语)“他们”(宾语)“他们的”]。

面谈下来,居然拿到了工作邀请。

她本来是受了Monica说的广告是“量身定做”的鼓励,觉得不申请实在可惜,没有真的抱希望能被录用。然而,不想被录用了,现在可如何跟纳城电力交代呢?

想来想去,她决定如实交代。

她找到Gene,一五一十告知这个G公司机会的来龙去脉,感谢Gene给她的实习机会。她说在纳城电力跟大家相处愉快,学到很多东西,但也明白纳城电力将来要长期聘用她的可能性很小。她说这个华盛顿的机会从天而降,工资虽然没有纳城电力给得大方,但对毕业找工作可能很有帮助。她表示在纳城电力工作一月不足,如果自己说走就走很不妥当,很有歉意,表示虽然希望去华盛顿,但如果Gene不愿意她离开,她就放弃不去。希望Gene考虑,给个答复。

Gene是个和蔼的老派绅士,决定放她走人,并交代Laura给她组织了办公室的聚餐送别会。那天他们都自己带了吃的来,她带了成都凉面,贝姬带了面包腊肠,美其名曰“毯子包小猪”,肯特带了沙拉,丽萨带了水果色拉,Laura带了意大利Lasagna,帕蒂太太和Gene各带了一道典型的南方菜。她是纳城法务部招过的第一个外国人,大家给了她一张每人都签名的卡片,封面写着“如果你不得不离开,那就离开吧,但是请记住……”里面写着“我们只取笑那些不能在场捍卫自己的人。”然后是大家的签名留言。肯特的留言是“别让他们在华盛顿抓到你搞间谍活动！继续好好干！”

依依话别。

多年后，她在一堆旧文件里发现 Laura 临别单独写给她的一张小卡片，卡片的信封上写着她的英文和中文拼音名字：Laura/Hua. 卡片是一朵笑着的向日葵，里面是 Laura 干净工整的手迹：

“Dear Hua，I have really enjoyed working with you this summer. You have been a real asset to the office — in addition to being bright and doing great work，you have a wonderful sense of humor and a kind heart. You will be a great success，I am sure. Best of luck to you at G company and in the rest of law school. Please keep in touch!”（亲爱的华，这个夏天我真的很高兴与你一起工作。你对我们部门是笔财富——除了聪慧和工作干得好以外，你有精彩的幽默感和一颗善良的心。我很肯定，你会是一个很大的成功。祝你在 G 公司和法学院剩下的时间里好运。请保持联系）

她摸着这张久已遗忘的卡片，看了又看，眼眶竟有些湿润。

Dear Hua -
I have really enjoyed working
with you this summer. You have been
a real asset to the office - in addition
to being bright and doing good work,
you have a wonderful sense of humor
and a kind heart. You will be a
great success, I am sure. Best of
luck to you at GE and in the rest
of law school. Please keep in touch!
Fondly,
Laura

纳城电力的 Laura 给她的临别卡片（1999 年）

∞ ∞ ∞ ∞ ∞

离开纳城电力，她匆匆飞去华盛顿特区（D. C.）任职，住在 D. C. 郊外北弗吉尼亚州的阿灵顿镇上，每天乘地铁去靠近宾夕法尼亚大街上的 G 公司的国际法律及政策部实习。

国际法律及政策部一共只有六个工作人员，都是行政级别极高的专家。四个律师，一个经济学家，一个金融加法律双料专家。这个部门其实不是 G 公司的法务部，一般并不处理具体法律事务，其主要职能是代表 G 公司的利益在各高层政府部门进行利益游说。

实习的第一天，办公室里剪着短发，小巧干练的女犹太经济学家带她去国会山，参加由中美商务联盟（US China Business Coalition）发起的与著名的加利福尼亚州参议员 Diane Feinstein 的小型会议。中美商务联盟的成员主要都是在中国有重要经济利益的顶级美国跨国公司，那时美国刚好炸了中国驻南斯拉夫大使馆，两国正处于关系紧张的情况下，中美商务联盟的成员们急于要游说美国有关政府部门，尽快修复中美关系，以免矛盾激化对其在中国的利益造成损失。记得与 Diane Feinstein 参议员会议讨论的重点，是美国应该派哪位重量级人物去中国，能与江泽民主席说得上话。在会上，有人提议派早年牵线尼克松总统访华的前国务卿基辛格，有人提议派曾任美国驻华大使的老布什总统，等等。

她坐在一旁恪尽实习生的职守，在黄色笔记本上疯狂地记笔记。然而，她几年以前还在费城唐人街的职业介绍所与偷渡的福建人挤在一起的，忽然听到这些电视上和书本中才出现的人物名字，被眼前的人们熟稔地提来提去，还是有种很不真实的感觉。

那个暑假，也正是中国要加入世界贸易组织和美国即将进行双边会谈的时期，各种利益组织的游说活动很活跃。G公司是中美商务联盟的核心成员，经常要伙同其他成员公司，去华盛顿的各个政府部委反映美国商界在与中国的贸易及合作实务中遇到的问题和障碍，并提出诉求。中国加入世贸，也要跟美国进行双边谈判，中美商务联盟提出的诉求，最终希望美国的贸易代表（U. S. Trade Representative）在与中国的谈判中提到桌面，寻求解决方案。国际法律及政策部的六个大腕日理万机，这些大会小会，自然不能每会必到，就轮流指派她和其他两位实习生到处去开会，旁听记笔记回来汇报。

除了到处开会，实习生的大量工作是就具体法律问题查资料，做法律调查研究，写法律备忘录供专家们参考。国际法律及政策部的工作可大可小，可虚可实，盖博先生是很务实的领导。每周星期一，部门和世界各地的相关运作部门开电话会议，一个一个国家地拨电话，听取当地部门反映情况，并落实需要在华盛顿由国际法律及政策部协助解决的问题。这些问题都被一一列在会议室的大白板上，并且在每个问题旁边标注一个相应的美金数额。这个数额是根据所需解决的问题所影响的G公司的业务量得出的，这样，国际法律及政策部的六个老板和三个实习生可以看到自己正在协助解决的问题对G公司的量化贡献，化虚为实而激励大家积极工作。这种激励，让实习生们对自己在小小格子间里做的法律研究，又多了几分认真。

有一次有个政府合同方面的问题需做法律论证，她在部门里那位金融法律双料专家的领导下做研究。她研究完得出来的答案与双料专家的答案不同，觉得不太可能，就自己再反复研究佐证，几天潜心下来，还是肯定了自己的结论。那时她眼里只看到问题本身，就事论事，在开会讨论时跟双料专家意见不一致，不够淡定又急于表现，急得脸红，居然直白地说专家——“You are wrong!”（你错了！）

这话说出来，专家眉头上跳，先愣了一下，再厉眼深深地瞟了瞟她。其他两个实习生相互看了一眼。盖博先生，嘴角飘过一丝可疑的微笑，有趣地看了看她，不动声色地把话题转移开了。

这个不谦虚又缺乏情商的举动，自然是不讨人喜欢的。之后，双料专家进进出出对她就基本视而不见了。有一天，专家和她刚好同在厨房间到咖啡，她先来专家后到。这次专家眼里倒是看到了她，指着刚刚到空的咖啡壶，慢慢地说：“谁最后倒的咖啡就要再煮一壶，这个都不明白吗。”这个敲打，声音很轻，语气也淡，让她一下脸涨得通红。最后一杯是她倒的，不过不是因为懒而没有再煮一壶，而是那时确实没有意识到这样的细节；而且，她那时还不知道咖啡怎么煮。

她红着脸离开厨房，没有解释什么，却也没再作补救。日后想来，那时还是不够大方，如果马上道歉，当时就向专家请教如何煮咖啡，马上就煮，而且以后每天早早地给大家煮一壶不就好了吗？

不久后，她被分配研究一个与中国技术进口有关的问题。当时G公司的运输公司跟中国某企业有个长期的技术合作安排。十年合作结束后，中方继续使用G公司的技术和G公司的其他一些相关的知识产权。G公司认为，合作结束后，技术应该归还G公司，中方无权继续使用G公司的技术。不知为何合同没有就此问题规定清楚。关于这个争执，部门分配她研究这种情况是否符合国际法的原则。那时她还没有学过国际贸易法，花了大量时间研究这方面的法律，了解到在这个领域最实用的原则应该是国际贸易组织与贸易(WTO)有关的知识产权协议(TRIPS Agreement)里所包含的基本原则，简单地说，包括最低保护，国民待遇，最惠国待遇等等。她在研究中发现，中国当时的技术进出口条例明确规定十年合作期限后，中方技术被许可人(licensee)可以继续使用外方技术许可人(licensor)提供的合作技术。这样的对被许可方的保护性规定，只适用于中国从国外的技术引进交易，在当时中国国内各方之间技术转让和许可方面规定中并没有同样的体现。她的结论是，这种在立法上中外区别对待的做法，可能会被指控为不符合国际贸易组织与贸易有关的知识产权协议(TRIPS Agreement)中有关给成员国提供"国民待遇"方面的原则，而被要求修正的。这个工作成效，大家在周一的例会上讨论时，也被双料专家认可，以后脸色缓和了一些，或许被视为是对她先前不当的一点补救吧。这个问题，据说最终在美国和中国的双边谈判中亦有所反应。

她在研究这个问题的过程中，发现国际贸易的法律问题牵涉历史，经济和政治问题，错综复杂，从而对国际贸易法发生极大的兴趣。回到法学院后，专门选修国际贸易世界级专家 Reichman 教授的国际贸易法，并在法学院三年级时以中国技术进出口法律和国际贸易组织与贸易有关的知识产权协议的比较为框架，撰写法律比较研究的论文，获得 Reichman 教授给出的 A+，也算是她暑假在 G 公司实习日后晚结的一个果实。

∞ ∞ ∞ ∞ ∞

暑期实习后回到学校，除了重逢的新鲜，每个人脸上抹了层太阳光的金色，都小有一些律师的稳重派头了。

第二年级的夏天，她又去华盛顿实习，这次是在 Y 所，办公室在市中心的 L 街和 14 街交界处。

头年秋天，Y 所在华盛顿面试她，联络人叫约翰，是环境保护法合伙人。那天一共被安排见了五个合伙人。面试完后，她回到约翰的办公室等约翰召集共进午餐的律师。约翰老把她的名字说错，口口声声称她“Lisa”。她听完约翰讲话，就一本正经地说：“非常谢谢你啊，马克！”约翰愣了一下，马上大笑起来，“啊啊，对不起，不是 Lisa，是 Laura，是 Laura，你这是给我以牙还牙啊……哈哈哈……”她也笑起来说：“那你还非得给我这份工作了，否则就是打击报复啊……”

Y 所是家国际大所，有着泱泱大气和低调的优雅，是所谓“white shoe”的百年老店。每个律师的办公室门上，一律用小小的字体，不写名，只郑重其事地写着某先生某女士/小姐的姓。华盛顿分所那年一共招了 14 个实习生，其中有四个亚裔。除了她，也是唯一的外国人，还有两个韩裔和一个菲律宾裔的实习生。菲律宾裔的索菲先在 Y 所的纽约分所实习，暑期中途才来了华盛顿。索菲来之前就早早听说要来，来了后出场，是个面貌姣好，才思敏捷，口齿极为犀利的小巧女子。不久，大家发现索菲有被大律师们众星捧月的气场。后来得知索菲除了才华出众，家世也显赫，是菲律宾著名家族的小姐。韩裔中的简，耶鲁大学本科，来自乔治·华盛顿大学法学院。据说在耶鲁时是乐团的首席小提琴师。简不笑的时候脸上隐约透着冷漠，衣着昂贵但很刻意的低调，跟班级里那个身高鹤立鸡群的哈佛男生出入在一起，给人的印象是一株精心培育的贵重植物。但大家工作之余一起出去喝酒跳舞，简形骸不羁的一面从楚楚衣冠下的平板身形露出苗头，跟她平时的形象相左。另外的一个韩裔女生苏珊，害羞稳重，长着张厚道的圆圆脸，总是笑眯眯的，来自哥伦比亚法学院，父母在华盛顿附近的马里兰州开着杂货店。苏珊格外勤奋，喜欢跟Georgetown法学院的维斯，一个瘦削温和的男生，在一起研究问题。夏天实习总有许多社交活动，有次结伴出去听音乐，苏珊喝醉了，大家散的时候又已经是凌晨时候。她不放心苏珊自己打车回父母家，就带着苏珊去了她在Glove Park的Turlaw路上，跟人合租的公寓房。五点不到给苏珊的父母去电，电话刚接通就被急急接起，看样子苏珊的父母是守在电话前的。她告知原委，末了又补上一句："放心，这里都是女生，没有男生。苏珊明天从我这里一起去上班。"就因为最后的一句话贴心，回答了苏珊的父母想问又不好问的问题，苏珊的父母感激不尽，暑假里一直要让苏珊请她去家里吃饭。

她在Turlaw路上合租的公寓，在老苏联大使馆的旁边。那幢老公寓的形状不规则，她的房间在一楼离街沿很近的一个尖角上，那尖角就像支到马路中央的一个地摊，隔着薄薄的墙，半夜还车水马龙的嘈杂，她躺在床上感觉躺在马路中间的地摊上，那间公寓原是华盛顿一家大学法学院的两个二年级女生合租的，一个叫史蒂芬妮，一个叫丽莎。她在纳城时，在针对法学院学生的网站上，看到史蒂芬妮要将房间暑期转租的广告。联系后，了解到史蒂芬妮暑期要去芝加哥实习并与男友团聚；史蒂芬妮以前在白宫实习时做过克林顿总统夫人的助理，克林顿总统夫人访华时，史蒂芬妮也是随行人员之一，对中国颇具好感。她和史蒂芬妮在电话上一拍即合，后来在Turlaw路上的公寓房里，果然看到不少史蒂芬妮从中国带回来的小物件。

那个暑期，史蒂芬妮的室友加同学丽莎在华盛顿的另一家跨国大所的诉讼部实习。那家所和Y所在律所百名榜上肩并肩，都是30名上下。丽莎是个少见的能干姑娘，来自Kentucky州Louisville的一个大家庭。剪着短短的金发，头发上常常别着小女孩爱别的头针，白净的脸上架着副大大的红框眼镜，说话走路都快，像个火球一样团团蹦跶着，笑起来是“哈哈”的声音；丽莎的房间虽然堆满了东西，但一点不乱，每样东西都摆得恰到好处，在很多小卡片上记着事，偶尔给她留的字条，上面的字像打印出来的一样整洁。这样的有条有理，丽莎的心里一定是个清静的地方。

丽莎是法学院Law Review(法律评论杂志)的主编。能被选为法学院Law Review普通编辑的法学院学生，都是法学院里的佼佼者。她自己在法学院时，知难而退，干脆省了那工夫，连范德堡大学法学院Law Review的申请都没敢提交。丽莎能担任Law Review的主编，不怒自威。极具领导气质的丽莎，看她又是外地人又是外国人，常常拉着她一起参加自己暑期留在华盛顿地区的同学活动。丽莎暗恋班上一个男生，那人成绩和丽莎不相上下，听丽莎的口气，那小伙子是个万人迷，可不幸地把大大咧咧的丽莎定位在柏拉图式哥们的距离。丽莎想再定义，可是一直没有导火索，一个暑期都在纠结这件事。这也是她和丽莎深夜谈心的一个重要主题。

那一届Y所在华盛顿的实习生里难得有一个1L，得克萨斯人罗宾，来自斯坦福法学院。罗宾瘦瘦高高，一头浓密的褐色卷发长长的披着，五官棱角分明，长得有点像电影明星Judie Foster。罗宾的未婚夫在华盛顿的一个政府部门工作，圆圆胖胖的样子，跟罗宾利落干练的风格形成对比。罗宾说以后她有了孩子的话，现在的未婚夫准备在家带孩子。她惊讶地看了罗宾一眼，“真的吗?”罗宾满不在乎地说："对呀，我妈妈就是我家的主要 bread winner（挣钱多养家的人），这个不奇怪。"

有一次，实习生被召集开会，她和罗宾在等待会议开始时，不知何故讨论起女性堕胎的问题。在美国，这个问题是怀孕妇女对自己身体处置的选择权和未出生的胎儿的生存权之间的斗争，所谓 pro-choice（支持选择）与 pro-life（支持生命）的斗争，里面牵涉一系列宗教、道德和政治立场的问题。当时的美国法律，简单地说，就是妇女在某些情况下可以选择堕胎，需要平衡其选择权和人类胚胎作为潜在生命的生存权利。问题是，对于受精卵要发展到何种阶段可以被认定为人类的生命，从而被赋予生存的权利，是争论的重点。罗宾是支持生命反对进一步扩大选择权的。而她来自"一胎"政策的国家，堕胎是法律支持道德允许的，从来没有从宗教角度深度思索过这个问题，只是坚决认为妇女对自己身体的处置有选择权。她和罗宾就这个问题从讨论到争论，会议开始了两人只好暂停，会议一完，她俩继续隔着大会议室桌子，红着脸，声音越来越大地争论。开始还有三五个人围观，后来大家都离开会议室了，她们也争得都快喊起来了，直到人事部的维多利亚主任来劝架，两人才吐着舌头悻悻然离开。后来她毕业后去硅谷工作，就在斯坦福大学附近，当时罗宾还在法学院三年级。她几次约罗宾出来吃饭，罗宾都说没有时间。法学院三年级其实已经不是最忙的了——也许那场华盛顿会议室的女权辩论，实在倒了罗宾的胃口吧。

Y 所华盛顿分所的主要业务是诉讼，争端解决，国际贸易、能源、卫生保健、环境和其他行政法规方面的业务，公司交易业务占较小的部分。实习生大部分的工作还是法律调查，就诉讼问题写法律备忘录。既然主业是诉讼，所里组织实习生进行法庭审判培训，主要是培养实习生根据法庭审判规则就对方律师提出的问题或企图引入的证据提出“objections”(抗议)的能力。在庭审中,抗议不是随便提的,只能在规定的法律原则下,在恰当的时候以恰当的理由提出。比如指控对方律师的问题或证据是误导,传闻(hearsay)性质的,争论性的(argumentative),已经问过而且回答过的事项,猜测性质的,等等。美国传统上是个多诉的国家,在个人和商务纠纷里,很容易就会提起诉讼,但诉讼程序复杂漫长导致诉讼成本昂贵,绝大部分诉讼都是在中途和解掉,真正能进入庭审阶段的案子是少数。因此,在大律所工作的低年级律师一般根本轮不上直接在庭审上的辩论工作。所里作这样的培训,目的是考察实习生的分析反应能力。那时,她的英文书写能力已经比较成熟,但口头表达能力,相比其他伶牙俐齿的实习生,仍是软肋。提出抗议需要迅速分析并得出结论作出反应,但抗议本身并不需要长篇大论讲很多话,这点对她很适合。实习生们被分成小组,模拟庭审,由劳工法的部门负责人费夫女士扮演法官。她和康奈尔法学院的唐娜和纽约大学法学院的蕾娜分到一组,总是恰到好处地适时提出抗议,势如破竹,三人不时击掌 high five。看她们得意忘形的样子,费夫女士一边敲着桌子说“Order! Order!”(保持次序! 保持次序!),一边掩饰不住眼底里的笑意。模拟庭审完了,费夫女士跑来跟她祝贺“Well done!”(干得好!)费夫女士为她多了一点得意,因为费夫女士和她是校友,也是范德堡大学法学院毕业的!

其实,从事诉讼,对她的天性可能是最为合适的,可惜那时对于语言还是缺乏信心,总觉得英语是第二语言,永远不会完美,永远都是软肋。这是她大事小事里,日后唯一遗憾的一件事——可见,完美主义,有时是个害人的东西。

Y所的每个实习生都被分配了一个导师。她的导师，是新近升任合伙人的年轻诉讼律师安妮。安妮在所里深得人心，连人事部那个端着架子，喜怒无常的胖胖女主任维多利亚，提到安妮都是好话一堆，还说："安妮做什么都不会错的！"但安妮太忙，对她不像其他实习生的导师对他们处处嘘寒问暖。安妮几次约好跟她吃饭都在最后一刻取消，几乎一个暑期都没顾得上她的死活。

那个暑期安妮负责给实习生们分配工作。有一天安妮急急地给所有的实习生发出一个邮件，询问有没有人可以读懂 pro forma financials（财务预测报表），说资深合伙人汤姆的一个小项目需要找个懂 pro forma 的实习生。她之前做过财经分析师，马上举手自荐，被分配去见汤姆。汤姆是个矮胖的老头，是Y所卫生保健法和海事法方面的头牌律师。华盛顿分所的律师似乎都有些怕他。汤姆的这个小项目，是要代理一个医生团队，组建一个新的诊所，除了法律问题，有些简单的财经问题。如果有点财经背景，汤姆的这个活儿并不难。她把结合财务状况的法律研究结果交上去后，又被汤姆叫去询问了几个问题。她坐在汤姆的大办公室里，等汤姆接完一个一个电话后，跟汤姆做了简短的交流，对汤姆的问题一五一十地作了解答。汤姆问的问题非常合理也并非不可预见，她没有特别的紧张，只是就事论事地跟汤姆讨论。之后，汤姆的秘书私下给她发邮件，说汤姆和客户对工作成果都很满意。秘书看到她在走廊上走过来，还笑着跟她眨一眨眼。

律所对人才的竞争激烈，大律所和实习生之间，是个双向选择的关系。一方面实习生们整个暑期如履薄冰，小心翼翼地殷勤表现，一方面律所也是拿出最迷人的一面对实习生们实施全面怀柔政策。一个暑期里律所组织各种娱乐活动，一票难求的流行音乐会和

律所组织实习生去马里兰州吃螃蟹(2000年)

棒球比赛,游艇出游去马里兰州吃螃蟹,市中心顶级餐馆的午餐和甜点,每个周五下班前的香槟葡萄酒加芝士的“快乐时光”都是迷人的手段。

实习进行到2/3时,Y所在芝加哥总部负责招聘的大合伙人约翰要来华盛顿接见实习生们,如何把握分寸留下一个好印象,多说话还是少说话,实习生们都有些紧张。约翰要来的头一周,汤姆也难得来参加“快乐时光”。她喝了杯红酒胆子就大了点,也是没话找话说,问一同站在一个小圈子里聊天的汤姆对实习生跟约翰见面有什么建议。汤姆说:“Just be yourself。”(做你自己就行)这种话是陈词滥调,她听了笑了笑,没有再说话。汤姆好像读懂了她,又接着说:“我这么说是有道理的。看得出你是个能激发人信心的人。这点对我们这个职业很重要。世界上聪明人多着呢,能进到好的法学院,没有笨人。客户请我们这样的律所,要付昂贵的律师费,常常是因为他们遇到的问题很复杂棘手，也常常因为他们要我们给出可能给出的最好的答案和解决方案，让他们没有继续猜测的余地；也就是我们需要是客户问题的最后一站。客户要对这点有信心，除了我们的方案和答案确实十分立得住脚外，我们还需要具有激发客户信心的能力，让他们能相信我们答案的正确性，这点很重要。所以我让你'做你自己就行，'否则我就不这么说了。"

汤姆的那一席话里除了对她的鼓励，也包含了对律师职业的解读。"听君一席话，胜读十年书"，这席话可能是那个暑期她最大的收获之一啦。

∞ ∞ ∞ ∞ ∞

她办公室的隔壁，是个三年级的所谓"star associate"（明星律师）叫梅丽莎。那时她还不知道"Jewish American Princess"（犹太公主）这个概念，就是指家道殷实的犹太人家，教养优裕，眼光身段都很高的女儿。有一次她搭梅丽莎的车，第一次听说车座位可以专门加热，表示惊讶，半认真地对梅丽莎说："你被惯坏了！"梅丽莎也半认真地笑着回答："现在知道了吧，我是个彻底的'Jewish American Princess'。"梅丽莎虽然年轻，却能干过人，稳重得体，在健康保健法上颇有造诣，是汤姆老头的得意弟子，深得汤姆的喜爱。

有一天她被叫到梅丽莎的办公室领任务。梅丽莎的桌上放着一张自己的结婚照。她饶有兴趣地拿起照片端详了一阵，笑着说道："You are Jewish。"（你是犹太人）梅丽莎说："Yes。"（是的）她说："I can tell from just one look。"（我一看就知道）

梅丽莎有些警觉地抬头，问她到："Oh, is that right? How

could you tell?”(哦,是吗? 你怎么看出来的呢)

她的笑容绽放一脸,自豪地对梅丽莎说到:“I can tell from the look of your noses!”(从你们的鼻子的样子看出来的呀)说这话的时候,她还举起右手,张开大拇指和食指,在脸部微微做了个大鼻子的手势。

梅丽莎张大嘴,停下了正在翻着文件的手,有点难以置信地盯着她。她的笑容仍然停在脸上,乐呵呵地看着梅丽莎。

梅丽莎眨巴眨巴眼睛,无语。沉默半晌,梅丽莎开始继续翻动手中的文件,清了清嗓门,径自给她讲解要她完成的法律课题。

对于她自觉深具观察力的评论,梅丽莎没有接茬,她觉得稍有些尴尬,但也没有放在心上。在高强度的实习生活里,这件事很快也就忘了。

实习结束前,她的导师安妮终于抽时间请她吃饭,这是她一个暑期和安妮的第二次见面,吃饭则是第一次也是最后一次,安妮趁吃饭连带做总结谈话。安妮来自南部的北卡罗来纳州,有着慢慢软软的南方腔调。典型美国南方女人的刻板形象(stereotype)是,表面温软骨子里硬气,有个电影名为 *Steel Magnolia*(《钢玉兰》),就是讲几个典型的外柔内刚南方女子的故事。安妮似乎就是典型。

先拉了半天家常,谈话进入主题。安妮先夸她刚刚完成的法律调查备忘录写得全面深刻,材料充分,论点正中要害,对正在处理的一个死刑 pro bono(律所无偿处理的为弱势群体提供法律援助服务而承接的案子)非常有帮助。记得那个备忘录,是有关死刑为“残忍而不寻常的惩罚”的备忘录。她花了一周时间,加上整个周末在办公室里几乎不吃不喝,揪着头发,疯狂写作而完成的。自己也颇为得意在 Y 所暑期实习的这份收官之作!

在律所要听到表扬是不容易的。一篇分析不同行业职业特质的文章曾经提到,顶级律所喜欢招聘的最佳人选,都是些智力超群却极为缺乏安全感,需要不断证明自己和被外界肯定的人,而大律所最精通以批评为常态和表扬为激励之间的平衡艺术。

听了安妮的肯定,她正飘飘然,安妮话锋一转,说到:“但有这么一件事,有些敏感。你是否对梅丽莎说过一些不妥的话,让她极不高兴。她之后就此事向所里作了汇报。照理说这种事的发生,所里是不会容忍的。但梅丽莎也意识到,从你当时的态度来看,你可能不是故意的。所以我有必要跟你谈一下,给你一个澄清的机会。”

她一下子懵住了。“天啊,什么事呢? 我说什么啦?”她急急地问。

安妮淡淡笑了一下,说道:“看来你确实不明白。”

她被称为“Survivor”(2000 年)

安妮喝了一口水,长吸一口气,说道:“你是否记得问梅丽莎是否是犹太人,然后你还解释你是怎么做的判断的? 梅丽莎气的都哭了! 在职场对人的外表特征进行评判,特别是以种族为基础的评判是极不妥当的。”

没想到无意中给梅丽莎造成这样的伤害! 她羞愧自责得眼泪都快掉下来了。饭后,她连忙去跟梅丽莎道歉,坦白自己的无知,希望梅丽莎原谅。

那时有部叫“幸存者”(Survivor)的真人秀,正在热播。实习生们混熟了，都说她就是“幸存者”。尽管在政治正确(political correctness)这样的大是大非上表现出如此的无知，所幸的是，实习结束后，她还是得到了Y所给的长期工作聘用。也许她是个外国人，加上态度端正，她在这方面的无知和失误比较容易被人原谅吧。

但她最终没有选择Y所。

连续两个暑期在华盛顿特区的实习经历，让她觉得华盛顿一板一眼比较正式的公司文化，并不十分符合她的天性。她在法学院的韩国好友杰生，在硅谷实习如鱼得水，一再鼓动她要到硅谷去尝试。她动了心，在法学院三年级的时候，重新面试，主要侧重高科技方面的律所，在几个机会中，最终选择了加州的X律所。

∞ ∞ ∞ ∞ ∞

她曾经偶然看到X律所面试她的诉讼合伙人在她的履历表上做的笔记——没有写什么文字，而是在她履历表上，她在G公司国际法律及政策部实习的地方，和在西屋电气获得全面质量奖的地方，重重地各划了两条强调线。

人生的脚印，就被这几条线连接起来，毕业后的第二天，把她带到了的加州硅谷。

她于2001年5月12日抵达硅谷。第二天在餐馆吃饭，拿到的fortune cookie(幸运饼干)里的小纸条上写着：You will be a great lawyer(你将成为一名好律师)。她把小纸条小心地放在钱包里，打开一眼就可以看到的地方。

她先寄住在朋友家一个星期，一边在中文报纸上看广告找房子。最后找到了在硅谷中心的东帕拉阿图离101高速的大学路出口很近的一所新房子，离X所只有十分钟的车程，在一个新建的小区里，房东是台湾人。房子有四个卧室，她租了主卧室。后来才知道，东帕拉阿图和帕拉阿图虽只隔着101号高速路，却是贫民窟和富人区的区别。上班后跟同事们提起住在东帕拉阿图，大家都是一脸的关注，连连嘱咐她要注意安全。以后有人问起，她就把“东”字省去，只说住在帕拉阿图了。

有一个多月，她一个人住在那所空荡荡的小区空荡荡的大房子里，每三天做一大锅菜，分好几天吃。白天去史坦福大学，跟着斯坦福法学院的同届毕业生一起参加Barbri的律考补习班。加州的律考在全美各州通过率最低，每天醒着的时候全是看书，不光是她，大家都孜孜不倦地看。

那时经济已经有下滑的迹象，她将要加入的X所推迟了新律师在七月底的律师资格考试后报到的时间，安排大家分三批分别在九月、十月以及十一月报到。又听说当时一个著名的精品律所Venture Law Group(风险法律集团)，将其所有一年级新律师入所的时间推迟一年。大家都说如果过不了律考，工作一定就丢了，工作一丢，跟大律所这条阳关大道就从此脱轨了。在这样的大环境下，大家在准备律考期间，除了功课本身紧张，又另外多了只可成功不可失败的惶惶然。

除了与斯坦福法学院的“天之骄子”们天天在一起读书有压力，天天跟她在范德堡法学院的同学杰生在一起学习，压力也不小。杰生是个名副其实的才子，读书过目不忘，书上从不做笔记，也不划任何线条，用过的书全像新的一样。每次做模拟题，杰生都比她分数高。上Barbri经常坐在一起的，还有一个杜克大学法学院的Young，也是X所招来硅谷的。她还认识了一个斯坦福法学院的中国人王同学，别人在忙着做模拟题，王同学在电脑上看新闻。说到模拟题，王同学不慌不忙地问："什么模拟题?"也不像是装出来的天真，好像是唯一没有全力读书的人。不过人家天资聪明，她当然不敢向王同学看齐，只是下苦功夫看书做题。

一个多月学了下来，大家完全沉浸在 Barbri 的世界里。有一次，她和杰生还有 Young 在硅谷主干道 El Carmino Real 上的日本馆子吃饭，那天模拟考试的结果都不太理想，大家都灰溜溜的沮丧着。杰生在读法学院以前，在韩国当过专利代理人，对律师行业没有浪漫的想法，就说："我看当律师没什么好体面的，按小时收费，客户让做什么就做什么，同那个什么职业一样来着，就是那个世界上最古老的职业，也是按小时收费的，听客户指挥的。区别只是一个卖脑力，一个卖肉体!"Young 也在边上坏笑附和。她千辛万苦走到这一步，听了这话，一反常态，板着脸叫杰生住嘴。杰生瞪着眼睛，看她是认真的，就嘿嘿笑着不说话了。

她在东帕拉阿图房子的房东终于又另外找了三个房客，一个是来硅谷读心理学博士的，一个在斯坦福大学做研究，还有一个从小在湾区长大的做 IT 的上海姑娘。房子里天天济济一堂。大家看她读书辛苦，在房子里时都轻手轻脚绕道走，盼着她考完。

最后的几周，最后的冲刺，每天很有规律地起早、读书、锻炼、休息。

一天，杰生凑到她跟前神秘地跟她透露，"听说 X 所在解雇人，不知道会不会也像 VLG 一样，全面进一步推迟新律师上岗时间，甚至收回工作邀请……"本来就绷紧的弦，给这么一胡乱拨弄，就快断了。她在心里生杰生的气，这么不体谅，捣乱也不看是啥时候！考虑了要跟杰生绝交，不过后来还是就在日记本里谴责了一番了事。

生气没有用，还得收拾心情，好歹调整了几天才回过神来。离考试只有十天啦。

她提前去帕拉阿图北面的 San Mateo 看考场，想象几千人参加律考的壮观场面，就有跃跃欲试的冲动。那几天感觉异常的平静，给自己做了三天的晚饭和要带到考场的中饭，然后一如既往地看书看书——呼吸，意识和潜意识里似乎都只是考试的内容了。

考试前一天，她却病倒了。到了那天深夜，她开始高烧，不断地出大汗，每隔两个小时衣服就全被汗水浸透。她勉强着一次次爬起来换衣服，几乎整夜未眠。好不容易熬到清晨，在昏沉沉中只感到恐惧。她不断地祷告，也不断去想年少时父亲鼓励她的话：人考试时高度兴奋，考试前没有睡好也不会影响发挥。

天刚亮她就爬了起来，出了一晚上的汗，人像根稻草一样的轻，踩着地毯勉强站稳了。脑子里还是昏沉沉的，中气虚空，有种提不起劲的非现实感。她空腹喝了一大杯可乐，企图把咖啡因当电棍用，将自己当头一击震醒。她吃完了早饭，室友们才陆续起床下楼，祝福她马到成功。

昏昏然头有些疼，她深一脚浅一脚地走出家门，在门口的车里坐稳，发动引擎，将那辆老丰田车慢慢开上门前的橡树路，开出清晨的小区，开过 Home Depot 空旷的大停车场，开过上 101 高速的引道前面的加油站。

太阳还没有升起，空气清凉干燥。

她两手死死地推着方向盘，身子前倾微屈，费劲地集中注意力，直视前面的路。

昏昏然中，有一股力量聚集，她忽然轻轻地对自己说了一声："Nobody can stop me!"（没有人能够阻止我）下意识地，却又决绝不退。

她松动了一下双肩，挺了挺腰板，又说了一句："Nobody can stop me now!"大点了声。

像夏日暴雨来临前的空气，沉寂饱满，暗流涌动；隐藏的能量，一触即发。

"Nobody can stop me now!"她又说了一遍，感觉车里的空气流动暖和起来。

一遍一遍地，她接着大声说道："Nobody can stop me!"

"Nobody can stop me now!"

这样重复着，她从大学路的高速公路入口处，冲上了101，向北疾驰，直奔San Mateo。

在高速路上放下车窗，她的长发，在早晨的风里，呼呼地一下被高高掀了起来。

"Nobody can stop me now!"

美国日记

冬日公园，佛罗里达州

1996 年 2 月 8 日

再有两个月，就从罗林斯商学院毕业了。

此刻又站在了十字路口。

直觉告诉我该向何处去。流着汗，紧张着，知道这是有风险的，但却不知道是否是仔细计算过的风险。

然而，我却在不断算计着，跟自己争辩，寻找理由……恐怕还没有跨出步子，人就在与自己的征战中累趴下了。满眼都是欲望的手眼，脚下没有铺平的路，有很多的事要做，有很多的事要计划，惶惶不安中，手心出满了汗——连自己想要什么都不知道啊！

一生的路好长，对我意味着什么？看着薇拉太太在厨房里愉快地忙碌，呆想自己要什么？

开车在车流里时走时停，从窗口探出头，透过初春的树枝看湛蓝的天被切成一块一块，迷蒙而不安的心在料峭的空气里散着热气。

半夜从梦中醒来。恍惚间，赫然清晰跳入脑中的念头是：病中的爸爸还在困难地呼吸吧？他的脑中在想什么？在那张窄小总给人肮脏的印象的床上，他哀哀地痛着，在痴呆绝望的眼神中，肉体一寸寸萎缩。

人的句号本是个干净利落的圆圈，为什么不是饱满喜悦的呢？

人生的事好像都有很多“机关”，好像不全是我自己在“开”和“关”。似乎有只手在按着按钮，悲欢离合的路就在脚下铺展开。每件事的发生，都有其长远的意义。而遭遇的每个人和每桩事，都可能是一个按钮。

那天有人给 lucky people（幸运的人们）下了一个定义，那是一个可以自觉靠拢的群体吗？

我在热闹地说着话，激动地想着心事，无聊地盘算着不可控制的事。而时间漫不经心地流逝，或许在暗笑我的无用和无力。

那么，这么地不安有什么用呢？如果上帝格外地爱我，我将会拥有，如果我不属于 lucky people，便只有用功，不安有什么用呢？

1996 年 2 月 19 日

早上醒来，沉重的压抑，全身的力气仿佛在一夜间被一点点耗尽。茫然盯着天花板，想象不出还有什么存在的意义。但是期中考试就在眼前，难道就那么容易被打倒吗？没有人够得及我伸出的手，我应该可以坚强些。

战胜他人易，战胜自己难，而我需要战胜自己。

1996 年 3 月 21 日

二月份考完了试，也用完了最后的力量。一个月很快地过去了。

西屋电气公司（Westinghouse Electric Company）面试后，魂不

守舍地等待结果，令人心力交瘁。几番周折之后，大概如愿以偿。

快毕业了，朋友们都要离开了。Joey 离开，Kedi 离开，所有的朋友都离开奥兰多。一下子处于真空状态，心里空落落的，留下一大堆对前途的疑惑和憧憬。

1996 年 7 月 30 日

初到西屋时参加同事聚会（1996 年）

在西屋上班了。开始的一两周，惶惶不知所措，过度的紧张和疲劳让人无法快速反应，很多时候觉得自己很愚笨。

之后才逐渐进入上班这个角色。每周都在疲惫忙乱中没有痕迹地一天天度过。周日便处于孤独烦乱中。

内心总有一团燃烧的淤泥。

想伸手抓住上帝的衣角，却又一次次从指缝间滑走，或许动机太功利？

人该怎样救赎自己？

1996 年 10 月 3 日

回国的行程终于定了下来。

内心不时地惶惑，分不清是来自金钱的压力，工作的压力，还是将要面对父亲的痛苦心中的恐惧。

快乐总是转瞬即逝，似乎人生的主题还是迷惘，或者人是不知足的动物，总是对不快乐的时光和遭遇耿耿于怀？

我是一个多么渺小有罪的人。在琐碎的计算中挣扎。当我靠近天父上帝时内心的平安，在软弱的信仰面前一次一次又被击碎——一个多么可悲的人！

伟大的天父啊，我将放弃挣扎，投身于您的脚下，请赐我力量吧！请将平安放在我的心中吧！请让我的言辞去打动父亲的心吧！

阿门！

1997年3月8日

下班赶去中佛罗里达州立大学上高级会计课，上得越发无趣，累也就罢了，想象一辈子算账分析数字，两眼就发直……当初着重学金融会计，主要是语言不过关。

得认真考虑一下去读法学院的事了。小时候父亲在家里提倡民主，居然由着我跟他面对面拍桌子争辩，他气得说我长大可以去当律师——听那口气，律师不是什么好人。不过当真想这个问题，是因为商学院的那个 Newman 教授的"商法简介"入门课，真是激动不已啊！差不多那时就想退学去读法学院了，不过跟同学来来回回讨论这个问题，都觉得法学院遥不可及。

关于口语，可惜现在还是发不清"ain"这个音，凡是"pain""plain""rain"这些带"ain"的音，就是发不准。那天跟着薇拉练了不下二十几次——她放大口型，对着我夸张地一遍遍念"pain""pain""pain"；费了好大力气，我盯着她的口型念出来的还是"pay""pay""pay"。可怜的薇拉，急得声音越说越大，都快崩溃了——我看我就是她无穷的"pain""pain""pain"（痛苦），她被迫得不断地"pay"

“pay”“pay”(付出)!

1997 年 3 月 9 日

北京

飞机在奥兰多机场还未出发就被推迟,一路惊慌小跑才在底特律赶上去北京的西北航空 NW87。正点到达北京。

下午去日坛公园。走在沉静的冬日公园,冰冷的山水,凋零的树,游人们不加掩饰的欢喜在古老的红墙包围中荡漾。

我说,所有的快乐都会在未来的苦痛中被平衡掉;同理,苦痛也会在恰当的时候得以弥补和报偿。上帝能给我们的最大幸福,大约是因爱而生的信及内心的满足和平静的思潮。从这个角度而言,能说人生而平等吗?

晚上在沙发上不小心睡过去,倒是这个月最沉的一次睡眠。起来以后,马上开始工作。

1997 年 4 月 16 日

在途中,从奥兰多到底特律,早上 11:15

又坐在飞机上。自从 3 月 30 日回到美国,就在匆忙中度过。

公司重组,国际运作部就要被撤销了,公司要大家重新寻找自己的职位,找不到就只好走人了。

我准备申请换一个工作部门——既然准备去读法学院,是否继续做财经分析也不是最重要了——考虑去发动机能源配件的市场部,上周在走道上遇到市场部分管东南亚的大老板 Jim,英国人,聊了一下,他们可能要招人。公司规定市场部的员工必须要有工程学士的学历,上海交大的工学学位终于可以派点用场了。

在途中，从底特律去北京，下午 4：05

在看《华尔街日报》的时候，突然发现，虽然我有过很多想法和向往，实际上我是没有明确目标的。

虽然渴望成功，但心中对于成功并没有定义：是金钱吗，是地位吗？这些东西也许我并不一定需要自身的努力便可以获取。也许需要的是成就感：希望自己在世上的芸芸众生里有一些成就。

正因为漫无目的地渴望成功，任何一个成功的故事或捷径便能让人热血沸腾，完全没有焦点。同事 Jamie 评论说："Laura is an extremely ambitious individual."（Laura 是个极为野心勃勃的人）也许正是如此，也许我是无法用一般人的标准来衡量自己，也许正是这种欲望让人永不安宁。

我真是一个可怜的人，因为这世上，无论你的欲望如何，只有上帝可以决定你的得失。

我真正地想干什么？想成为什么呢？

1997 年 4 月 22 日

与市场部进行了几轮面谈，他们已经基本决定要我了。这个职位的最低年薪比我现在国际运作部的工资高出不少。但是 Jim 说西屋的内部政策规定，如果公司内部人员调动，工资最高不可以上调 10%，所以他们只能按这个政策来定我的工资级别。

Jim 来跟我说明这个工资政策的事，我当时就跟 Jim 说，我这种情况应该例外处理。

我跟 Jim 讲的理由是：不管我是公司内部人员还是外面的人员，首先公司用人部门已经客观认定我符合这个职位的所有专业条件；既然这个职位已经有了一个按市场价格决定的工资区间，那公司就应该按照市场价格给我定级别薪酬，因为薪酬是根据专业资格来决定的。如果公司仅仅因为我已经是西屋的员工而低薪聘用我，等于是惩罚我作为西屋员工的身份，这个结果显然是不合理的。另外，公司有这样的政策，可能是预防内部调动熟人之间滥用职权乱涨工资的可能性。这样的政策虽有其合理性，但政策一定没有考虑到公司里跨专业换工作的情况，比如我这种从财务转入市场的情况。财务和市场的市场工资标准是完全不同的，没有可比性。因此，这个合理的政策在我这个情况下使用就不合理了，希望公司重新考虑。

1997 年 4 月 25 日

今天 Jim 来通知我，说经讨论决定让人事部给我重新定了工资级别，按政策例外处理。算了一下，新工资比我现在的工资上调了29%。Jim 说这个涨幅在西屋是史无前例的，他似乎也挺兴奋，还祝贺了我。

1997 年 5 月 13 日

马来西亚，吉隆坡，Hyatt Hotel(凯悦酒店)，5430 房间

在这个世界上，生存和成功都不容易，需要耐力和耐心。大部分男性，就算一个平庸的男性，与我相比，都有胜出的地方，因为他们更像一棵树，需要扎根并撑起一片天空。而我，无论被人们承认，还是自以为多么聪慧，却总像一只蜻蜓，在水面点一点便飞向别处，便总是寄居在别方的天空。在金钱和事业上，确实已经靠自己站立着。然而在这个过程中，严格地分析起来，感情上却并未有真正的独立。自以为经历过艰辛和困境，但对此越来越表示怀疑，很怀疑

自己真正地独立面对压力的能力。

朋友 Yan 是女人，她却承担很多。我常常责备她不该容忍某些处境，却忘了那才是真正的付出。人如果只做自己乐意的事，那是享乐和福气，不是真正的付出。

在生活中，不断面临新的篇章，需要处理一些不愿面对的事情，但逃避无法使我快乐和成熟。

向上帝祷告吧——只有上帝，可以给我力量和智慧。

阿门！

1997 年 6 月 1 日

昨天在家无所事事，想过去想将来，满脑子膨胀混乱，直到阴郁到两眼直盯天花板，昏昏睡过去。然后振作精神去买了一台电视机，看录像直到凌晨两点。

今天下午请了 Yan 过来晚餐。之后我们继续在 Seabrook 慢慢散步，最后干脆把我的车开到湖边，和 Yan 两人拿了红酒在车里边喝边聊。聊过去，聊未来。蚊子很多，只好关窗。雾气渐渐包围，在朦胧中看湖景，一边闲闲喝着酒，直到有种不知身在何处的感觉……

1997 年 8 月 4 日

在黑暗里观看 *Breakfast at Tiffany's*（《蒂凡尼的早餐》）是一种享受。

天空在变，厚重的云开始积聚。起风了，天边最后的一丝暗红悄然隐去。

在电影主题曲 *Moon River*（《月亮河》）的华尔兹里，轰轰的雷声由远及近，雨已滴滴答答敲在窗上了。

1997年8月9日

收到斯坦福法学院寄来的申请材料，虽然很疲劳，仍坐在沙发上孜孜看完。心中很激动。对于想要的东西，至今仍然不很明确，总是“水涨船高”。生活的方式有很多种，就算对于过于远大的理想，在现在这样的年纪，总还是不甘放弃，于是便有取舍，我想我必须想清楚这件事。

对于感伤这样的情绪，是愈发的不屑。不能控制的事，便没有必要感伤，运气的事，想控制亦没有用处。有人说快乐是一个选择。我想这符合所有的宗教或哲学的精髓。有意义还是没有意义，快乐是比不快乐更快乐的事。

1997年8月17日

人是很难在彻夜的醒悟中完全的改头换面的，但在人生的漫漫长路中，会有许多或大或小的时刻，我们在此遭遇觉悟，而这种觉悟的累计效果就最终会塑造我们的品格。每件发生在生命中的事，我都尽量去吸取一点积极的意义，只有这样，才能在一次又一次打击和失望中幸存。

为什么想上法学院?

里奥叫我用表格列出上法学院的 pros(好处)和 cons(坏处)来分析，我不喜欢那么列，还是喜欢量化。我用电子表格算了一下投资回报率，学费生活费的投入，银行利息，三年丧失的工资收入的机会成本，等等。不过我不清楚律师究竟挣多少钱，我只认识公司的总法务迈克，不认识其他律师，就假设比我现在多挣 20%吧。算了一下,要20年才有回报。有点令人沮丧。

不过我觉得重要的问题还是what if(如果)的问题——“如果我现在不去作这件事,错过了时机,等到我50岁的时候,问自己‘what if’(如果)这个问题,会不会后悔?”

我本能直觉的答案是:我会后悔的。

反正不想在50岁的时候后悔——这么一想,好像没有什么再可纠结的,也不用再计算了。汤姆也说过:“Nothing to fear, go for it!”(没什么好怕的,去干吧)

西屋正在帮我申请绿卡。不过听律师说现在绿卡申请在排长队,我的申请估计要到2000年才能排到。对移民而言,绿卡为先为大,其他事都为绿卡让路。但我不打算等了,如果要上法学院,还是应该尽快上,只要在美国身份是合法的,绿卡不绿卡的,也只能以后再说了,反正等就是浪费时间。

说来说去,还是需要再祷告!

每天穿行在这个洒满阳光,昼夜分明的世界,在人群中感受孤独。有一种强烈的预感,也许这是人生的主旋律:每一段暴风骤雨鲜花掌声之间,是漫长的独行?去读法学院,就是一段长长的独行。

如果真是那样,也要将柠檬做成柠檬水。

上帝对我是有计划的。在这个世上他给予我的有限生命,我不能浪费。

1997年10月11日

暴风骤雨即将来临。

公司又要重组了,其后果很难预测。我想在不同的可能性里,都应该有个详细的计划,慌乱虽然没用,压力也是需要有出口的。

今天几乎有要病倒的感觉。上次有这样的感觉，已经是父亲去世的时候了。

1997年12月6日

申请法学院的LSAT考试终于结束了，今天身体不适，考试时差点吐了。考完开车直奔Yan的住处。临走时，仍然难以相信这沉沉的重压已从肩头拿下。脑子里还在下意识地搜索要做的事项。

在最后的这段时间里，时时感到压力从生存的四周包围过来。我想象自己是在经受压力试验的材料，从而拿掉其中个人的和感性的因素……尽管感觉并非很理想，走出考场，仍为自己感到骄傲。在准备考试的这个过程中，得到极大的锻炼，结果是否理想已是另一个层面的意义。

考虑申请法学院的事了。以前我在国际运作部的老板Steve，公开表示对像Yan和我这样的外国人来美国拿奖学金读MBA（工商管理硕士）的情况很不满意，好像我们在美国白吃白住，直接掏了他的私人腰包，让他心疼了。Steve的太太不工作，他还要养三个女儿，开玩笑说交不起学费置办不起嫁妆，说他家女儿将来嫁人最好都私奔得了。

在西屋工作的积蓄最多只够交一学期的学费。没有绿卡，需要人担保才可以从政府申请学生贷款。永红和Joey都愿意帮我提供担保申请贷款，就是对国际学生的利息高了点，不过也没有其他的路了。也许世界上确实没有免费的午餐，读商学院拿奖学金已经很感恩了，反正上法学院我不准备申请奖学金和助学金了，也让Steve这样的人好受点。

∞ ∞ ∞ ∞ ∞

纳什维尔，田纳西州

1999年3月8日

法学院的第一年已经快要过去，这一年里所经历的事一言难尽。上学期常常还有抬头不知身在何处的眩晕，现在已经慢慢接受这里的一切。

现在是春假，任务是要完成法律写作课的一篇上诉请求。效率不高，有时心中很惧怕，觉得无法坚持完成最后的期末考试。脑子里的神经一直紧张快要两个月了，很难放松。每天早上醒来，好像整夜从未入睡。各种念头暗自活动，互相交战，使人难以集中注意力，长时间来也不知道是什么原因。有一天决定练习打坐，才知道原来脑子里杂念太多。

昨夜醒来，在起居室独自坐了一会儿。阳台的百叶窗开着，看到外面夜半的灯火隔着黝黑的树林在对面闪烁。轻轻在脑中念叨：一切都会好的，一切都会好的……好像那些压力和紧张，像烟一样从脑中一丝丝散去，像水一样一滴滴被挤干。

睡意渐渐上来，摸索着再爬上床去。

1999年10月9日

华盛顿

在华盛顿的一个雨天，与B分手了。

从在范德堡法学院图书馆与B相识的那个深秋之夜到现在，差不多一年。

B于几个月前离开了纳城，在华盛顿的一家大律所诉讼部工作。B那样一个才华横溢的人，机会来得都很容易，但不快乐的时候却居多。因为他一直不知道自己真正该做什么，去了华盛顿仍然纠结。B大学时在日本留过学，最近偶然有个去日本工作的机会他居然在认真考虑。我不知道他在逃避什么，是生活本身吗?

我来华盛顿面试几家暑期实习的律所。飞机在雨中抵达，早到了很多。给B电话通报，他很快就赶了过来。

B看上去很疲惫，好像瘦了不少。拥抱了一下，一样的熟悉。

在我下榻的酒店坐下来，隔着一点距离;聊着，没有头绪的那种聊法。有些客气，像踩着蛋壳，像躲着点什么。

然后我们去了餐馆。

餐馆里很吵。我们各自点完了菜。正当女招待走开时，B说："我要去日本了。"

似乎是随意提到的。

心，颤抖了一下。

抬起头。

天，没有塌下来。

直直盯着他的眼睛，我说："It is good for you."(对你来说这很好啊)

B没有回应。

沉默中，B低下头，眼睛瞬间红了，眼泪漫上眼眶。

问："你没事吧?"

B回答："没事。"轻轻地。

没有表情，但却无法，不能够，再直视他的脸。

然后，B，哭了。

我说："Oh，I am so sorry."(哦，真对不起)

B："You have nothing to feel sorry about."(没有任何你该感到对不起的地方)

B用手心抹掉眼泪，用手背擦干。

恢复了正常。

没有头绪地，继续东一下西一下聊着。刚才的一幕，惊鸿一瞥，好像从来没有发生过。

1999年10月11日

华盛顿

又在B的公寓。注意到所有我的照片都已经被拿掉了。我没有说什么。

晚上8点45分。我决定离开。B说："很忽然。"

我看着他："你好好照顾自己吧。"

B没有回应。

我们出了门。B决定不叫出租，开车送我回酒店。我们慢慢向他的车走过去，B说："好像我们还有话需要说，但还没有说出来……"

"那你有话要对我说吗?"我问道。

迟疑了一下，"可能没有了，既然我们已经讨论过去日本的决定意味着什么。"B说。

坐进车里。B，说他爱我，但介于某些他不能或者不愿做的事，没有意义再继续下去了……

我没有回应。

到了，B把车停在酒店的门口。

分手时刻。

在脑中寻遍，仍然找不到言辞，只是心里急急地说："这，或许是此生最后一次机会面对面说话了。"

但是，一片空白，没有只言片语浮现。

伸出手跟他握，说"再见了"。

B，没有伸手来握。他张开臂用力拥抱了我，没有说话，将头转开。

再看不到他的脸。

从车里出来，一步一步离开。

不知道是怎么走回房间的。

坐在酒店的床上，静默不动。

然后，霎那间泪流满面——"哦，上帝啊，请帮帮我吧！"

良久，拿起电话，拨通B的号码。电话接通的瞬间，完全清醒地意识到，接下来的一刻，将是此生绝对有定义性的一刻，an absolute defining moment——只是想确保他明白，我究竟遭遇了什么；然后，当面放下，卸下一切的负担。

隔着电话，静静地说："……我知道你没有故意做任何事。但是，你伤害了我。你很深地伤害了我。"

"因此，我恨你。"

深深吸了一口气，停住，"但是……"

不得不再次停住，声音更细了，像根抖动的丝线。

"但是……"

终于，终于一字一顿慢慢吐了出来："现在，我，宽恕你！"

"我选择，宽恕你！"

径自放下话筒。丝线断了。

1999 年 11 月 2 日

仍然思念,不分昼夜,所有的时候,满天满地都是。

有时,觉察到愤怒潜伏四周,在心的很深处……然而,思念依旧……

仍然不能相信就这样结束了。我知道最难的时候将是——在伤心欲绝的悲哀过后,不得不面对每天的空虚空洞,每时每刻意识到:B已经不在我的生活里,现在不在,永远也不会在。而那个意识所带来的痛,血淋淋地将我生生对半切开。

我想,我必须将这件事情保密,将它埋葬起来,找一处身外之地——就像这张纸一样的处所。然后把它收藏起来,今生永不再谋面。

1999 年 11 月 8 日

人的心情是个多么可怕的东西,好像活在理智之外的一个独立存在。理智全然无法控制和预测它的举动。当它低沉的时候,整个世界便暗无天日。

卷成一团,任心境不断下沉……这时我双手合十,在心中默默祷告:慈爱的天父,请来到我的心灵,让我将所有的焦虑和欲念都交托在您的手上……我们是多么无望和无助的所造之物。天父求您的恩典和怜悯能降临到我这不配之身,天父求圣灵能引领我辨别您的心意……

心渐渐平静下来。这样的起伏让我想起佛教中人们刻意的修行,克服所有的欲念,才能在这世上解脱。人是多么天真的动物!

以为这样克服欲念是可以人为做到的。而我们在祷告中与神合为一体,神便将我们的欲念消除,让我们能平安,清静下来。

神啊,时时与我同在吧,我在世上的日子,以及以后的日子,求神带领吧!

阿门。

1999 年 11 月 16 日

前一夜,我向天父祈求:如果我的眼中尽是错觉,请拿走我的视觉。

此处有了明显的分水岭——我居然在电话里和 B 讲:"也许一个月以后,对我而言,这一切的意义将不复存在。"

说这话的时候,感觉很痛快。然而,说这话能让我有快感的事实本身,说明我仍然对他有愤怒。是迟疑着不愿对自己承认,没有发泄出来、没有松手放开的,新鲜真切的愤怒。

哦,亲爱的天父,我永不应该对 B 愤怒——父啊,我认为这是您的命令(command)。那么天父,就请让我忘记他,请将 B 从我的感情记忆里抹去吧。阿门!

1999 年 11 月 18 日

今天是很糟的一天,从头到尾。

用尽所有的力气来控制一种冲动。蜷缩在沙发上,身体因与这个冲动进行着无声的决斗而变得无比僵硬。思绪燃烧,就像随时会爆炸。最后,在楼下杰夫的洗手间大吐一场。整个经历就像被魔鬼掐住,他的双手死死掐着我的喉咙。我在心里默默求祷上帝的慈悲。

只感到绝望。

但是,感谢神,我活了下来。

1999年11月28日

杰夫和我到阳台上去抽今夜最后的一支烟。我注意到一轮半月,明亮地悬在天际。

指着那月亮,我说:"就像一颗心。"

杰夫:"很好的比喻。"

我:"破碎的。"(Broken)

杰夫:"但是令人难以置信的精彩。"(But incredible)

我:"对,我们的心既破碎,也令人难以置信的精彩。"

杰夫:"但是心会再变得圆满。"

我:"我的要等很长时间才会。"

杰夫:"但它最终会再圆满的。"

1999年11月29日

感觉破碎,仍然是。如此破碎,坐在沙发上,又是泪流满面。

我,是破碎的。

1999年11月30日

仿佛在面对死亡。空虚而且是终局的感觉——这种丧失(loss),是死亡才会带来的。

杰夫和我关了灯坐在客厅里,看圣诞树上的灯都亮了,闪闪烁烁。

那一刻,就是今天之中平安的一刻。

1999年12月1日

整天阳光灿烂。在夜晚来临以前，整整一天，都没有感觉到一直以来担负的重担。今天和以前不同，以前总在晚上才等到一点平静的时刻。今夜，必须退回到床上，用小枕头紧压着胸口，才能减轻心里裂开的痛。

痛得发出碎裂的声响。

但是现在，此刻，我看到了一点：真的，我没有失去什么。B，好像来自光谱的远远另一端。遇到他，在与他的对比反差中，在被他吸引极力向他走近的挣扎中，给自己定了位。

我曾拥有他的爱，但如果跟我在一起是以他妥协自我为代价，却是他不能的……我也曾付出爱，向他靠拢，却又需要原地不动保持自我，在这样尖锐的挣扎取舍中，我识别了自己。

生命终究只是个人的旅程。我们都忠于自己，且给予了对方以诚挚——在这场相遇里，这，也许便是最重要的了。

最终，我更了解自己是谁——有收获，有无以言述的痛，痛过，如今仍然痛着；然而，却没有丧失(loss)。

1999年12月4日

整个下午在机房写课业总结。回家后，坐在后门台阶下，面对后院，看天空难以置信的美。夜晚即将来临，在天边无法穿越的黑暗里，夹着一抹炫目华丽的亮蓝——这样的色彩反差，惊心动魄，让人有哭的冲动，让人思念陌生的他乡，让人思索隐藏在欲言又止的沉默里，生命的种种奥秘。

我的心需要一处地方，我需要再次站稳在大地上。

亲爱的天父，让我今夜的工作成为献在您脚前的祷告吧——没有企图的祷告,像单纯而无所求的细语。

这是一个转折点——几天以前还感觉像死亡一样的崩溃——现在,痛苦和沉重虽仍时时潜伏四周,但它们在逐渐褪色,成为背景……

我在被治愈着。

1999 年 12 月 9 日

明天,是考试第一天:证据法。很难相信再过一周,法学院就已经读完一半了。

很用功。很累。

虽然看得不是完全的清晰,但上帝似乎是为了他自己完美的目的,将不同的人、物和事件放在我的生活里的。而我自己的希望,期待和预测都没有用。年纪越大,越有智慧,我更加明白其实我需要学会的是接受。

当我接受,生活就是完美的,无论发生什么!

明天将是得胜的一天,我充满希望!

1999 年 12 月 22 日

学期结束前的最后一段日子跟预期的一样,只是更加艰难。每天晚上看书都到凌晨一两点钟,直到大脑根本不运作了。然后,吃一粒安眠药睡觉。我发现自己学会了自言自语。

到了公共国际法考试的前几天,觉得已到了极限。考试的那天早上,一大早醒来就想:“上帝啊,完蛋了。我完蛋了,结束了。”头一晚上只睡了四个小时,大脑整个麻木,一点都不能思考。每个念头一出来就好像撞到脑子里一堵穿不透的墙,一下就给弹回来了。

喝了一大杯姜绿茶，咖啡；吃了一片面包和两个鸡蛋。去应考。

又活下来了，但马上被空虚和极度的疲惫紧紧包裹。

2000 年 1 月 2 日

今天就这个季节而言是反常的热，华氏 68 度。今天绕着 Lake Radner 暴走。

心中充满悲伤，漫无目的的悲伤。越来越清楚地认识到，生命在乎忍耐。欢喜快乐总是稀罕的，来了就去，中间隔着长长的距离。但欢喜快乐，无论多么短暂，终将回归。问题是，你有没有足够的力量，撑过这个漫长的“间隔期”。

这个寒假大半便过去了。圣诞和千禧年的庆祝在长长的盼望和焦灼的激动中，来了又走了，走得就像普通的一天过完了。这让我想起我们中国人常说的“往事如过眼烟云”，痛苦也好，快乐也好，“this shall pass”（这也终将过去）。从某种意义而言，让人觉得活着的无趣和无意义。

仍在信仰的门槛进进出出——是不是在理性上纠结太多的缘故呢？信仰是不容置疑的吗？

上帝无所不在，但我不知道他对我们的计划和带领有多么具体。究竟是一个哲学问题呢，还是一个实际的存在和安排？

信仰处于低潮。在痛苦里，我质问痛苦的意义。痛苦的意义是容许我去了解的吗？还是仅能在忍受中希望改观。我需要等待，需要在祷告中跪得更长久一点，才能等到上帝的答复。

阿门！

2000 年 1 月 4 日

凌晨 1：15

昨天很冷。去学校拿课程表。学院到处都没有人，然后去了商学院读报。

这个假期很不寻常。第一次长时间哪里都没有去，没有干扰地面对自己，无可逃避地切切经历痛苦。开始意识到这几个星期不出门也是注定的。感觉告诉我，上帝的指纹似乎也在这样的安排上面。

从昨晚一直呆到早上八点，写信。某个清晰的一刻，感觉安宁，简直就近乎欢喜了。在“我们都是自己的囚犯”这句话里，体味到“自我”的局限性。最初，我们真的无法选择自己是谁，是什么，只有通过经历和经验，才有机会从新定义“自我”。

上帝啊，在那一刻，我能感觉到 B 的无助和他在这一历程里的痛苦，就如我自己在无法摆脱和逃避的痛苦中的无助。每个人的面前都摆放着自己的命运，我们需要以接受、尊严和信仰来消受。

Hope，is vital for survival（希望，对于生存至关重要）。

我想，我刚刚瞥到了一眼所谓的“同理心”（“compassion”）。

2000 年 1 月 16 日

现在，我在这里，做着我正在做的事情，不再是种刻意的，暂时的存在。这是我的整体和全部的存在。

我沿着一个方向行进着，而目的地，却是当下，此刻，任何一刻寄居的任何地方。

所以，前景不是未来，而是当下！

2000 年 1 月 30 日

这段时间的工作量有点让人招架不住。整个周末都在看书，发着高烧。真有些荒唐。

在镜子里，我看上去很累，透支。简直就很骇人，惨不忍睹。

2000 年 2 月 8 日

2 月 5 日是春节，今年是(金)龙年。古老的筷子指向了繁荣昌盛的方向，至少我是这样感觉的，一种泛泛而深刻的乐观情绪。

杰夫要搬走了，离开纳城这个伤心之地，去孟菲斯。他最近一直慢慢在打包，楼下渐渐空旷了起来，像是挖了一个洞，仿佛我的地基也因此被动摇。杰夫和我，搀扶着走过这情殇的一段。他将要消失的现实，迟早对我会是重重的一击。

花了一整天读书，才逐渐看懂了一些。我想如果我继续看下去，就会更加懂一些。希望有一天能够真正非常胜任我的职业。

我绝对是需要干事情的人，想有所贡献，干出点事来。

2000 年 2 月 27 日

正在经历失去 B 的“最后死亡”。过去的几天，身体无法移出房间。所有的精神，所有自己强打起来的精神都消失了，只剩下一具尸体。给 B 最后的信在周三寄出。希望已逝，我准备好了开始新的生活。

可以说，我为自己感到自豪。

我是诚实、自尊、骄傲和真诚的。上帝是我的证人，我已竭尽全力。但是，现在是把人生这一段彻底了结的时候了，在句子的结尾画上句号，由始至终，画一个完整的圆圈。

很难看清全局，以及这件事对我人生的影响——人生还在展开之中。而我感觉乐观。

昨晚，我看到(visualized)一颗心，在我的胸中平静安详地跳动，就像失去已久而终于找到的一件宝贝。

有人将我修复了！

那是神奇的一刻。一颗完整的心，我曾以为今生它将不复存在，但却失而复得了！

上帝修复了我(2000 年)

上帝修复了我！

我正从虚弱中复苏。

而春天已经踏上来路，转眼将至了。

2000 年 4 月 16 日

前两天是我来美七周年纪念日。每年这个日子，都感慨万千，虽难以表达心中的情绪，但总感到它的特别。和史黛西去一家美国餐馆吃中饭庆祝。她坚持要为这个特别的一天去一个美国特色的地方，而不像以前，总被我拖去吃中国菜或者印度菜。

这几天迷恋上了周华健的十年 CD，很多熟悉的“老”歌。天啦，已经是“老”歌了。也就是近十年的事，让人想起以前在交大的校园生活，在法华镇路上拥挤而热闹的女生宿舍 302 房间，记不清是七号还是八号楼了，那时总放着钟镇涛的歌……

中国歌老是牵起我的中国情怀，不管在美国走得多远，便一下子给拉回到根上……

春天已在周围。任何颜色都像刚在雨中淋浴过，放着亮亮的光，散发着清新的气息。

考试就在眼前了，人人都正襟危坐在书桌前。傍晚坐下来看书，静得让人心里发毛。傍晚最是让人不安的时候。

2000 年 4 月 25 日

最不喜欢行政法。月初花了大量时间复习电信法，才终于云开雾散，庐山显了真面目。

星期一考完后，回到家里便像团淤泥瘫下。第二天下午才逐渐恢复。

明天考专业责任。看了好几天，概念仍很混乱，对明天极没有把握。

2000 年 5 月 4 日

狰狞厚重的乌云像快要把眉毛都压低了。闪电撕裂天空，雷声滚滚。暴雨将至。

还剩一门考试了——网络法。我知道，我能考好。

2000 年 9 月 30 日

法学院的最后一年开始了。

又站在了十字路口。夏天的实习帮助我看清了职业方向，至少当时是这么认为的；而现在，又回归混乱。

什么是个人生活？似乎我没有个人生活可言。如何在个人生活和职业生活之间划清界限？多年来，随着职业生涯越来越多地决定着我的个人幸福，个人和职业是如此紧密地交织在一起，两者之间的分界线越来越不明显。

如果我牺牲更多的时间用于工作，算是浪费生命吗？

2000 年 10 月 4 日

又是一种暴风骤雨来临前的焦躁不安。

生命，那一点一滴流逝的时间，在这焦灼中流走，并发出声响，提醒我它一去不复返。

感到有一种巨大的力量即将来临，要将某种东西从我手中攫取，而我的焦灼则来自不定以及下意识的抗拒。

我的目标是什么？想成为怎样的人？当青春流逝，尽管事业有成，会遗憾吗？

该在何处止步？

2000 年 10 月 5 日

阳光明媚。

30 岁的我，在此时感到一种身份危机(identity crisis)。

在 social identity（社会身份）中，我是在向一个“成功”的男人靠近，还是在向一个“成功”的女人靠近？

30 岁，感到一种身份危机(2000 年)

2000 年 10 月 22 日

秋天便这么悄然而至。去了一趟加州。一个周末的时间，回来发现门口的那棵树已经披上金黄的叶子。

有一天下完课，午后，在房间无所事事而又烦躁不安。偶然抬头，只见一片秋天的叶子，慢悠悠地从树梢掉下，划过那扇长长的窗，就那么漫无目的的，在短暂的一刻内从生命的树上脱离，悠然向地上飘落，回归到生命的来处。那一刻，心境一下子便静了下来。

到厨房去煮了一壶茶……

校园里已是落叶遍地，闪着灿灿的金光，夹杂在绿油油的草丝中。在明媚的天光下，斑斓的树叶在秋天清凉的空气里自由地呼吸。

这将是在校园中度过的最后一个秋天。

2000 年 11 月 27 日

天气特别好。蔚蓝的天，显得格外的大。秋高气爽，群雁南飞。秋天的树零落却有削瘦的美。

“秋天是思念的季节”。开车回家，在 Bowling 路上掉头的时候突然想到这句话。

天已带着寒意。用围巾围住颈子的时候，闻着落叶的寒气，紧一紧衣——“秋天是思念的季节”，就像现在，在灯下，缩在床角，带着淡淡的惆怅，思念一个没有影子的人。

2000 年 11 月 30 日

今天制订了课业日程表，感觉恐慌——似乎没有足够的时间可以完成这五个期末考试的准备工作。

对于证券法，一点把握都没有。史黛西的笔记很凌乱，不是很可靠，需要花大量时间来搞懂。

2000 年 12 月 2 日

今天极冷，湿湿的。

11 点半左右去学校，在机房里做宪法的课业总结。五点半从法学院出来，天色已经漆黑。推门，寒气凛冽，大雪扑面打在脸上。穿过商学院，路灯下雪花曼舞，朦胧中满天动感。走在这雪花乱飞的寂静夜晚，突然想到夏威夷的阳光和曾经收到的 B 的邮件，他说他听到华盛顿下了大雪（那已是去年底的事了），说他多么希望正在那里……也许夏威夷的碧海蓝天并没有安抚 B 那永不安宁的心。感觉那是好久以前的事了。

这世界真是没有挣脱不断的情感！

2000 年 12 月 11 日

今天阴天，有风。

考试已经正式开始。星期六考完证券法及公司交易。罗密娜和我都感觉糟透了，绝对可怕！

没有明显的原因，但这是考试经历中最为艰难的一年。总是感到很累，肌肉疼痛，大脑收缩。

2000 年 12 月 17 日

准备去买点下周的日用，推门才发现冰天雪地，白茫茫一片。车被覆盖在雪下，费了好大劲才把车门打开。然后发现电池死了，只好给 K 打电话求救。

烧了一壶热水冲在车前盖上，才把车盖打开。

花了两个小时才修好。

2001 年 3 月 3 日

听上去像是陈词滥调，但时间确实如飞。趁春假单程开车八九个小时去佛罗里达，去罗林斯学院湖边的图书馆写 Reichman 教授的国际贸易课的毕业论文，课题是“中国技术转让法规和国际有关法律的比较分析”。几个星期以来实在花了太多心血，到了最后收尾部分，需要完全静下来整体再修改。

I-755，途经亚特兰大。

这阴雨的天，在陌生的路上前行，像去一个未知的地方。命运在对我说话，而我却听不清楚。

夕阳从车旁的后视镜中火红火红地照耀着。

2001 年 3 月 13 日

人活着，总有一些事“Keep you humble”（让人不得不谦卑）。

上周五被送进了急诊室。从佛罗里达返回纳城，到了亚特兰大近郊的 Duluth 之后，跟朋友一家吃饭。坐下小腹便疼起来。不想让他们担心，便强忍着疼。没想到一直到半夜疼痛也不减轻，只好去急诊，一直搞到早上五点半才出医院。第二天卧床。第三天才从亚特兰大启程回纳城。

感谢神！这一路好险啊！要是腹痛早一点发作，即便不在高速上出事，也会被困在路上……

此次佛罗里达之行去冬日公园看望薇拉太太。人到迟暮之年，能像薇拉的房中一样充满宁静光明，便是极大的福分。觉得心里在准备过独自的人生。然而孤独人生漫长，不应该是第一选择。

2001 年 4 月 13 日

临毕业只有几周的时间。总感觉压力重重，难以集中精力。

Reichman 教授的国际贸易法上得让人沮丧。这世界上真善的力量有多大呢？强人强国在这适者生存的世界横行霸道，个人的命运要想蒸蒸日上，难道只能去顺应这种“自然”规律吗？

昨天终于将毕业论文交出手。一大重担从肩上卸下。

学业快结束了，一个时代快结束了。心中 80％的兴奋和 20％的忧伤。

2001 年 5 月 5 日

现在是凌晨 1 点 25 分，放下担保交易。尽管这是我准备不算充分的一门课，却已经感到那即将要到来的解脱。每次考试都竭尽全力，自从考完遗嘱与信托以后，过去几天便深觉力不从心。考完行政法之后，更加感觉已是强弩之末，每天都勉强看书，但效率很低。

这三年的付出，终于要在明天划上一个句号。

环顾这间屋子，和那无形堆积的压力，在这里经历了多少惶惑和忧虑的日子。

从这里走出去以后，前路又将如何呢？有一片天空下丰富的生活在等待我吗？

我想我已尽力了。

2001 年 5 月 11 日

大功告成，今天是毕业大典之日。

这一天，像夏日的微风一样就吹过去了。我们在艳阳下走过人们注视的目光，那样骄傲和释然，这必将让我在此后的回忆中总面带微笑。

我和史黛茜走在一起，我们也坐在一起，前后都是穿着黑袍的骄傲的人们。教商法的 Thomas 教授和教合同法的 Howard 教授就坐在我们前面。我给 Thomas 教授当过几学期的助理。

史黛茜突然侧头对我说："I think I am going to miss you …"(我想我将会想念你的……)

三年就这么一晃而过，我从院长的手中接过毕业证书时，他说到："Goodbye。"

James 帮我摄影。我不小心将相机打开，一卷胶片差点被全部曝光。

这一日，每一瞬间都过得那么美好，那么快。回到 Curryfield 后，天竟下起了雨。

∞ ∞ ∞ ∞ ∞

硅谷，加利福尼亚

2001 年 7 月 12 日

这是准备加州律考的最后阶段了。今天看了 11 个小时的书，大脑已经动得很迟缓。

事实上，我感到反常的平静。

有很多工作要做，而我正欢喜地一件一件去做，就像冥想一样。将电话线拔掉，偶尔也去无窗的衣帽间，门一关就坐在黑暗里。

全然沉浸在这项事业里，而世界正照常运转。我只需要平静客观地看待一切事物并相应采取行动。

两个星期以后，一切就将结束。我希望能赢得这场游戏。

感觉精力充沛，平静而且动力十足。三年前从西屋电气辞职后踏上了这段征程，这是最后的一步。

三年！沧海桑田，多少人事碾过三年的岁月，而我也被这些经历所改变。

最后需要走完的这些步子，几乎是神圣的。每一个醒着的时刻，思维和意识完全被法律所占据。这是多么奇怪的让人反思的一段时间。所有的思考都是通过无心的行动来实现的，是通过凝神聚焦于眼前的工作而展开的冥想。

三年前，旅程伊始，我从未曾料到，这一路将会是如此荆棘丛生；而天高云阔，荆棘丛中繁花似锦，一路绽放，生生而不息……

菜鸟律师

2008年美国经济危机全面爆发，她真正动了回国的念头。那时她在纽约，是在美国的第16个年头。

首先联系的是当年她在加州工作过的X律所。她和X律所的中国业务主席凯瑟琳约好，在纽约见面详谈。尽管她以前在X所的加州总部工作时就认识凯瑟琳，在法学院时，也听到过凯瑟琳在硅谷的鼎鼎大名，但她们没有真正接触过。

初春时，两人如约在纽约林肯中心附近见面。各持一杯星巴克咖啡，在春寒料峭里，坐在街边的一张长椅上，畅谈对中国的业务构想。

相见恨晚。

一个小时内，基本敲定了她回X律所工作的细节。

之后，她又在凯瑟琳的安排下，去国内与X所中国区的其他合伙人见面。大家反馈热烈，一切进展顺利，基本期待X所走完内部行政程序后，她可以五月份去X所的上海分所报到。

然而，一番积极操作之后，此事毫无兆头地陷入沉寂，好几个星期，X所方面全无音信。她几次去邮件跟进，凯瑟琳都没回复。那时，她已经将新泽西的房子租了出去，只等回国。是走是留既没有结论,她只好短期租了房子,住下等待。前路未卜,那是非常焦灼的几个月。

六月,凯瑟琳在纽约再次跟她见面,向她解释 X 所进入全面 hiring freeze(招聘冻结),需要等一段时间做通内部工作,希望她等到八月。

好不容易到了八月,凯瑟琳终于通知她,所里关节已经打通,第二天可以给她发聘用书。

第二天,聘书没有如约而至。

第三天,仍没有消息。

她再次给凯瑟琳打电话。

好不容易,凯瑟琳接了电话,解释说出了点问题:人事部在起草聘书时,调出她八年前在 X 所的档案,居然发现她的档案里,记录在 X 所曾有"表现"问题!人事部匆匆把凯瑟琳叫去讨论,并且要求凯瑟琳跟她当年在 X 所的老板们商讨。

凯瑟琳还没有找到机会跟她的前老板们讨论,就迟疑着没有跟她挑明"表现"问题的具体细节。然而,事情已然不再简单,下聘书的事叫停了。

档案?这个概念让人谈虎色变,没想到在美国也有这么一说。

惊讶之余,这么一个决定职业人生去向的悬念,既让她疑惑,也使她困扰。

焦灼间,思绪不禁回到从前。

∞　∞　∞　∞　∞

八年前的五月,法学院毕业典礼一过,她便迫不及待地离开

加州律师宣誓典礼(2001年)

纳什维尔,去了加州。七月的律师资格考试后,她将在11月加入总部位于硅谷中心地带的X所。

X所的主打业务是代理高科技行业,从风投到上市,从交易到诉讼,号称美国高科技行业大律所的头牌。在.com如火如荼的年代,X所顺势而为,可以跟东部华尔街的老牌大所平起平坐,是法律界的科技新贵。

X所的业务部分为公司交易部、诉讼部、知识产权和税务部等大的部门,在大的部门内,又以三到五个合伙人为核心而分大组。每个组以其最资深的合伙人的姓命名。她所在的大组有五个合伙人及十五六个律师,X所里的CEO也在这个大组。这样的组织方式在大律所里并不多见。

那时加州的大所并不很国际化,外国人也不多见,她常有些小尴尬。记得闹的笑话之一,就是常用玻璃杯装滚烫的热水泡茶,让美国人觉得怪异。类似的行径常常被人侧目而她不自知,直到有一天被五年纪律师迈克半开玩笑的点破,她才尴尬地改了习惯。

她的大组操作很多上市项目。一次,组里接了一家健康科技公司的上市案子。组里的合伙人尼尔领导五个律师组成的核心团队来操作。尼尔是资深合伙人,忙着拉业务,并不做具体工作。此项目的大小事务将由组里的高级律师菲利普来领导主持。

所里的很多高级律师都是在.com时代的初期，从东部华尔街大律所一路西行，到硅谷来追梦的。菲利普就是。和X所的很多律师一样，菲利普也毕业于附近的斯坦福大学法学院，当时是近十年级的资深律师，正处于合伙人提拔的被考察阶段。菲利普是个日裔美国人，矮矮敦实，顶着硕大一颗脑袋。他语速快，讲话时常常踮踮脚，作跃跃欲试投篮状。经常喜欢开点玩笑，可笑点不明显，不太能让人笑。菲利普走进走出手里老捏着一支笔，好像随时要在某个文件草稿上打圈画点，是个浑身透着股紧张气的高能量家伙。

菲利普被尼尔委以重任，便如临大敌，一丝不苟地运作这个上市项目。每天早晚要开好几次工作会议布置任务，一遍遍梳理待处理事项清单，听一众小律师汇报工作。菲利普对小律师们一概严格，不苟言笑，倒是对团队里那位能干，有些微胖的律师助理姑娘最为客气，甚至有些讨好。

菲利普整天紧绷绷，风风火火地走动在各个小律师和尼尔的办公室监督、讨论和汇报工作，憋着股劲要打个漂亮仗，给自己提合伙人创造条件。

那时真有取之不竭的精力。初入法律行业的热情和自豪感，职业本身的压力，和硅谷里无处不在分秒必争的氛围，驱使她早上七点刚过就兴冲冲地上班，就算没有特别紧急的活儿要赶，也要晚上九点左右才披星戴月离开，周末也喜欢到办公室泡着。团队里的人也都每天挑灯夜战。

上市项目在有序的进展中。

一天晚上，菲利普把她叫到自己的办公室，关上门，两人在办公室中间的小圆桌前坐下。

刚坐定，菲利普单刀直入地说："也许你以前一直鹤立鸡群，但现在情况不同了，你必须知道这里每个人都聪明过人！”

她不明白这话的来历，觉得有些莫名其妙。看她诧异的眼神，菲利普又说：“你每天比大家都走得早。走的时候也不打声招呼！”

就差没直接用吊儿郎当这词啦。

她有点不识相，回了一句：“但我每天来得也早啊！很多人十点才到，我七点左右就来了。而且我周末也来了！”

菲利普有点恼火：“OK！就算是这样，你知道我们一年级的时候，高级律师不走，我们是不会走的！就算想走，也要先去问问有没有还要我做的事！”

哦，原来如此。菲利普觉得她态度有问题。

她去法学院以前，已经有过好几年行走江湖的国际商务经历。此时虽然是个卑微的小律师，又是混入“主流”的外国人，却因此少了点初入行的菜鸟律师浮在面上的诚惶诚恐，不觉中多少带点不羁的底色。

她说：“好的，我明白了。”

此后，她调整自己的作息，上下班跟着团队大伙儿的时间走。菲利普觉得她态度算是端正了。

但与其他律师相比，起草文件那时还是她的弱项。外国人英文先天不足，她写的文件，就算写写删删，吃力纠结一宿，自己左右端详已经觉得模样周正了，但在菲利普眼里，还是有大把沙子。不光行文不够简洁优美，这样那样的语法小错误也改之不尽，比比皆是。如某些名词前该用 the 她用了 a，该用复数她用了单数。稿子被菲利普修改回来，每每千疮百孔，遍体鳞伤。

一天下午，她又被叫到菲利普的小圆桌前坐下。菲利普的办公室文件不多，桌上不乱，几乎不像有人在这里日理万机，夜以继日地

quarter back(领导)一个千丝万缕,盘根错节的上市项目。

菲利普用铅笔指着她起草的一份文件,上面已经被菲利普勾画得面目全非,说:“算上标点符号,你这一共有二十几个需要修改的地方。你知不知道,每个错误都让审阅的人分心,分散对文件的实质法律问题的注意力！我说啊,你是不是可以用心一点?”

她很羞愧,把两臂操在胸前。无语。

说什么好呢?总不能说自己英文非母语,先天不足吧!

写文件像绣花,是份细活。语言就是绣花的针。铁棒磨成针固然需要用心,还要日积月累啊!

菲利普看她无语,就说:“这样好吧,我们玩个游戏,下次你每犯一个错误,就输给我五毛钱,如果你一个错误都不犯,我给你一块钱。”

这下她来了劲,说:“这个不划算。一个错误五毛钱会逼我破产。五分钱更有可操作性。”

菲利普说:“五分钱太毛毛雨,没有效果。至少要一毛钱。”

她说:“先说清楚,要采用客观标准,被罚款的错只包含绝对的语法错误,风格和用词的改进不算,那个太主观。”

菲利普说:“那好吧,一言为定!”

以后写文件真的就是精工雕琢地刺绣。她把凡菲利普纠错过的稿子留存起来,反复翻看,避免同样的错误。

菲利普终究没能从她这里发财致富。

公司上市时,一般会有些早期私募股东的权益需要清理掉。这个上市项目的股票发行公司有个远在荷兰的重要股东,上了点年纪,有些古板,不太好打交道。

与人谈判或论理她不费力,菲利普就指派她去搞定荷兰老头。

倒着时差的越洋电话，她耐心地跟老头通报项目进展，讨论情况，一条条过文件条款，一来二去以后，老头慢慢开始配合。有些纠结的问题都找到解决方案，该老头签的文件被一一签署，从荷兰发回硅谷。

菲利普也渐渐变得和颜悦色一些。

为招股书的定稿，团队在金融印刷公司（financial printer）跟投行律师不分昼夜进行一轮轮的起草拉锯战。招股书向证监会和纳斯达克提交后，经过审阅，法律程序已经基本走完，只欠投行定价以后，招股书生效，公司股票就可以在纳斯达克挂牌流通。

然而经济不景气，项目一波三折。在公司和项目投行雷曼兄弟开定价电话会议时，因为双方价格期待值大有差异，雷曼话锋一转，以缺乏市场支持为由，决定放弃上市项目。没有更多的解释，电话会议戛然终止。

小律师们兴冲冲地跟着上电话会议，几个月的辛苦，眼看革命成功就在眼前，他们也可以去跟其他菜鸟律师们拍胸脯，说我也参与了某某大项目。然而电话会议这么快就挂了，他们瞠目结舌难以相信，项目已经黄掉了，一伙人跑去菲利普的办公室确认。

尼尔黑着脸，项目没有做成，收取欠下的大笔的律师费可不是件容易的事。

幸运的是，几周以后，瑞士银行决定接手项目。虽然承销价格给砍下不少，但最后一个英里终于走完，公司总算顺利上市。经过这番折腾，公司方律师费已经飙升到了一百四十几万美金。尼尔高兴之余，不免忧心匆匆。但那不是小律师操心的事。菲利普给团队放假，提前放大家下班回家补觉去。

项目既已大功告成，菲利普决定自掏腰包宴请团队，答谢大家的辛苦贡献。大家兴致勃勃赶到会议室集合出发，书呆子菲利普却拿出三道智力测验题目，说谁赢了谁有权选择餐厅，如果没人赢，菲利普就自己选餐馆。

第一道题，大家还没有进入状态，规定的时间到了，没人做出来，题目作废。第二道题，她先想出了正确答案。第三道题，大家都被难住了。二年级律师卡尔断然放弃，坐到她跟前来，给她打气。

卡尔是所里总部仅有的两名非裔黑人律师之一。在进入法学院前，已经担任过四大会计师事务所的审计部经理。可能为了表明自己能力的货真价实，避免被人误解是 *Affirmative Action*（美国因历史原因而制定的一个优待有色人种法案）的受益者，卡尔的履历里，除了描述职业经历和专业资格等，还很显眼的写明自己在法学院成绩排名为前 30%。卡尔是东部人，幼年父亲弃家出走，母亲在他十岁左右时去世，留下他和一个年龄相近的姐姐。他在黑人聚居的高危贫民窟长大，用卡尔的话讲，算是自己把自己拉扯大的。他的姐姐自暴自弃，不知下落，卡尔认为自己没有误入歧途实在是万幸。因为卡尔和她之前都有过其他工作经历，年纪比其他同级律师也都大好多，又都是少数族裔，他俩比较谈得来，常常一起讨论问题。卡尔中等个头，身材结实，带着厚厚的眼镜，一板一眼的颇具学究气。虽然只是个二年级律师，却很有派头，说话自带权威，连组里比他高几级的律师也让他几分。一次他俩结伴去南加州的圣塔芭芭拉作尽职调查，对方律师还误以为卡尔是五年级的律师呢！

此时，卡尔跑来看她做题，一边积极举手跟菲利普申请："你先别叫停，她一定能做出来的！"又一边期待地看着她盯着题目冥思苦想。

三年级律师狄安娜先试着给出了一个答案，菲利普摇摇头。

终于,她也给出了一个答案。菲利普指着她大叫:“对了!你有权选餐馆!”

想到几个月前,菲利普关上门来,严正警告她不要自以为鹤立鸡群,这个原本微不足道的小胜利,就有了点特殊意义。说不准,菲利普从此会对她刮目相看呢!

她和卡尔齐声喊道:“去北京楼,吃烤鸭!”

∞ ∞ ∞ ∞ ∞

年中,高科技业的泡沫已经处处有破灭的迹象。表现在她的部门,就是那些需要十万火急加班处理的交易少了起来。她参与的两个科技公司上市的尽职调查也走走停停。

陆陆续续,所里开始有不少的律师因“表现问题”(performance issues)被解雇。这样被解雇的律师人数不少,以至于《华尔街日报》对这种做法的诚信提出质疑。在报上公开对 X 所指名道姓,报道这种以“表现问题”为名解雇(fire)员工,而实际上遮掩所里业务不景气而需要裁员(lay off employees)之实的行为。

在硅谷你死我活的竞争里,顶级律所,即使在经济不景气的大环境下,也是不会自曝软肋的。

公司交易业务持续缓慢,到了八九月,他们组里所有的低年级交易律师,都被派去诉讼部帮忙,参加一个大型证券诈骗集体诉讼案的文件审阅(document review)。这种案子的原告股东们一般以公司及其董事高管为被告,为取证所涉及的文件量常常规模巨大,需律师团队耗时耗力地审阅。大的国际律所一般主要代理公司方的辩护事务，在案子初期还没有利益冲突的征兆前，也可能会同时代理被告的董事和高管个人。辩护律师团队需要在原告方律师要求提供文件取证之前，代表被告先把所有相关文件内部过滤一遍。

他们被分配坐在大会议室里，每人面前一台电脑，开始从屏幕上一份份过文件。文件全是从相关高管的公司电脑里，用特殊取证(forensic)程序收集的。主要包括各种邮件交流和文件传送。

那家被告公司的财务总监叫史蒂夫，是被告之一，也是调查的重点对象。这人的邮箱公私不分，有大量的私人邮件在公司的邮箱里。记得那位史蒂夫先生有很丰富的课外生活，邮件里看到他跟好几个女朋友约会，忙得不亦乐乎。邮箱里还不时有些三级内容。上市大公司高管斯蒂夫先生可能从来没有想到过，他的私密邮件，有一天会被菜鸟律师们作为法律文件研究。“若要人不知，除非己莫为”。菜鸟律师们都给侧面上了生动的一课！

整天在一起看邮件，无意中，有人告诉她，因为她有工商管理硕士学位，根据所里的政策，应该享受高一个年级级别的工资。

美国大型律所的律师在升任合伙人之前，是按法学院毕业后实际加入律所的时间来算资历级别的。大律所一般都到各大法学院举行的校园面试招聘暑期实习生，一般针对法学院二年级的学生，主要根据法学院本身的排名和学生在法学院的排名来筛选参与面试的学生。

大律所等级严格，一级压一级。可能因为硅谷的各种小创企业很活跃，与东部的大律所相比，硅谷律所的律师独立得比较早，三年级左右的律师就独立面对客户操作小型项目的情况并不少见。国际性的大所每个年级有基本统一的工资标准，因为行业对优秀人才的竞争激烈，排得上前一百名的律所在工资上，都彼此亦步亦趋，既不愿一枝独秀，也不愿输给竞争对手，落个小气的名声。

∞ ∞ ∞ ∞ ∞

听说有这样一个 MBA 奖励政策后，她把相关政策找来看了一遍，确认这个特殊待遇仍然有效。她还私下了解到，与她同年级进所里的八十几个一年级律师里，其他仅有的三个 MBA 都享受了奖励待遇。

思量再三，她给人事部去了一份措辞客气的邮件，说明情况，询问她的工资待遇是否应该得到调整。

很快，她收到人事部主任南希的回件，语调平和地说，她符合政策，可能是由于她上一年暑假没有在所里实习，而导致所里对她的情况稍欠了解。南希向她抱歉这个行政上的疏忽，并表示会立即走内部程序，纠正失误。

她松了口气，谢了南希，静等工资调整。

两周以后，没有动静。她向南希跟进。南希回件说，这件事已经上报，在等相关上级批准。相关上级就是她们大组的头费兹，也是所里的 CEO。她思量费兹日理万机，很忙，这事就再等等吧。

两三个星期又过去了，仍然没有进展。再问南希，南希提议她直接跟费兹谈谈。这时，她觉得有些异样。如果政策如此规定，衡量标准也很单一，还有什么可谈的呢？

她从费兹的秘书处跟费兹约了面谈。到了约定时间，她去费兹在楼道角落的大办公室。听到费兹在电话上，她没有贸然进去，而是在门口露了一个头之后，退出去站在门边的走廊上等。

等了好一会儿，费兹在里面喊了一句：“请进来！”

她进去在房间正中的椅子坐下，面对坐在办公桌后的费兹。费兹面前的桌上摊开着一张纸。

费兹漫不经心地扫了一眼那张纸，抬头很快看了她一眼，说："So, you have a MBA."（你有 MBA）她答："Yes."（对）

费兹面无表情地问："Where did you get the MBA?"（你从哪里取得的 MBA）

她心想，"这有什么关系吗？"

还是坐直了，回答："Rollins College in Florida."（佛罗里达的罗林斯学院）

费兹没有正眼看他，问："What MBA is THAT!"（那是哪门子 MBA）脸上闪过一线难以捕捉的笑意。

语气里伴着点轻蔑。

对于费兹，她接触不多。在组里兢兢业业工作了大半年，自认为没有劣迹，也没有理由让费兹凭空看低。前段时间所里大组之间调整人员，她们组里一年级的三位律师中，其中一个密西根大学法学院毕业的小伙子被调到了另外一个大组。她和另外一个男生被留了下来。照常理，组里当然会根据表现，留下口碑稍好的律师，把稍欠人意的调去别组。因此，凭着对自己业务表现的基本信心和要面谈之事的简单直接，她并没有预见到与费兹谈话可能的挑战性。

此时，对于费兹的语气，她有点惊讶。往座位前靠了一下，她看着费兹，说："That's the most recognized MBA program in Florida. In fact, Fortune 500 companies such as Westinghouse, where I had worked before law school, regularly recruit from that program!"（那是佛罗里达最有名气的 MBA。事实上，《财富》500 强里像西屋电气这样的公司经常去那个商学院招聘。我在进法学院以前在西

屋电气工作）

费兹眉毛上扬了一下，抬眼又迅速看了她一眼，视线再回到座前的那张纸上。她猜那张纸应该是一份她的履历。

费兹“嗯哼”了一声。

一阵沉默，费兹侧过头，视线停在窗外的一棵树上。

她便说：“I checked，the firm's policy on MBA bonus payment is still effective. It is generally applicable to all MBAs and does not differentiate schools. Additionally，the policy has been implemented on the three other attorneys with MBAs in my class year.”（我查过了，所里有关MBA的奖励待遇政策仍然有效，适用于所有的MBA，不分学校，而且我同年级的其他有MBA学位的三个律师也是按政策来执行的）

费兹仍然面无表情，听她讲完，鼻子里又“嗯哼”了一下。

然后，费兹收回视线，身子把椅背后推，仰面半躺伸展了一下上半身，再坐直，又看了她一眼，慢慢地说：“I need to think about this.”（我要考虑一下）

她离开了费兹的办公室。对于刚才谈话的无果及过程，都有些始料不及。道理似乎很简单，费兹也没有多说什么意见。

但她也只好等待。

又是几个星期的沉默。她想，是否就该让此事不了了之呢？也许这正是费兹要让她自己得出的结论吧！

然而，那时，她是个理想主义者，是抱着对律师职业的美好向往，历经千辛万苦而来。

纠结再三，对于费兹的态度仍觉得不可理喻，而且心里愈发把这事上升到原则问题层面，没给自己留台阶，认起死理来！

她很固执地又跟费兹做了面谈预约。

这一次，她刚在费兹办公室坐定，费兹直截了当地说道："Look, if we give you this bonus, you would be treated as a second year in the performance review. The economy is slow, people are being looked at less forgivingly; this may not be in your best interest."(注意，如果我们给你这个奖金，给你表现考核的时候就要把你当作二年级律师对待。现在经济不景气，大家被考核得很严；这样作对你的利益并不是最好)

她答道："It should not be the case. The bonus is for the unique value that the knowledge of a MBA holder brings to the practice of law, which is different from someone who has a longer experience in legal practice. The firm's policy precisely recognizes this which is why it does not propose to evaluate the MBA attorney as an attorney who is one year more senior in practice."(不应该是这样的。这个奖金是基于持有 MBA 的律师在其提供法律服务的时候因其具有的(商务)知识而带来的特有价值，这个跟更有法律经验的律师提供的价值是不同的。所里的政策特别考虑到了这个区别，这也就是政策并不提议要以高一年级的律师的考核标准来考核有 MBA 的律师)

费兹沉默了片刻，将手上的一支笔轻轻地扔在面前的一个笔记本上，两手交叉放在桌上，抬眼，几乎有些严厉地直视她，说到："Let me just make it clear to you, this bonus would not be in your best interest!"(那让我明白告诉你吧，这个奖金对你的最佳利益不会有好处)

迎着费兹的目光，她说："This is not about money, this has to

do with equal treatment! There is no reason that I should be treated differently than the other attorneys with MBAs in my class year!”(这个与钱无关,而是与公平对待有关! 没有任何理由不把我跟同年级其他有 MBA 的律师一样同等对待)

费兹无语,冷冷地看着她。

她侧头,目光停在窗外的树丫,感觉愤怒而无助。片刻,她将目光移向窗内,四下环顾费兹的办公室,然后,目光停在费兹脸上。

她盯着费兹的眼睛,轻声地说:“This is not right and you know it!”(这样做事不对的,而且你很清楚)

她站起身,扬长走出了费兹的办公室。

一个星期以后,她收到了所里给她的 MBA 奖金。

费兹和她都没有再提这件事。她也天真地以为,这件事可以放下了。

∞ ∞ ∞ ∞ ∞

想到这里,也许凯瑟琳提到她的档案里有关“态度倨傲”,以低年级律师之微而对领导,“态度顽固,不服从”的评语,并非空穴来风。

可是,猜想半天,“表现问题”的根源并不明确,她就算想辩解,也无的放矢。

然而,“表现问题”和其他问题似乎性质有些不同,感觉就像吞下的苍蝇,哽在心里,噎不死人,却让她无法静心做其他的事情。翻江倒海间,她闭眼开始祷告……

人的视线是多么短暂,而神却可以看尽人的一生;神关上的门,人用力推开也不一定会通往美好之处所;而神要打开的门,却是人力不可阻挡,而终将通往平安美好之所在的。

有一种冲动聚集,不觉间,她开始起草一份给凯瑟琳的邮件。

一提笔,多年的感悟如破闸的洪水,泻千里而下。一气呵成之后,她看了几遍,精简了文字,在标题上写下:Please Read!(请务必阅读)按了“发送”键:

Catherine,

I feel compelled to write this email to you.

...

I have since given it a lot of thought, trying to look back at my time at X firm. Could it be that I was completely oblivious and out to lunch when it came to people's perception of my performance? It's unlikely based on my professional and personal history. Could it be that I was not as aware of my situation as an average person would be? Perhaps. People, who came from a completely different cultural and language background, as adults, generally have to overcome tremendous difficulties to enter into one of the elite professions, such as law. When we finally get there, we all generally have to go through yet another steep learning curve to conform and transform. Could that be thc explanation? Perhaps.

Without knowing the exact content in the record, I cannot really defend myself. However, I don't believe having a point-on-point defense is necessarily constructive at this point. As you must know, as a first year associate, one goes through a painful transformation from a law student to a junior lawyer. From then on, one gradually matures into a real lawyer. In my opinion, only people who shouldn't have entered the legal profession for lack of the ability to "think like a lawyer" in the first place, or people who are lazy, are those who cannot mature into good lawyers. One has to take a long and broad view to really judge a person's ability, drive and prospects.

I came to this country at 23 barely speaking English. At 27, I was perceived to have realized the great "American dream". At that time, I already had tremendous responsibilities in the financial management of Westinghouse's six major joint ventures in Eastern Europe and China. At 28, I won Westinghouse Power Generation's Total Quality Award. I gave up that career simply because I had always wanted to be a lawyer and I thought I'd regret it in my 50's if I did not pursue law. I was considered "crazy" when I withdrew the coveted company-sponsored green card application and incurred a huge amount of debt to go to law school. My first year grades in law school were only slightly above average because I did not know how to take law school exams. Having majored in engineering in China, I did not go through 4-years of college writing essays. I realized that what I learned in China in engineering was counterproductive in law school essay writing because we were taught to go the direct route for one definitive answer, rather than argue both ways to showcase our knowledge of law. Yet, by the time I was graduating from law school, I had three offers from top firms. When I arrived at X firm, I remember I was passionate about the practice. I even liked staying in the office on weekends when there wasn't work to be done. Even if we assume whatever judgment in my record was true for that one year, how can that stand in judgment of who I am today?! We did not have the benefit of a long view.

…

I have always hoped for a true mentor in my legal career and never had any luck. When you and I had our first meeting in New York sitting on that park bench back in March, I saw all the light bulbs turn on. Believe it or not, THAT was the main reason I waited for a decision from X firm, to have a great mentor coupled with the right opportunity.

With the above being said, despite good faith and genuine efforts and intentions, there are things beyond our power in this world. No matter what happens, I truly appreciate the efforts you have made on my behalf and do not regret at all this experience. I just hope we can launch another fight to overcome this nonsense and move on!

Best regards.

凯瑟琳，

我感觉被驱使着给你写这封邮件。

……

之后我就此想了很多，试图回顾我曾在X所的经历。难道是我对别人如何看待我的表现完全糊里糊涂浑然不觉吗？基于我个人和职业的历史，这个不太可能。难道是我不像普通人一样对自己的处境那么有知觉吗？也许吧。成年以后来自一个完全不同的语言和文化背景的人，一般需要克服巨大的困难才能进入一个精英职业，例如法律行业。当我们终于到达，我们又都还需要穿越另一个陡峭的学习曲线才能符合要求并发生蜕变。

因为不知道档案里的具体内容，我不可能为自己辩护。然而，我也不认为此刻就一个要点一个要点的去辩护必然有建设性的意义。您一定知道，一年级的律师都需要经历一个痛苦的过程才能从学生蜕变成为真正的律师。我个人以为，只有那些原本就不具备"像律师一样思考"的能力的人和懒惰的人才不会成熟为好的律师。人们有必要采用一个长远的和宽广的视角才能评判一个人的能力，动力和前景。

在我23岁，还不怎么能讲英语的时候来到这个国家。我27岁的时候，已经被视为实现了伟大的"美国梦"。那时，在西屋电气在中国和东欧的六家合资企业的财务管理事务方面，我已经承担了很多的责任。28岁的时候，我获得了西屋电气发电业务的全面质量奖。我放弃了那份职业，仅仅因为我一直想成为律师，而且我认为如果我没有去追求法律的话，到了五十几岁我都会后悔。当我将西屋公司赞助的令人羡慕的绿卡申请撤回，并且背负大额债务去上法学院的时候，我被人认为是"疯了"。我在法学院第一学年的成绩只是中等稍稍偏上，因为我不知道怎么考试。我在中国是学工程的，没有在四年大学里写很多文章。我意识到，在中国工学院学到的知识用于写法学院的文章的时候是适得其反的，因为我们学的是要通过直接途经寻找一个确定的答案，而非从正反两面都进行论证而以此显示学到的法律知识。然而，当我从法学院毕业的时候，我已经得到了三个顶尖律所的工作聘用邀请。当我来到X所的时候，记得我对法律服务充满激情。就算周末没活儿干，我也喜欢呆在办公室……不管我的档案里说的是些什么，就算我们假设那些都是真的，怎么可以用那些东西来评判今天的我呢？我们并没有得益于一个长远的视角。

……

我一直希望在我的律师生涯里有一个真正的导师但一直不是很幸运。当我们三月在纽约，坐在公园的椅子上第一次开会的时候，灵感乍现中我看到所有的灯都亮了。不管信不信，那才是我愿意长久等待X所作出最后决定的原因，是为了等待一位伟大的导师加上一个合适的机会。

说了上面这些，然而就算有诚信，真切的努力和意愿，世上的有些事并不在我们的能力范围内。不管发生什么，我真的非常感激您为我做出的所有努力，并且我对这次经历无怨无悔。我只是希望我们能发起一次战斗，克服这些无稽之谈，然后一路向前。

最好的祝福。

邮件发出去后，几个月来的焦灼，瞬间平息。她心如止水，全然放松。

海阔天高，世界如此浩大。如果凯瑟琳看了这封邮件，不能明白体谅，那她也不屑再回到X所去了。

人生的际遇她没有掌控，重要的是，她事事认真，用心争取过了！而最后的绿灯，在上帝的手里。他可以给予，也可以拿去。

半小时后，电话响了。是凯瑟琳。

那份赫然写着“Please Read!”标题的邮件，凯瑟琳的助理专门将它打印出来，摆在凯瑟琳的桌上。

在电话那头，阳光永远灿烂的加州八月天，凯瑟琳说：“我看了。

我被打动了!”

凯瑟琳的父亲,是赫赫有名的前国民党重要将领。洞悉中西文化的凯瑟琳,有着不解的中国情结。她所描述的执著和挣扎,凯瑟琳看懂了。

结果是,她的前老板费兹,恰好被奥巴马总统任命为美国驻某亚洲大国的大使,即将离任X所。障碍既已消除,凯瑟琳决定不记前过录用她。

盛夏的一天,她终于在纽瓦克自由国际机场,踏上了去上海的飞机。

成　长

大器晚成

2014 年 12 月 27 日

弟弟小宝在十四五个月时，对自己的名字还完全没反应。妈妈用手掌在他眼前晃动，他面无表情，眼睛动都不动。于是，好不容易，妈妈约了沪上儿童名医检查。预约排队到几个星期之后。

预约快到之前，小宝脑子里的“开关”突然打开了，眼睛一下子滴溜溜灵动起来。等到去赴预约时，医生阿姨笑眯眯地望着看似心知肚明，憨厚沉着的小宝，再斜眼瞟瞟妈妈，基本认为妈妈脑子进了水，才带小宝来看病。

弟弟是朵 late bloomer(2014 年)

但是，小宝到了两岁两个月时，还不会说话。之前，美国费城的儿童名医诊断，小宝将来需要语言治疗和功能性治疗。可小宝到了两岁三个月，忽然脑子里灯泡又亮了，开始滔滔不绝，口若悬河。大概就是那大器晚成，称为“late bloomer”（迟开的花）：

“妈妈，我不要跟爸爸作好朋友了！”“是吗？有什么理由吗？”“他没有经过我的同意玩我的玩具。”

“妈妈，我要去找爸爸了。”说完，小宝观察了一下妈妈，又道“你哭！”

“我是大人，应该我是大人。”

“……可是，你明明是我的姐姐……”

“妈妈，我感觉这个帽子让我很痒。”

“妈妈，我感觉这个菜不是很好吃。”

去参加朋友家圣诞晚会，早已过了小宝的上床时间。晚上坐车回家。小宝说“我困了，想要睡觉”，妈妈引诱道“那你还要看‘粉红猪小妹’吗？”“还是要看，就看几分钟再睡吧。”“那具体要看几分钟呢？”“12 分钟。”

“妈妈，我要喝点水。可是，不是牛奶哟，也不是果汁哟，只是水哟！”

小宝一般称姐姐大宝为“我的汉娜”。转身不见大宝，立马就问“我的汉娜呢？”逢人马上介绍“这是我的汉娜”或“this is my Hannah”——取决于小宝判断听众是否懂英文。大宝小宝去玩秋千。妈妈抱大宝下秋千时被秋千轻轻撞了一下。小宝跑上去用力打秋千“看你还 hit my Hannah！”（看你还撞我的汉娜）

看见飞机在天上飞，“爸爸在天空里！”

“我要吃好多好多，要长很高很高。长到天空里去。”

“这个黑木耳像晚上一样黑。”

“我要去安吉丽娜家，我要在天黑以前去！”

大宝一再不好好吃饭。妈妈便不姑息，把饭碗挪开，说：“那就不吃了。记住一会儿也没零食吃呵。”大宝不以为然。妈妈于是说：“那你去玩吧。”看到大宝高高兴兴跑开，妈妈后悔，这么容易就让大宝得逞，会造成鼓励大宝以后总不好好吃饭的恶果。于是妈妈说：“大宝，不能让你玩了，你回来坐着陪我们吃完饭才能玩。”一听此话，小宝停住了还在半空中正往口里送的一大舀饭，问：“妈妈，你不是说过我的汉娜可以去玩吗？”

吃着吃着饭，小宝忽然爆发唱起歌来“多么美好，多么美好……”，大家停下筷子惊讶地看着小宝。小宝不动声色地说“鼓掌！”除了外婆慢一拍，还握着筷子，大家即刻放下筷子鼓掌。小宝立即注意到外婆缺乏配合，命令道：“外婆，放下筷子！”

小宝从盘子里刨进最后一口饭，摸摸嘴，心满意足地叹口气，说：“我要休息一下。”然后从两张椅子的缝隙里挤下去，开始在客厅里挺着肚皮背着手踱步。一边踱，一边念叨：“锻炼身体，保卫祖国！锻炼身体，保卫祖国！”练了一圈，回到饭桌前宣布：“我已经好啦！”爸爸慢了一拍，此时终于搞懂了“锻炼身体，保卫祖国”的深刻意义——保卫五星红旗！发现儿子被外婆洗了脑，先行抢了爱国主义教育的阵地，立即忧心忡忡。其实，爸爸的担心完全是多余的。小宝虽出身中国河南，但持美国护照，“祖国”就是美国，小宝是河南籍美国人。爸爸应该还没学会“顺水推舟”，这个充满中国人无为而治智慧的成语哟。

在出租车上，妈妈紧紧握着小宝的手。阿姨说“妈妈摸着亨瑞的手”。小宝立即纠正阿姨“妈妈没有摸着我的手。妈妈是牵着我的手。”把“牵”字音发得长长地，重重地。

大宝小宝手牵手坐在沙发上,耐心等待妈妈给放朵拉录像。技术故障,半天没影像。大小两宝相互对视一眼,小宝突然伸出小拇指,朝下竖着,“妈妈是这个”。姐姐竖起大拇指,大宝小宝齐声说道“我们是这个”。

祷告的狮子

2015 年 2 月 21 日

在新加坡的动物园。姐弟俩远看趴在地上的狮子,前腿放松地放在胸前地上。

姐姐:“那些狮子在干什么呀?”

弟弟:“噢,他们在祷告。”

“我看上去有几岁?”

2015 年 2 月 22 日

过两天,姐姐大宝就满四岁了。大宝平常对小宝都是自称“大姐姐”的,经常对小宝不服命令的疑问回答说:“Because I said so,”(因为我说如此就是如此)大宝虽比较自我膨胀,个头却有些袖珍,对于这个问题,大宝似乎是比较敏感的。

春节期间在新加坡时,舅妈带大宝去办公室.叔叔阿姨们都围上来问:“几岁啦,小姑娘?两岁?三岁?”看大宝的个头,没有人再往上问了。大宝是知道自己快四岁了的。见这个节奏,大宝便不作声,坚持对于这两岁、三岁的猜测不置可否。但几天下来,大宝对这“年龄门事件”似乎仍然耿耿于怀。

终于,今天上午,大宝问:“妈妈,你说我看上去多大?”重点在“看上去”几个字。

用上海话说，妈妈很“上路”：仔细端详了一下大宝，严肃地回答道：“嗯，你有五岁了。”此话一出，大宝先两眼惊喜放光，然后眼睛笑成了弯弯的豆角状。“五岁了！”大宝喜滋滋羞涩地重复道。

然后，大宝就不让妈妈给梳头了，因为大宝“五岁了”。自己拿着梳子在头上胡乱梳了几下，就让妈妈把头发扎起来，还说：“I did it all by myself, no help!”(全是我自己弄的，没人帮忙)

下午跟潜水店的店主一家出海。刚在船上坐定，大宝就问：“妈妈，你说我看上去有几岁？”

妈妈：“五岁。”

大宝纠正妈妈说：“嗯，应该是五岁到六岁！”

妈妈无语。心想得赶紧地告诉爸爸给大宝准备嫁妆了：这茁壮成长的速度，大宝下个星期得28岁了！

“我弟弟失踪啦！”

2015年8月4日

姐姐在客厅，喊正在房间里的弟弟：“弟弟，Henry, where are you?”(弟弟，亨瑞，你在哪里)

弟弟应声，慢悠悠地喊回来：“姐姐，I am not here.”(姐姐，我不在这里)

姐姐从客厅里冲着饭厅里的妈妈喊：“妈妈，my brother is missing!”(妈妈，我弟弟失踪了)

谢饭祷告

2015年8月30日

姐弟俩坐下吃意大利面。各自大大含了一口在嘴里。正咀嚼之间，弟弟忽然倒吸一口气，轻声说："我们还没有祷告！"

妈妈放下正在看的书："那我们祷告吧。"

弟弟看着姐姐："你带领吧。"

姐弟俩各自把手合拢放在胸前，闭上眼睛。还没等姐姐开口，弟弟忍不住"抢跑"："亲爱的天父爸爸……"

姐姐厉声打断"我来带领！"弟弟打住。

姐姐清清嗓子："亲爱的天父爸爸，感谢你赐给我们食物……"

弟弟："亲爱的天父爸爸，感谢你送给我们食物。"

姐姐："不是送给，是赐给！"

弟弟："噢，赐给我们食物……"

公共汽车

2015 年 9 月 12 日

下着瓢泼大雨的周末，妈妈提议大家坐公共汽车玩吧。小区大楼对面就是 939 公共汽车的起到站。小朋友还可以穿雨鞋，打雨伞过马路，真的很兴奋"耶"。

车过一条窄道，几乎是从一辆三轮车边上擦过。妈妈忍不住轻声惊叹道："天哪！"

弟弟："妈妈，你为什么说'天哪'？"

妈妈："因为妈妈怕那个骑三轮车的叔叔被撞着，所以说'天哪'。"

弟弟："噢，天哪！"

姐姐："天哪！"

弟弟："妈妈，叔叔没有被撞着吧？"

弟弟："妈妈，为什么公共汽车上没有安全带？"

姐姐坐在妈妈腿上宣布："噢，妈妈的手就是我的安全带！"

妈妈心里一暖，惊喜地低头看看姐姐，见她不以为然，一本正经的样子。噢，这不是抒情，只是事实陈述。

“这是我的决定”

10/17/2015

四岁半的姐姐："妈妈，你给我剪头发吧，就像我小的时候你给我剪头发。"

妈妈："好啊。不然也问问外婆什么意见吧？外婆，您觉得该剪吗？"

外婆："天要冷啦，还是长头发好。不要剪吧。"

姐姐笑眯眯地："这是我的决定，我的头发！"

爸爸："不愧是你女儿啊！"

妈妈："好吧，剪刀伺候！"

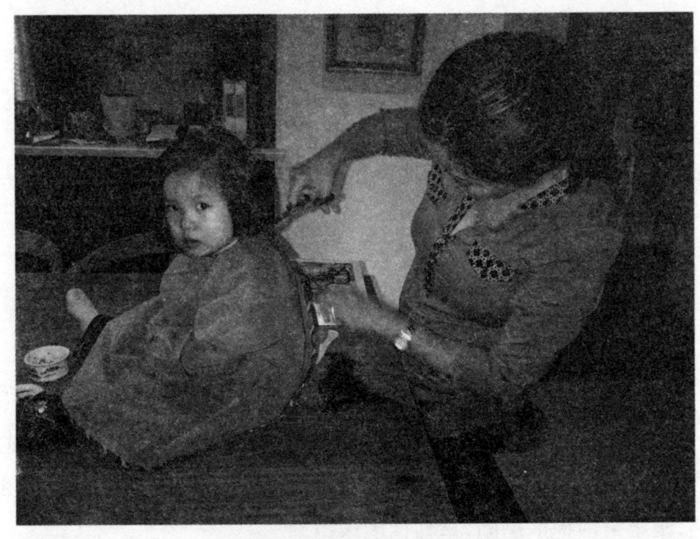

姐姐的御用理发师(2014 年)

争端解决方案

2015 年 12 月 12 日

三岁半的弟弟说:“妈妈,我跟星星许了愿,要九只恐龙。”

妈妈:“九只啊!你管得过来吗?打架怎么办?争端解决方案是什么呀?”

Henry:“嗯……那就关上门吧。”

妈妈:“这也算解决问题啊?那把谁关在外面呀?”

Henry:“把他们关在里面吧。”

妈妈:“这解决问题吗?九只都关在里面不还是要打吗?”

弟弟稳稳地,慢悠悠地:“那,打不到我了呀!”

我是独角兽

2015 年 12 月 20 日

弟弟递给妈妈一根橡皮筋:“妈妈,我要当 unicorn(独角兽)。”

妈妈意会,接过橡皮筋,用弟弟一小撮头发,在头顶上给他扎了个朝天的小辫。

外婆:“男孩子不扎辫子的。”

弟弟:“我不是要扎辫子,我只是要当独角兽。”

妈妈要不要上班

2016 年 2 月 2 日

妈妈下班很晚回到家,孩子们都上床很久了。但耳朵尖的弟弟听到了动静,睡眼惺忪地跑了出来叫妈妈。妈妈放下手提袋和电脑,跟弟弟回他的房间,坐在他的床边。

弟弟:“妈妈,我不要你去上班了。你以后不要去上班了,妈妈。”

弟弟一边说,一边摆着手和摇着头,像是摇着拨浪鼓。

妈妈不知如何回答。

弟弟又说:“但是你可以工作,妈妈。”

妈妈:“那上班和工作有什么不同啊?”

弟弟:“你可以工作,在外婆的房间工作,但是不用出去上班。”

第二天,妈妈拎着包要出门。

弟弟:“妈妈,你去哪里啊?”

妈妈:“妈妈去上班啊!”

弟弟:“妈妈,为什么要上班啊?”

妈妈:“给你和姐姐买面包啊。”

弟弟就跑过来拉了妈妈的手去厨房,指着爸爸买的面包说:“妈妈,你不用去上班了,我们有面包。”

妈妈:“那我就不买面包了。但我们还需要钱给你和姐姐买糖吃吧。要不要?我可以走了吗?”

弟弟很爽快地松开拉着妈妈的手:“好吧,那你走吧妈妈。”

妈妈再给我们生个小宝宝吧!

2016 年 3 月 2 日

姐姐:“妈妈,我好爱好爱你啊。等我长大了,生个宝宝给你抱吧。”

妈妈:“太好了,谢谢大宝!”

姐姐:“妈妈,你再给我们生个小宝宝吧。”

妈妈:“额,额,额……”

姐姐:“好吗,我的小妈妈?”

终于,妈妈:“生不动了呀,妈妈老了。”

姐姐,失望的:“噢。”

妈妈:“不过,你和弟弟要是再有个哥哥姐姐倒是不错的。”

姐姐:“你不是小宝宝都生不动了吗,还能生出大孩子啊? 你也太搞笑了,妈妈!”

暖男

2016 年 4 月 8 日

弟弟在二楼妈妈房间外的客厅玩,见他的阿姨上楼,他跟阿姨说:“太早不要去妈妈的房间。”又不放心地补充道:“这是我们家的规则。”

早上,弟弟进到妈妈的房间,手上捧着妈妈的量压器:“妈妈,我给你你的血压器。”

又问:“妈妈,你病好了吗?”

妈妈:“妈妈没病了。谢谢宝宝!”

弟弟:“那你以后记着不要吃脏东西了,妈妈。”

唱歌跳舞的王师傅

2016 年 6 月 5 日

妈妈的女友 Karen,周日总让她的司机王师傅开车带他们全家去教会。最近 Karen 回美国了。

周日早晨走出小区,弟弟:“今天 Ms. Karen 的车在外面等我们吗?”

妈妈:“不会,Ms. Karen 回 America 啦。

不出意料，弟弟下一个问题："那为什么王师傅不来接我们呢？"

妈妈："因为王师傅是为 Ms. Karen 工作的。如果 Ms. Karen 不在，王师傅就不需要来接我们。"

弟弟还没有来得及问下一个问题，姐姐插话："那就是说王师傅可以做他自己想做的事情！"

弟弟："那王师傅也可以唱歌跳舞吗？"

妈妈："是啊，王师傅愿意的话，绝对是可以唱歌跳舞的！"

征求狗狗的意见

2016 年 6 月 12 日

姐弟俩跟妈妈去坐地铁。途经小区院子，两人一人捡了不少叶子捏在手上。走在马路上，姐弟俩看见一辆堵在红绿灯前的小面包车。一只胖胖的小狗立着趴在窗玻璃上看着姐弟俩。一个胖胖的卷发女子抱着那只狗。那一车的人也看着这对着小狗指指点点的姐弟俩。

姐姐："你看，那只小狗和他的主人。"

弟弟："而且还是他的家人。"

姐姐："不对，是主人。"

弟弟："但也是家人！"

走进了地铁站。在通道上，有只褐色的小狗在奔跑，追赶前面的主人。

姐姐看着弟弟略微有些担忧的神情，小心护着弟弟："Henry，Henry，不要怕，他不会咬你的。"

弟弟："姐姐，你问过狗狗吗？小狗跟你说他不会咬我吗？它说了吗，姐姐？"

姐姐:“我不用问,我一看它,我就知道它不会咬我们的!”

“姐姐你问过小狗吗”?(2016 年)

关于神

2016 年 7 月—8 月

姐弟俩吃饭。

姐姐:“我快吃完了,我第一名。”

弟弟:“你只能是第二名。”

弟弟又说:“神才是第一名。因为神又伟大,又奇妙,他总是第一名。”

弟弟:“妈妈,我们不能想要我们想要的,对吗妈妈?”

妈妈:“那我们要想要谁想要的呢?”

弟弟:“神想要的。”

弟弟:“我们不能崇拜偶像。”

妈妈:“那谁是你的偶像呀?”

弟弟:“阿姨、妈妈、爸爸、姐姐,还有外婆。”

弟弟:“我们不乖的时候,也没有关系,神还是爱我们的,对吧妈妈?”

弟弟:“因为神很伟大!”

爸爸不在家

2016年7月—8月

弟弟:“妈妈,爸爸不在的时候,他的枕头上有他的气味。他的头发的气味。”他爸爸在电话上听说后,眼泪在眼眶里转了又转。

在电梯里,弟弟拉过妈妈左手上的大珍珠戒指看,“真好看妈妈!”

弟弟又拉过妈妈的右手查看,今天妈妈刚好忘了带婚戒。

弟弟:“妈妈,爸爸给你买的戒指,你为什么不带呀?为什么呀妈妈?”

妈妈:“电梯到了,咱们快走吧。走,Henry。”

留守儿童

2016年10月2日

妈妈带孩子们回老家看外婆,要带外婆去医院复查几次。姐弟俩跟外婆家的阿姨留守在家。

姐弟俩照例嘻嘻哈哈打打闹闹了一下午。妈妈快回来的时分,四岁半的弟弟对姐姐说:“姐姐,等妈妈回来我们不要告状。你也不要告我,我也不要告你。不然,告状的话,妈妈可能连我们两个人一起惩罚。我们必须要团结!”

弟弟跟正在玩的玩具娃娃说话:“宝宝,我可能要把你钉在十字架上了。钉十字架有点疼,宝宝。但是不要怕,之后你就有qq糖、金鱼饼干和冰激凌可以吃。”

妈妈,小罗阿姨,李阿姨和孩子们用助走器带外婆去剪头发。走在大街上,弟弟:“姐姐,剪头发的地方在哪里啊?”

姐姐指着前面一家门口有洗发店标志的旋转灯柱的店铺:“在前面某个灯的地方。”弟弟,敬仰地,“汉娜,你从哪里学会说‘某个灯的地方’呀?”

弟弟发现房间屋顶有滴水。弟弟:“汉娜,屋顶有漏水。”

姐姐观察了一下,对弟弟说:“噢,是AC在漏水。AC就是空调的意思。”

弟弟就去扯了一张餐巾纸把地上的水抹干净。

姐弟俩要下楼了。弟弟:“妈妈,如果这个AC再漏水,你就来叫我们。我们就上来清理。好吗,妈妈?”

早上姐弟俩在洗手间洗漱,不知两人干了什么,妈妈在外面听到弟弟对姐姐说:“虽然我刚才做得不对,但是我知道怎么悔改。”

几分钟后,又听弟弟说:“汉娜,你洗完脸不要跑开。因为我怕你摔倒。”

奇思异想

2017年3月21日

弟弟:“爸爸,为什么我们不把人放到洗衣机里去洗干净呀?”

弟弟:“爸爸,你把我像包裹一样包起来寄出去吧!”

脏话

2017 年 5 月 24 日

早饭的时候,弟弟说:“爸爸,妈妈,我们一共知道有七句脏话。”

姐姐:“对,我们数过了。”

弟弟:“对,昨天晚上睡觉的时候,我和姐姐一句一句数的。我说脏话出来,我姐姐数的。”

爸爸苦笑,半晌:“那你们倒是说出来让我听听,我倒要听听你们都知道些什么脏话,爸爸要看看这些是不是脏话。”

弟弟和姐姐笑着,面面相觑,“额,额……”

弟弟:“姐姐数的时候,也说了……”

姐姐:“我没说,弟弟说的,我只是数了……”

姐弟俩嘀咕着,终究没有在光天化日之下给爸爸妈妈表演说脏话。

此地无银三百两

2017 年 6 月 11 日

周末事儿多,爸爸妈妈兵分两路: 妈妈和弟弟在沃尔玛购物,爸爸和姐姐办其他事去了。

下个周末就是父亲节,到时妈妈要出远门。妈妈选了一张卡片,念给弟弟听:“Dad, hope you know when we count our blessings... we always count you twice. HAPPY FATHER'S DAY from both of us”(爸爸,希望您知道我们在数上天给我们的祝福的时候,我们把你算两次。父亲节快乐,来自我们两人。”

得到了弟弟的首肯，妈妈把卡片放进购物车。跟弟弟说："弟弟，妈妈下周不在，你和姐姐把这张卡片给爸爸。记住下周日才给爸爸，给爸爸一个惊喜，要保密哟！"

弟弟连连点头："好的，好的，妈妈。"

买好东西，爸爸和姐姐也办完事了来一起集合回家。

弟弟一看到爸爸，情不自禁地跑过去，"Daddy, Daddy……"

弟弟手里扬着那张蓝色信封的卡片，激动地说："You cannot see this, Daddy, Mommy says it's your Father's Day surprise, you must not try to find out, it is a secret. You know that Daddy?"（你不能看到这个，爸爸，妈妈说这个是父亲节给你的惊喜，你不能试图发现这是什么，这是个秘密。你知道的爸爸）

弟弟又把卡片扬了一扬，坚定地强调了一下："It's a surprise for you, Daddy!"（是给你的惊喜，爸爸）

弟弟和爸爸(2016 年)

故意行为

自从孩子们学会用剪刀以来，他们的衣服上开始出现大大小小的洞。一问“谁干的”？两人照例各自坚持“不是我干的”。

今天妈妈发现弟弟穿的黑色T恤上有个洞，妈妈查问，弟弟不置可否。妈妈说：“弟弟，剪了洞妈妈可以缝上。可是剪了却说自己没剪就不对了。”弟弟想想，也就招供了，是自己剪的。

随后，妈妈又发现姐姐的裙子上也有一个洞。

还没等妈妈开口，姐姐很肯定地说：“不是我剪的。”

妈妈追问，姐姐一口咬定不是。妈妈看看旁边的弟弟：“弟弟，是你剪的吗？”弟弟不以为然地回答：“不是我。”

妈妈：“姐姐，是你吗？”姐姐还是坚持“不是”！

如此肯定的口吻，妈妈只好怀疑到“不会这个布料这么不经洗吧”？又抓起姐姐的裙子仔细查看。实在是一个突兀的刀口，不是洗破的样子。

妈妈又望向弟弟：“弟弟，是你剪的吗？”弟弟还是：“不是。”

此事蹊跷，妈妈把正坐在妈妈腿上的姐姐放下来：“我们家是不是有一个撒谎的孩子啊？”

妈妈面对面，平视姐姐的眼睛，问：“姐姐，是你剪的吗？”姐姐眨眨眼睛，还是摇头。

妈妈："弟弟，是你吗？"弟弟拖长着声音，"好像是……"然后打住，看着妈妈，俨然回答已经结束。妈妈想，总算招供了，不然还不知道怎么收场。妈妈："弟弟，那你为啥说不是你剪的呢？"弟弟就不紧不慢的接上一句："好像是姐姐剪的……我看见她拿着剪刀，剪来剪去……"哦，还提供了这么多细节，这下妈妈的怀疑对象就锁定在姐姐身上了。

妈妈："姐姐，你不是故意剪的吧？"

姐姐眨着眼睛不语，脸微微有点红，身体有些不自在地扭来扭去。妈妈继续看着姐姐，终于，姐姐点点头："是的。"妈妈："是你剪的，是吧？"但既然刚刚妈妈引入了"故意"这个新概念，姐姐就有了台阶下，现在爽快地甚至有点气壮了："但我不是故意剪的！"

妈妈："姐姐，你看这个口子，如果你没有用剪刀去剪，是不会有口子的。"

看姐姐有些茫然。妈妈："姐姐，你知道什么叫'故意'吗？"

姐姐："不知道"

妈妈："可能你并不想剪坏裙子。但是你是想用剪刀剪的，是吧？"

姐姐："是的。"

妈妈："并且你知道剪的话，就会有口子的，是吧？"

姐姐："是的。"

妈妈："那，就是故意了。"

妈妈依稀记得"20 世纪"在法学院里上的 Torts(故意伤害)课上，对于"故意"这种心理状态的定义：并非要求行为人有意导致其造成的后果，而是行为人对其行为会造成某种特定的后果有巨大的确定性认知。

妈妈："姐姐你不仅不承认自己剪了裙子，还说是弟弟剪的。"

姐姐："可我没有说是弟弟剪的！"

妈妈："那好吧。反正撒谎说自己没剪是很不对的。姐姐，你回你自己房间去待着！"

姐姐恼羞成怒地冲回自己房间去了。

妈妈跟弟弟玩乐高。十分钟后，妈妈打开姐姐的房门。看见姐姐双臂紧紧抱在胸前，气呼呼地立在房间中央。

妈妈："要出来吗？"

姐姐一脸决绝地说："我就是不出来！你叫我，我也不出来！"

妈妈轻声说："好吧"，再轻轻把门带上，从姐姐房间退了出来。

妈妈和弟弟继续在弟弟房间玩乐高。

五分钟后，门口有动静。妈妈和弟弟不予理会，继续讨论乐高的拼法。一转眼，姐姐已经走进房间，姐姐大声冲着妈妈和弟弟宣布："我就是不跟你们说话！"

妈妈和弟弟没理姐姐，继续自顾自玩乐高。

不一会，姐姐慢慢挤过来，开始在旁边指指点点，出谋划策："弟弟，不对不对，""弟弟是那个灰的，""弟弟，要两个同样形状的。"

妈妈："姐姐，妈妈说过你可以玩了吗？"

姐姐："哦。"不出声了。只站在边上看着。

两分钟后。

妈妈："姐姐，你去给我们拿个塑料袋吧。"姐姐有些受宠若惊，殷勤地飞快跑去厨房拿了两个塑料袋。

又过了一分钟。

妈妈："姐姐，再给我们拿个塑料袋吧。"姐姐一溜烟跑了，转眼把整个盒子的塑料袋都搬了过来，骄傲地说道："我都拿过来了，这样你们想用多少就用多少啦！"

妈妈微笑地看着姐姐："Good job, Hannah, Thank you!"(干得好，汉娜，谢谢！)

弟弟："谢谢姐姐。"

母女俩双掌高击 high five!

The lesson is over，三个人继续你一言我一语地玩快乐乐高。

姐姐和兔子(2016 年)

弟弟的声音

乡间午后，像要下雨的阴天。

爸爸想赶在下雨前出去跑步。弟弟一听，马上跳了起来："我要跟你去爸爸，今天我要跟你一直跑到底，一直到底！"

昨天爸爸跑步，孩子们也跟着去了。姐姐跟了一公里，弟弟跟了200米左右就收场了。

妈妈拍着弟弟的头，"弟弟，真的吗？你知道你以前可以跑多远，要跟爸爸跑到底，这话不是随便说的。"

弟弟扭了扭屁股，抿着嘴笑。

妈妈："既然你说了这话，我们不当真不行啊，再说不试试怎么知道，说不定你今天就是行了呢，对吧弟弟？"

弟弟"嗯！"稍稍有点紧张。

"反正我们可以试试，看你最远可以跑多远，好不好？"妈妈说。

弟弟一放松，情绪又被点燃了，"好的妈妈，那我们走！"

全家跑上门口的小路。爸爸马上声明——早上妈妈撇下孩子们，已经自己出去练了三英里，现在轮到爸爸跑，妈妈看孩子了。

爸爸说完，又回头跟孩子们宣布："小的们，今天你们要跟牢了你妈！"说完，爸爸就拐上小路，跑到前面，一会儿就看不见了。

姐弟俩跟妈妈上了乡村小路，往坡下跑。一边是牧场。一边是小河。路上没有行人，偶尔有辆车过，离他们老远就放慢了车速；开到身边时，小心地绕着他们开过。

刚才被妈妈轻点了一下，弟弟决定要认真对待刚才的豪言壮语，跟爸爸到底。

现在弟弟慢慢跑在妈妈前头，姐姐却远远落在后面，只是慢慢地走。妈妈被悬在两个孩子中间，又怕弟弟跑得太远，又怕姐姐落得太后，一会儿叫弟弟慢点，一会儿又冲着姐姐越来越小的声影喊："快来呀，姐姐，快点！"

姐姐落在后边，是有些反常的。

打小，姐姐就喜欢不知疲倦地蹦蹦跳跳。十七八个月刚学会走路不久，姐姐就可以在黄浦江边上走起码一公里路。夏日黄昏的黄浦江边上，有不少散步打拳的人们。个头袖珍的姐姐，穿着公主裙，皮凉鞋，手上不知为啥抓着根黄头绳，像个上了发条的电动洋娃娃，嗖嗖嗖飞快地在江边跑。七十多岁的外婆在后面，一边气喘吁吁地追着，怕姐姐在人群里跑出视线；一边，对张嘴惊讶地指点着那个飞奔的洋娃娃的人们，尴尬地笑。只见那根被姐姐牢牢抓着的黄头绳，随风飘起，随着在人群里快速穿行的姐姐，往前飘呀飘的。当时的状况，也可谓黄浦江一线江景的一个镜头。

今年二月，姐姐刚满了六岁。最近爸爸妈妈发现，姐姐越跑越快。前两天，妈妈接姐姐弟弟放学回家的路上，刚到哈德逊河边，姐姐撒腿就跑，叫弟弟和妈妈追。正在为六月份的西雅图半马训练的妈妈，惊讶地发现，她真的要全力地跑，才可以抓住在前面跑的姐姐。姐姐一边跑，一边笑得哈哈哈的，"来追我，妈妈，来追我！"爸爸也发现，姐姐前几天跟着他的慢跑速度，跑了一公里！基于这些事实，弟弟也甘拜了下风——姐姐跑在他前面，他再不像以前又哭又跺脚了，就直接承认“姐姐是我们家跑得最快的”！

爸爸妈妈对姐姐盛赞之余，开始讨论是不是该给姐姐请个田径教练，“可不能耽误了孩子的天赋啊！”

姐姐沐浴在爸爸妈妈骄傲的目光中，在弟弟崇拜的仰望下，得意了一阵子。然后，开始隐隐感觉问题的严重性。

有期望，就有压力啊！

之后，姐姐开始说，“我不喜欢跑步，”“我肚子痛，”“我们走走好不好，不要跑嘛！”

今天出发的时候，听到弟弟的豪言壮语，姐姐已经给爸爸妈妈打过了预防针：“我昨天跟爸爸跑过了，我今天腿疼，我要慢慢走！”

所以，姐姐远远落在后头，是事出有因的。

弟弟今天也反常，铁了心地在前边走走跑跑，跑跑走走不停。

乡村路上，满眼的青葱。在长草和大树间，姐姐的声影越来越小。妈妈急得在姐弟俩之间，一边跑前跑后，一边想——嗯，待会儿得要跟姐姐说说，减减压，跑步是要自己喜欢，不是为爸爸妈妈跑。

弟弟跑回到妈妈面前，停了下来，回过头，用手掌拢着嘴，对着姐姐的声影，扯着嗓子喊：“汉娜，你快点，我和妈妈要看不到你了！”

小路上，弟弟的声音，响亮而清脆，在牧场空旷的田野间，传得很远。近处吃草的一匹白马，踢了一下腿，抬头望了一望。

喊完，弟弟跟妈妈继续往前走。走了几步，弟弟转头看着妈妈，说：“Mama, I will never lose my voice!”（妈妈，我将绝不会失去我的声音）

妈妈:“那是为什么呢?”

弟弟:“Because I am powerful!”(因为我很有力量)

妈妈:“对啊,我希望你永远都不会失去你的声音!”

“而且,不管你是不是 powerful!”

爱的理由

爸爸出差了。妈妈开车带孩子们去普林斯顿的大卫杜叔叔家玩。

从猎人郡去普林斯顿的路，大都是亲切的乡村小公路。春色宜人，一路的树林，田野和蓝天。

妈妈心情舒畅，伸长脖子，从后视镜里看稳稳坐在后排宝宝安全椅里的两个孩子，像只老母鸡欢喜地看数着她下的两个金灿灿的新鲜鸡蛋。妈妈笑眯眯地说："You guys are the love of my life, do you know that?"（你俩是妈妈此生的最爱，你们知道吗）

姐姐马上喜形于色。

弟弟，一脸的无邪，眨着眼睛："那爸爸呢？"

爸爸总是在弟弟的心尖上，妈妈再次被提醒。

妈妈，尴尬地，"哦，爸爸也是。"

弟弟想了想，恍然大悟，声音一下兴奋起来："哦，我知道我们为什么是你的最爱了，因为我们很会帮忙，很 helpful！特别是我，更会帮忙。"

"你记得吗，妈妈？去年我和汉娜在巧克力房子帮你和爸爸搬东西。我搬的重，汉娜的比较轻，我搬完了还去帮汉娜搬了！记得吗，妈妈？我们还在院子里追那个蝴蝶，采了蘑菇，我和我姐姐，你坐在那里看书。”

弟弟所指的，是去年夏天在新泽西乡下的房子度假时候的事了。那座老房子临河，爸爸妈妈叫那房子 river house。但因为那房子深褐色带点暗红，房顶上壁炉的烟囱在弟弟眼里像块巧克力，弟弟打小就叫那房子“巧克力房子”。

去年夏天，家里在铺一条石阶小路，从门前的草坪边通到坡下的游泳池。那时刚满四岁的弟弟自告奋勇地帮着搬了几块砖，那砖确实又厚又沉的。姐姐也帮了忙，帮着把游泳池边的几个泡沫玩具给收了起来。

昨天妈妈把当时的小录像找出来，和孩子们一起观看回顾了一遍：

弟弟搬着快遮住他大半个肚子的砖头，一步一步从石阶上稳稳地走下来，把砖块放在爸爸指定的花坛围墙上，堆好。弟弟穿着绿色小背心，光着圆圆多肉的膀子，额上滴下大滴的汗珠，挂在胖乎乎的脸上。弟弟正雄赳赳地喘着气时，姐姐抱着两根学游泳用的彩色长条状泡沫浮条，蝴蝶一样飞过。爸爸妈妈在边上，一口一声“good job，弟弟，good job！”

然后，妈妈注意到太阳很大，问爸爸：“你让小的们给你干活儿，给他们涂防晒霜了吗？”

爸爸：“那不是你的事儿吗？”

妈妈：“为啥是我的事儿呢？是你在指挥孩子们不是？”

爸爸：“不是你才经常抹防晒霜吗？当然是你的事啦……”

片刻以后，在爸爸妈妈的拌嘴声中，弟弟又出现在录像的镜头里，不惊不乍地，又搬来一块砖。爸爸妈妈立即息枪灭火，你唱我和起来，“Wow，弟弟，太棒了，太会帮忙了！Well done!”“Henry，good job!”弟弟很淡定的样子，专心搬砖，再次小心翼翼走下台阶，放下砖头，砌好。只是嘴角上，有一丝实在有点包不住的笑意。仔细听那录像，还能听到弟弟当时微微吹着小口哨。

此时，传来镜头外姐姐在院子里的喊声，“弟弟，来帮我拿东西，快，来帮帮我！”“噢，这里还有蝴蝶啊，白色的，弟弟快来看呀。”

弟弟听到姐姐呼唤，就扶着膝盖，一步一步稳稳地再爬上台阶，跑到前院找姐姐去了。

弟弟出了镜头，留下爸爸妈妈，继续嘀咕拌着嘴。

录像到此，就完了。

昨天看完录像，两个孩子都很欢喜，毫无掩饰，一脸的骄傲——怪不得弟弟此时记忆犹新！

妈妈：“是啊，弟弟，你和姐姐都特别会帮忙。你们帮忙让妈妈特别开心和骄傲。不过，不管你们是不是很会帮忙，都是妈妈的最爱。不是说你们不会帮忙妈妈就不爱你们啦，明白吗？”

姐姐：“明白。”

弟弟没有出声。

妈妈拐上一条小路，两旁都是树林，泛着初春的新绿。

弟弟：“那，如果我们愤怒呢，生气发火呢？”

姐姐：“对，而且是非常愤怒呢？”

妈妈：“那妈妈也不会变。妈妈也有生气发火的时候呀，爸爸也有，你们当然也会有。每个人都会有，这是正常的呀。”

“当然了，不要经常发火，发火的时候也不要做傻事，懂不懂啊？”妈妈又补了一句。

姐姐：“嗯。妈妈。”

妈妈直起腰，伸长脖子从后视镜里看了姐弟俩一眼："我知道的弟弟，你和姐姐就是想问妈妈，如果你们不乖的话，爸爸妈妈还爱不爱你们？对吧？"

姐姐笑嘻嘻地说："对呀。"弟弟看了一眼伸着脖子的妈妈，抿着嘴笑笑，侧头望向窗外，没有回答。

妈妈："你们最近是有点调皮，你看有时你们把房间搞得乱七八糟的，睡觉前也不收拾收拾，有时也不好好练钢琴，刚刚弹了一会儿，就问是不是练够了，妈妈就很失望。不过，这个不影响妈妈爱你们呀。爸爸妈妈有时会生你们的气，你们不乖，总不能说妈妈也要高兴吧？"

姐姐："对的。"

弟弟："是的。"

妈妈："姐姐，你记得有次你跟妈妈说'I love you Mama，'妈妈问你为什么，姐姐你说不知道。妈妈又问你爱妈妈的什么，姐姐你说就是因为妈妈是你的妈妈。还记得吗，姐姐？"

姐姐："对呀，我记得的！"

妈妈："你看，妈妈跟你一样，爱你们，就是因为你们是妈妈的孩子，是不要理由的。懂了吗？"

妈妈再次伸长脖子，从后视镜里看姐弟俩。镜子里，姐姐和弟弟都笑了，点头："懂了，懂了。滑稽的妈妈。"

妈妈："I love you kids so much！"

姐姐："I love you so much，Mama."

弟弟："I love you too，Mama."

I love you so much!（2015 年）

姐姐和弟弟在陆家嘴江边(2016 年)

撒　谎

傍晚时分，姐姐和弟弟在房子里捉迷藏，从妈妈身边跑过时，身后飘起一股香水的气味。

妈妈一把拉住姐姐到身边，凑到姐姐的胸口闻了一下。姐姐的衣服上发出很浓郁的香水味，像是刚刚喷上去不久还没有散开，是法国香水 Hermes pamplemousse rose 的气味。那香水装在一瓶长方体形状的艳绿色瓶子里，妈妈有一瓶就放在洗手间的镜子前面。

妈妈没有说话，只是抬眼看着姐姐，姐姐立即说："不是我，我没有。"

妈妈继续不作声地看着姐姐，姐姐继续摇头："我没有，不是我。"

妈妈去洗手间看梳妆台，台上靠镜子的一边摆着几排各式的香水瓶，那瓶绿色的带黑色小拱顶的 Hermes pamplemousse rose 香水瓶，却单独的在台子上的水槽边。水槽前面的地板上放了一个小凳子，孩子们只要站在凳子上就可以完全够得着台子上放的东西。

妈妈拿来那个绿色香水瓶，走到姐姐跟前。姐姐见了，还是摇头："不是我。"

妈妈端着那只瓶子，朝自己当胸轻轻喷了点香水，然后叫姐姐凑过来闻一闻。姐姐凑过来，闻完了不出声，神情扭捏着，脸有点红。

妈妈说："姐姐，你是个撒谎的人吗？"

姐姐摇头："不是。"

妈妈："那你为什么说谎呢？"

姐姐不出声。

妈妈："如果一个人说自己不是撒谎的人，但却撒谎，而且经常撒谎的话，这个人会被人认为是个撒谎的人，如果那样的话，她说的话别人就不信了，即使她说的话是真话。明白吗？"

姐姐："明白了。"

妈妈没有再多说，放姐姐走了。

几天以后，爸爸手里拿着一张十美金的钞票，神情严肃地走到妈妈跟前，在妈妈耳边小声说："这是我在汉娜的枕头底下发现的。"爸爸一边说，一边晃了晃手里的钞票。

当时，姐姐和弟弟在爸爸妈妈房间玩，就在妈妈旁边。

妈妈说："弟弟，你先出去一下好吗，妈妈要跟姐姐说话。"弟弟听话地出去了，把门带上。

妈妈在姐姐眼前举着那张十美金的钞票，说："姐姐，爸爸在你枕头下面发现这个。"

姐姐耸耸肩，说："我也不知道呀。"

姐姐最近学会了耸肩。此外，姐姐最近还不太愿意在头发上别别针把头发夹住，喜欢头一扬，把头发往后摔摔，感觉很酷，很帅。

妈妈："姐姐，这个钞票有没有腿，它会自己走路吗？"

姐姐扑哧笑出来，回答道："没有腿，不会走路。"

妈："嗯，如果没有腿的话，那就不是自己走到你枕头下面去的。

我们家有五个人，一定是我们五个人里面的一个人拿到你枕头下放着的，对吗？”

姐姐：“对的。”

妈妈：“我知道阿姨是肯定不会在你枕头下面放钱的，爸爸也没有。”

爸爸在边上点头说：“对，不是我。”

妈妈：“妈妈也肯定没有。姐姐，那剩下的就只有你和弟弟了。如果不是你的话，你是说弟弟干的吗？”

姐姐连忙摇头，说道：“不是弟弟，不是亨瑞。”

妈妈心里松了一下——还好，至少还没有栽赃陷害，接着说：“那就只有你了，姐姐。”

姐姐还是一个劲的摇头：“不是我。”

妈妈：“姐姐，那我们就再过一遍吧：这张钞票自己没有腿走路，一定只有我们家的人拿到你枕头下对吧？我们家现在有五个人，不是爸爸，不是妈妈，不是阿姨，不是弟弟，那是谁呢？”

……

妈妈苦口婆心按原路推理了一遍，姐姐还是咬定不是她。

妈妈叹口气，说：“姐姐，妈妈大概已经知道是谁拿的。如果你说不是你，那我们就相信你，但这是不符合逻辑的。我们今天就谈到这里，但这件事没有结束，你自己好好考虑一下吧，我们明天晚上再谈。”

姐姐的脸舒展开来，本来有点缩小的身躯立刻放松，显得大了不少，马上说：“好的，妈妈。”飞快地开门出去找弟弟玩去了。

问题是，就算是姐姐自己把钱放到枕头下的，钱从哪里来的呢？

第二天，爸爸决定带姐弟俩到乡下去住一晚上，妈妈一个人留在家里赶着写稿子。

妈妈偶然在楼梯边挂衣服和手提袋的架子上，看到自己挂在最底下的一个小包。这个棕色的小包形状圆鼓鼓的，包口没有拉链和扣子，像一张嘴大大的张着，关不上。妈妈一眼注意到自己平常在这个包里放着的十美金，20美金的零用纸币不见了。

“原来如此！”妈妈自言自语道。

第二天晚上，爸爸带着姐弟俩回来，一进门，姐姐一脸笑容地对迎到门口的妈妈甜甜地喊：“妈妈……”一边张开手臂给妈妈一个拥抱。

妈妈摸着姐姐的头，问了姐弟俩是不是玩得开心。然后，妈妈把姐姐拉到一边说：“姐姐，你还记得我们还要谈一次话吗？”

姐姐的脸阴了一瞬间，说：“嗯，记得。”

母女俩进了妈妈的房间，关上门。

妈妈举起那个棕色的小圆包，问：“姐姐，记得这个包吗？”

姐姐一看，迟疑了一秒钟，说：“我，我没有全部拿……”

话说了半截，就把下面半截吞了回去，继续执著地，说：“不是我。”一边说一边摇头，神情有些尴尬。

妈妈觉得情况复杂起来，慢慢在床沿坐下，伸出一只手臂向姐姐招了招，说：“大宝，过来，到妈妈这里来。”

姐姐走到妈妈跟前，妈妈把姐姐抱起来坐在腿上，说：“姐姐，这个钱是你拿的吗？”

姐姐不作声。

妈妈：“姐姐，妈妈知道你是个好孩子，不是一个坏孩子……这个钱是你拿的，对吗？”

姐姐不吱声，妈妈也不说话。过了一会儿，姐姐点了点头，轻声说:“是。”

说完,姐姐忽然开始大哭起来,头趴在妈妈肩上。

妈妈把姐姐的头轻轻掰过来,说:“姐姐,妈妈给你讲个故事好吗?是妈妈小时候的故事,跟你一样大的时候,要听吗?”

姐姐停了哭,脸上还挂着眼泪,眼睛里亮晶晶的,有些担心地望着妈妈,点点头。

妈妈:“妈妈像你这么大的时候,邻居给了外婆一碗酒酿。你知道什么是酒酿吗?”

姐姐:“不知道。”妈妈帮姐姐擦了擦仍然挂着的眼泪,继续说到:“酒酿就像是稀饭里面加了酒,小孩子是不能吃的,如果吃了会醉,脸还会红的。”

“外婆把那一碗酒酿放到碗柜里最高的一格,就去上班了。等外婆走了以后,妈妈搬了一个高凳子到碗柜前面,爬到凳子上,踮起脚把那碗酒酿端了下来。妈妈舀了一勺酒酿来尝,觉得又甜又香,很好喝,又舀了一勺,更香,妈妈就一勺一勺地尝了下去,直到一碗酒酿全部没有了,都给妈妈尝完了。外婆回来,看到酒酿没有了,就来问妈妈有没有吃酒酿。你猜妈妈怎么回答的?”

姐姐好奇地:“怎么回答的,妈妈?”

妈妈:“妈妈跟外婆说,‘我没有,妈妈,不是我,’就跟你先前的回答一模一样的。”

姐姐有些不好意思地把眼光移开一秒钟,咧着嘴笑了一下。

妈妈:“问题是,外婆知道是妈妈吃的,大人都很聪明的,一般都比小孩聪明。外婆知道是妈妈偷吃的,你知道为什么吗?”

姐姐一脸惊讶,圆睁眼睛看着妈妈,嘴微微张着。

妈妈慢慢地说:“因为呀,妈妈偷吃了酒酿,满脸都是通红的!

而且还喝醉了，坐在小板凳上冲着外婆傻呵呵地笑来着……”

姐姐一下子笑了起来。

妈妈说：“姐姐你说过你不是撒谎的孩子，但你为什么又撒谎呢？”

姐姐瘪瘪嘴，马上又嘤嘤哭起来。

妈妈：“姐姐，你看妈妈小的时候跟你一样，也不是坏孩子，但是做了错事，就像你现在一样。但妈妈以后改正了。姐姐，如果你不是撒谎的孩子，可是经常撒谎，那你就变成一个撒谎的孩子了。你说的话，以后就没有人相信了。你还记得妈妈跟你和弟弟讲的‘狼来了’的故事吗？那个小孩子老是撒谎说狼来了，以后真的狼来了，他大声喊着呼救，可村里的人都不信他，就没有人来救他了，那个孩子就被狼拖走了。姐姐你不想成为撒谎的孩子吧？”

姐姐：“对。”

妈妈：“那就不要再撒谎了。你自己想想吧……现在去拿毛巾和睡衣，我们去洗澡去。”

洗完澡，姐姐湿着头发，被裹在软软厚厚的大浴巾里。

妈妈给姐姐梳头，吹头发。

姐姐说：“Mommy, I love you.”（妈妈，我爱你）

妈妈：“I love you too!”（我也爱你）

姐姐：“Mommy, I love you a trillion!”（妈妈，我爱你一兆）

吹风机的声音很响，妈妈没有听清楚，问：“What did you say?”（你说什么）

姐姐：“I said I love you a trillion, Mommy. Trillion is a very very large number.”（我说我爱你一兆，妈妈。一兆是个很大很大的数字哟。）

妈妈："Oh, thank you! Do you know how much Mommy loves you?"（哦，谢谢！你知道妈妈有多爱你吗）

姐姐："No, Mommy."（不知道，妈妈）

妈妈："I love you a trillion, plus one! Greater than your love for me."（我爱你一兆，还要再加一！比你爱我多一点。）

"Wow!"姐姐转过头来看看妈妈，笑眯眯地惊叫。

在吹风机的噪音里，母女俩都哈哈笑了起来。

妈妈和姐姐(2016年)

男女有别

好久不见。几个闺蜜临时决定，去陆家嘴的莫顿牛排馆，喝打折的鸡尾酒，快乐快乐。除了她，还有美国的凯伦，巴西的伊斯特和荷兰的海尔。姐姐们都比她至少大十岁，都是儿女长成，智勇双全的善良女人。

买一送一，姐妹们分别点了苹果马蒂尼、伏特加马蒂尼、大都会、血玛丽，一桌子摆开。小酌酣畅间，话题，除了美国总统大选，特朗普对希拉里，就是丈夫孩子。关于后者，总结姐姐们的分享如下：

第一，父母都是叫花子，随时把手伸着，等着儿女施舍点爱的碎屑，然后就欣喜若狂，可以被温暖好长时间。

第二，老公都是大孩子，要耐着性子等他长大，等到空巢了，头发白了，铁树就开花了。

第三，女儿和儿子是不一样的，儿子是“hit or miss”，打中没打中靶心要看运气，但都是有了媳妇没了娘；而女儿可就都是贴心小棉袄啦。

虚心听完姐姐们的分享，她说：“但是我家儿子昨天说，妈妈我永远不离开你！”

好像无心带过，其实暗自有些得意的。

姐姐们笑笑，宽容地说："你先高兴高兴吧，你家 boy 长大就不会这样说啦！"

回家后，她把这个对话的要点，连同孩子们的近照，发到微信上。

除了点赞的，夸姐姐弟弟可爱的，主要有如下有代表性的反馈——

Angela：第二点深有感触。

冯译瑶：不知道我家那小子是 hit 还是 miss。

莲子清如水：哈哈，太对了，我家 boy 像你家 boy 那么大的时候，恨不能妈妈变袋鼠，他好跳进去袋子里形影不离。现在呢，就是想的妈妈你能离我多远就离多远，我要过自己的生活。[偷笑]你先高兴一下吧[偷笑][偷笑]

咄咄妈：太有道理了[笑]

金艳：哈哈，这一篇写得相当有道理。句句属实，字字掉进我心坎儿里[笑]

Nannan：有道理[笑]

John Zou：我家是贴心小棉袄。

马宇峰：有道理。

飞：真真的像中国人唠嗑。

结论是：果然是上帝造的人，用了一个模子，造出的人组成的家庭都是一样的；不管是中国人、巴西人、美国人，还是荷兰人，用不同的语言说话，关于家庭，说出来的道理却是一样——儿子女儿，男女有别，放之四海皆准，跑到那里都一样。

是啊，男女就是有别！不光在家庭里作为儿子女儿的角色，在职场上也是如此。成年女子在职场上努力倡导平等，争得辛苦，其实事倍功半。细细想想，某些差异，其实打小就有端倪。可能中国人独生子女居多，没有机会在家庭里从小观察到，某些单项技能，女生确实先天不足的，只能望男生之项背。

比如说，而且说得好听点，订立超越自我的远大目标这项技能；再比如说，而且说得好听点，自我推销这项技能。

以她家的实例为证——

实例之一

夏天的时候，爸爸开车，带妈妈，姐姐，弟弟和外婆去泽西海岸看海。

快到了，天却阴了下来。弟弟一路喋喋不休，此时，仍兴致不减。

在车里，还坐在宝宝椅上，弟弟就握着拳头，左右挥舞着，宣布："As soon as we get to the shore, I will jump into the water and splash around, swim and swim with Daddy!"(等我们到了海边，我就要一下子跳到海里，四处拍打浪花，和爸爸一起在海里游啊游的)

"跳进海里，四处拍打浪花"多美的一副画面！妈妈已经可以想象，勇敢的弟弟，和爸爸肩并肩，迎着海风，踏着海浪，在蔚蓝的大海里，如鱼得水地畅游。

而且，"splash around"，也是妈妈第一次听弟弟用这个词。虽然不知道弟弟从哪里学来的，对弟弟能把这个词用得如此形象生动，妈妈很是满意。

到了海边，姐弟俩在车里换好了衣服跟着爸爸妈妈下了车。

穿过沙滩去海边，姐姐亦步亦趋，紧紧跟着爸爸。弟弟跟牢了走得慢的外婆，远远落在了后边。

爸爸已经一只脚站到水里了，姐姐也开始小心翼翼地试着往水里踩，弟弟还落在后面，爸爸回头，挥手招呼远远的弟弟，“Henry，快点！”

姐姐在水里进进出出了一会儿，已经全部打湿了。阴天里，夏末初秋的风吹在姐姐湿透的身上，姐姐缩着手脚，颤抖得像片单薄的叶子。姐姐一边抖，一边喊：“爸爸，妈妈，看我，看我！”一边挨着爸爸，又往水里跳。

看爸爸满腔热情地招手呼唤，弟弟怯怯地走近后，脸上显出说不出口的苦处。爸爸说：“快来，伙计！”一边说，一边来拉弟弟。

这下弟弟就往后面退了：“我不想去了，不想去了！”

在姑姑的婚礼上(2017 年)

爸爸：“怕什么，来，我们就在浅的地方，爸爸拉着你的，不用怕。”说完，过去把弟弟抓了过来，就往水里走。弟弟死命往后退，爸爸拉着弟弟的手，把他往水里拖。

“哇，哇，哇……”弟弟大哭起来，那么的伤心那么的无助，大颗大颗的眼泪从眼睛里滚出来，瞬间脸上就哗哗地沟壑纵横。

这个片段，有妈妈的录像

为证。准备将来在弟弟的婚礼上放映。

实例之二

弟弟刚满了五岁。第二天一早，妈妈开始暖男训练第一课：如何蒸鸡蛋。

这是弟弟最喜欢的早餐。每晚询问弟弟早餐吃什么，弟弟说“蒸鸡蛋”的时候，总是轻轻温柔地说，幸福的眼神闪动，满脸无限的向往。

弟弟五岁零一天的早上，自己从冰箱搬出一大盒鸡蛋，在妈妈的指导下，取了两枚。

妈妈叫弟弟搬了小板凳，站在厨房水槽前，看妈妈示范如何拦腰打碎鸡蛋，把鸡蛋从蛋壳里倒进碗里。弟弟小心翼翼如法炮制。妈妈往鸡蛋里加水，加喜马拉雅盐末。妈妈再教弟弟用筷子搅拌鸡蛋：不要转圈圈搅，要快速地以 45 度的斜度上下搅拌，以免把鸡蛋搅到碗外。

搅匀以后，妈妈把鸡蛋放到微波炉，把弟弟抱起来，教弟弟按 1 分钟 20 秒，然后再按 Start 键。

“蒸”完，妈妈往鸡蛋里加酱油和麻油，搅拌好。

完毕。上桌！

大功告成，弟弟一脸自豪。来不及吃，一溜烟跑去找爸爸，把还在睡觉的爸爸摇醒：

“Daddy, Daddy, I just steamed eggs! ALL BY MYSELF!”（爸爸，爸爸，我刚蒸了鸡蛋！全是我做的）

姐姐也睡眼惺忪，摇摇晃晃下楼啦。看到弟弟一碗的成就，立马也要求妈妈教做蒸鸡蛋。

妈妈同样叫姐姐取出两枚鸡蛋，以同样的方法走了一遍同样的程序。完毕，一碗鸡蛋同样完美呈现。

同样自豪的姐姐，同样兴冲冲地再去摇醒爸爸：

“Daddy, Daddy, I just helped Mommy steam eggs. I helped Mommy!”（爸爸，爸爸，我刚刚帮妈妈蒸鸡蛋啦！我帮了妈妈）

上面这个蒸鸡蛋的故事，被她，连同孩子们的近照，又贴到微信上。

除了点赞、夸颜值高的，有如下典型的实质性反馈：

Xiaoning：different perspective[笑哭]

金艳：天下是男人的，女人靠征服男人来征服天下[微笑][微笑][微笑]

Jane X：很贴切[微笑]

gu：所言极是

姐姐和弟弟在乡下(2013年)

一大堆点赞的留言的人，除了两个，全部都是女生。

对了，在微信上贴这故事的那天，是个星期天，4 月 2 日，早上 10 点 24 分。

男生们沉默，一定都在加班干活吧。

语言是有能量的

四月一日是弟弟五岁生日。弟弟已经盼望了好些日子！好久以来，一提到生日，弟弟就忍不住抿着嘴笑。

从小，弟弟对于年纪就比较敏感。

两岁多刚刚学会说话，在电梯里见到陌生人，弟弟就不分青红皂白地自我介绍："我两岁，我姐姐三岁。"还没等听话的人反应过来，弟弟就指着姐姐，接着介绍："这是我的汉娜。"

弟弟一直想比姐姐大。

三岁的时候，弟弟问："妈妈，如果我四岁的时候，是不是就比姐姐大，是大宝不是小宝了？"

得到妈妈否定的回答，弟弟接着问："那七岁的时候呢？"妈妈的答案还是否定的。

弟弟仍不死心，"那九岁的时候呢？"

妈妈："弟弟，九岁的时候你还是不是大宝，因为姐姐永远都会比你大。不过，你就是大宝宝了。你在家里当不了老大，可以争取到外面去当老大。"

隔天，妈妈发现一向行动慢吞吞的弟弟，正飞快地将碗里的饭往嘴里扒。

妈妈:“弟弟慢点吃饭。”

弟弟头也不抬地说:“妈妈,我要赶紧吃完饭出去了。”

妈妈:“出去干吗?”

弟弟:“出去当老大啊,妈妈!”

今年四月一日是周六,虽然是个阴天,可人逢喜事精神爽,弟弟起了个大早。

下午要给弟弟开生日 Party,弟弟喜滋滋地问:“今天谁要来我们家呀?”

姐姐:“约翰保罗(John Paul)会来的。”

约翰保罗是隔壁五岁的小男孩。

弟弟:“那还有谁呢?”

还没有来得及听到回答,弟弟又自己说到:“肯定没有人来的!”

明明希望人来,却说不会有人来!这是弟弟的习惯,喜欢说反话,而且常常是偏负面消极的话,跟弟弟平常笑嘻嘻的风格很不一致。

妈妈把弟弟叫到跟前,看着弟弟的眼睛,说道:“亨瑞,语言是有能量的。你说的话是有后果的。如果你希望某件事情发生,你要说积极一点,不要说反话。”

弟弟也犟,皱着眉头,继续说:“我不希望人来了。”

妈妈:“说出去的话是有后果的。弟弟,你确定吗?你确定不想让杰瑞哥哥,安吉姐姐和约翰保罗来我们家吃蛋糕啦?”

杰瑞和安吉兄妹也是楼上的邻居,是弟弟和姐姐最喜欢的大孩子啦。平常一看到杰瑞和安吉,姐弟俩就大声欢呼雀跃。

听妈妈这么问,倔强的弟弟还是没有把话收回去的意思。皱着眉头,仍然一口咬定:“No, I do not want them to come!”(对,我不

想让他们来了)

妈妈:“那好吧。既然你这都这么讲话了,就满足你的愿望。”

于是,妈妈对正吃着早餐的姐姐,认真交代:“姐姐,一会儿你去杰瑞哥哥家通知他们,亨瑞取消对他们的邀请,不用来我们家了。然后再去约翰保罗家,也通知他们一会儿不用来我们家了。”

被委此重任,姐姐很兴奋,放下饭碗,要求去立即执行。妈妈说:“不急,吃完饭了再去也不迟。”

看这阵仗,弟弟犹豫了一下,申请到:“那,我跟姐姐一起去吧?”

妈妈:“弟弟,发出邀请又去收回来,不是件太愉快的事,还是让姐姐去吧。”

于是,定了下来,No more party today。

各忙各的——妈妈出去跑步,爸爸忙着烤一个玉米面包。

40分钟后,妈妈流着汗,红着脸回到家。

一进门,姐弟俩你推我攘地挤到妈妈跟前。窃窃私语了一阵,姐姐宣布道:“Mommy, my brother has changed his mind.”(妈妈,我弟弟已经改变主意了)

姐姐公开宣布的时候,弟弟尴尬地笑着,半个身子藏在姐姐后面。

爸爸妈妈相视一笑,意料之中的事。

妈妈笑嘻嘻地说:“Henry, you don't need your sister to be your spokesperson, right? Why don't you make the announcement yourself since it's you who changed his mind!”(亨瑞,你不需要姐姐作你的发言人,对吧?既然是你改变主意了,你为什么不自己宣布呢)

弟弟就扭扭捏捏,东倒西歪地走出来,还是半靠着姐姐,拉着姐

姐的手，说："I, I, changed my mind."（我，我，改主意了）

妈妈："弟弟，不要躲在姐姐后面，你自己的决定，大方一点说。来来来，站在屋子中间说给爸爸妈妈听，你要干嘛来着？"

爸爸也附和："That's right Henry, tell us clearly what you want in person, don't hide behind your sister."（对呀亨瑞，你亲自清楚地跟我们讲你的要求，不要藏在姐姐后边）

这样一来。弟弟又缩回去了。姐弟俩手拉着手，撤退到他们楼上的房间去商讨对策。

妈妈坐在沙发上看书。

半小时后，姐弟俩又悄悄地走到妈妈跟前。这次，弟弟鼓起勇气，说："Mommy, I changed my mind. I want Jerry to come."（妈妈，我改主意了。我想杰瑞来我家）

妈妈："那安吉姐姐和约翰保罗呢？"

弟弟："我也想他们来我们家。"

妈妈："OK！那我们就不取消派对，亨瑞，你明白了吗？Words have power and consequences. 你说的话是有后果的。老说消极的话，结果就比较消极哟！明白吗？"

弟弟："明白了妈妈。"

过了一会，妈妈想起什么，把弟弟抓过来问："弟弟，你知道积极和消极是什么意思吗？"

弟弟揩揩鼻涕，一脸无辜："不知道呀，妈妈。"

陪　　伴

“我想我的爸爸！”

2015 年 9 月 5 日

爸爸前几天出门了，三岁半的弟弟泪点变得很低。平常摔个大跟斗，跟姐姐打个小架，基本若无其事，拍拍屁股不在话下。这两天

姐弟俩接爸爸下班(2016 年)

不同,稍稍有点磕碰,嘴一瘪,亮晶晶的眼眶里瞬间充满泪水,然后大滴大滴的眼泪扑簌簌地滚下来,“哇……”伴随着响亮的哭声,万千委屈尽在其中。接下来,无一例外,蹦出的第一句话便是“我想我的爸爸……爸爸,爸爸……”

看弟弟哭,妈妈:“姐姐,你弟弟很难过,你安慰他一下吧。”

姐姐:“我也想我爸爸,没法,没法安慰我弟弟。”

吃一顿中饭,每过几分钟,弟弟就停下勺子,眼巴巴地念一句“妈妈,我想我的爸爸……”吃了半个多小时,碗里的饭还是小山。

妈妈感觉耳朵要起茧了,觉得有必要关关洪水闸门。

于是,妈妈亲切地坐到弟弟跟前:“弟弟,咱们谈谈吧?”

“嗯”弟弟认真地点点头,手握着勺子,专心看着妈妈。

妈妈:“第一,妈妈知道你想爸爸,很难过;第二,姐姐、外婆、阿姨和妈妈,大家都想爸爸;第三,爸爸肯定也想你;第四,爸爸今天不会回来,明天也不会回来,要过几天才会回来。”

妈妈察看弟弟,弟弟若有所思地还在认真听。

妈妈:“因此,难过也没用,弟弟你就面对现实吧。接下来过半个小时,妈妈准备要发冰激凌了,弟弟你既然饭都吃不下了,就不勉强你吃冰激凌了,好吗,弟弟?”

妈妈又停下来察看弟弟。弟弟眨巴眨巴眼睛,没说话,还挂着泪,开始一勺一勺往嘴里送饭吃。

姐弟俩开始吃冰激凌了。弟弟先吃完,抹抹嘴:“I won the race.”(我赢了比赛)

姐姐:“这不是 race。”(这不是比赛)弟弟:“这是 race!”(这是比赛)

姐姐知道自己输了,淡淡地:“只不过就是吃冰激凌。”

棒棒糖

2016 年 4 月 16 日

周六在外面吃晚饭，要穿过商场里一排卖糖果的店铺。盒子里的糖果五颜六色地敞开摆在摊上，到处都是，眼花花地实在丰富。孩子们哪见过这样琳琅满目，充满市井气的花花世面。两个小人儿欢呼着手脚无措，呼吸都加快了，脚像踩在了胶水上，脚底被黏住，走不动了。

妈妈慷慨地说：“棒棒糖，你们随便选吧。一人可以选三个，明天在教会上完主日学后可以吃！”

孩子们欢天喜地一人地选了三个棒棒糖，喜滋滋地握在手上跟妈妈回家。

姐姐：“妈妈，是明天上完主日学就可以吃了吗？”

妈妈：“对，但是你们要 behave（守纪律）。”

姐姐：“那，上完主日学，你要问我们学了什么吗？”

妈妈：“对的。”

姐姐：“那，如果我们知道学了什么，就 behave 了，就可以吃棒棒糖了，对吧？”

妈妈：“对的。”

姐姐：“可以吃几颗呀？”

妈妈：“一颗。”

姐姐问清楚了游戏规则，放心了。一手握着棒棒糖，一手拉着妈妈，在春日夜晚的大街上蹦蹦跳跳地跟妈妈和弟弟一起回家。

半晌，大着脑袋，一直默默跟在妈妈身后半步的弟弟说道：“妈妈，但是这个棒棒糖如果今天不吃的话，明天就过期啦！”

可不可以告状的问题之一

2016 年 4 月 16 日

弟弟走到妈妈跟前:“妈妈,今天早上你不在的时候,姐姐偷偷地去拿了糖,还放了一些在我的口袋里。”

弟弟嗓音清脆,字正腔圆,“偷偷地”这几个字特别强调了一下。

妈妈:“那你吃了那个糖吗?”

弟弟看着妈妈,认真地点点头。

妈妈:“那姐姐放糖在你口袋里的目的是什么?是给你吃的吗?”

弟弟再认真地点点头。

妈妈:“那你姐姐很爱你哟!你来告状干嘛?”

弟弟支支吾吾地:“嗯,嗯……”

妈妈又说:“亨瑞,你觉得姐姐偷偷去拿糖对不对啊?”

弟弟欢快的:“不对!”

妈妈:“那弟弟你有几个选择,你可以告诉姐姐不该不打招呼就去拿糖,你自己把糖放回去,你也可以把糖还给姐姐,你也可以把糖吃掉。但是你知道不该做什么吗?”

弟弟眼巴巴看着妈妈:“不知道妈妈。”

妈妈:“你不该来告状!特别你还知道你姐姐拿了糖还不忘给你吃,对吧?知道了吗。”

弟弟:“知道啦!妈妈!”

弟弟转眼无忧无虑地去找姐姐玩去了。妈妈自己继续琢磨,这该不该告状的事。还真没有一刀切的答案。律师嘴里经常有那种要 case by case(视情况而论)的情况。这个算一种吧。

可不可以告状的问题之二

2016年5月15日

妈妈应弟弟请求，晚饭后给放《粉红猪小妹》的录像。

妈妈："弟弟，但是有个条件。"

弟弟认真地看着妈妈，等待下文。

妈妈："条件就是不能吮吸大拇指，弟弟同意吗？"

爸爸不在，弟弟最近又开始像小时候一样吸大拇指。

弟弟想想，"同意。"

然后又想起什么："那谁会看着我呀？姐姐吗？"

妈妈："对。"

弟弟："那如果我不好好的，姐姐就可以告诉妈妈；如果姐姐不好好的，我也可以告诉妈妈，对吧妈妈？"

妈妈以前教导孩子们不可以告状，今天却说，"对"。

一个也不能少

2016年5月

妈妈花了一上午彻底整理打扫弟弟的房间，看到弟弟当初来家里的时候唯一带着的家当，一把玩具小吉他。

妈妈："弟弟，来玩你的吉他，以前你超喜欢的！"

弟弟："噢妈妈，这是你给我买的吗？"

妈妈，不好说明真相，也不好意思独揽功劳，就说："是爸爸和妈妈一起给弟弟买的。"

弟弟："噢，是爸爸妈妈一起买的。妈妈，那是不是爸爸背着包，再牵着你的手啊？"

关于这样一个问题，可能天下所有的妈妈，无论是非黑白，都会给出同样的答案。

妈妈:“是的,宝宝。”

弟弟继续:“那姐姐在哪里呢? 跟我们一起吗?”

妈妈:“是的,跟我们在一起”

弟弟:“那外婆呢? 在家等我们吗?”

妈妈:“是的。”

弟弟再继续:“那阿姨呢? 也在家等我们吗?”

妈妈:“是的,也在家等我们。”

家里人问完了,弟弟满足打住了。此时妈妈很庆幸家里没有养阿猫阿狗加乌龟,不然这段对话会很长很长的。

妈妈做的饭

2016 年 6 月

放假期间妈妈当全职保姆,给孩子们变着法儿做饭吃。

做一个快乐脸形状(happy face)的洋葱水果卷饼。弟弟边吃边说:“妈妈谢谢你给我们煮的饭!”姐姐也喋喋称是,还跑到妈妈跟前贴着妈妈说:“我的小妈妈做的饭真好吃!”

烤一个 Pepperoni Pizza,用 Pepperoni 和青豆作眼睛,番茄做腮红,黄色灯笼海椒作裂开笑的嘴。姐姐说:“那,还有牙齿呢?”妈妈就用白色的洋葱做牙齿啦!

烤了两片鱼。先用生姜片、海盐、无盐鸡精和橄榄油浸泡,鱼片上再放上蘑菇片和洋葱。周围再放西兰花。烤出来每人又配一小碟孩子们自己剥的炒青豆,外加一小杯柠檬水。Presentation 是放在大人用的带蓝色镶边的大餐盘中,再一人配一把吃猕猴桃专用的带齿的小挖勺吃鱼。姐姐见了这架势,惊叹:“Wow,小妈咪又给我们做好吃的啦!”

即将面临的问题

弟弟坐在车里，抓着脖子上挂的望远镜，眼睛紧贴着镜片，从车的玻璃天窗望出去，查看落在车顶的雨滴，和雨中河边摆动的树枝。一两只小鸟在树枝上跳上跳下，“交头接耳”，叽叽喳喳的声音，在乡间雨中的下午，格外清亮。

孩子们一人脖子上挂着的一个塑料望远镜，是妈妈在纽约的美国自然历史博物馆买的。姐姐的是粉色，弟弟的是蓝色。这真是一个很好的玩具，孩子们走到哪里带到哪里，四处窥窥瞧瞧，没有了那么多聒噪，给了妈妈很多清净。

车子停在乡下房子的停车道上，妈妈和孩子们坐在车里等爸爸。初冬，下着细雨，天却不太阴。妈妈在前座看书，孩子们在看窗外，一边东一句西一句聊着。不知道为什么争执起来。姐姐经常风格有些强势的，怪不得听到弟弟说：“汉娜，你不是我的 boss(老板)，爸爸才是，妈妈才是。”姐姐说：“可是，可是我比你大，你要对我好一点才对。”

两人安静下来。姐弟俩跪在座位上，伸长了身子，透过望远镜细细地看河里的一群鹅。那是群加拿大鹅，拖家带口的一大家子，在河里悠悠地漂着。

弟弟看着鹅，忽然发问："妈妈，那你是怎么带我们下来的呀？"

妈妈坐在前排，正专心地看一本书。听到弟弟的问题，妈妈停了一下，头也没回地答道："我们坐的飞船去，当然也是坐着飞船带你们下来的啦。"

"噢！"弟弟认真地点了一下头，继续用望远镜看着车外。

但妈妈听到弟弟自己轻笑(chuckle)了一下——对啊，当然是怎么样去，就怎么样回呀——这样的场面很符合弟弟有逻辑的思维。

妈妈不动声色，继续低头看书，心想"糟啦，这个谎得一直圆下去了。"

∞ ∞ ∞ ∞ ∞

话得从去年说起，妈妈跟三岁半的弟弟撒了一个小谎。

那天，弟弟抱着小熊仔细查看妈妈的结婚照。先评论裙子好看，再赞叹妈妈手握的一束鲜花漂亮。而后摸着自己的大脑袋，忽然想起来，问："那么我在哪里呀，妈妈？我在你肚子里面吗？Hannah呢？我们都在你肚子里吗？"

妈妈像中了暗器，半晌语塞。但弟弟一动不动，满脸期待地盯着妈妈。

弟弟指着照片问："我在你肚子里面吗？"(2003年)

于是，妈妈语重心长地说："不是所有的小朋友都住在妈妈肚子里的。有些小朋友住在月亮上，妈妈要坐飞船去迎接回来的。"

"噢，妈妈。"弟弟亲亲怀抱着的小熊，点头表示明白。

然而就是那天的话，妈妈不小心播下了现在这段对话的种子。

于是，弟弟经常会注意到月亮。

天光仍明，夜晚还没有完全来临的天空，月亮微微浮现，或圆或缺，只是淡淡温暖的一抹，悬在天际。弟弟总是第一个看到，高喊："月亮！月亮！The moon!"

车上对话的好几天以后，妈妈和弟弟在沙发上看一个儿童节目。冷不丁地，弟弟问道："妈妈，那个飞船是什么颜色呢？"

弟弟总是在没有前奏的情况下，问有关他来历的问题。这些问题，好像是弟弟脑子里永远播放着的背景音乐，似有似无，但偶然把控制音量的按钮往右旋一点，乐声大了，就轰然成了主旋律。

那旋律随时都可以把不动声色的妈妈淹没。

此刻，对于这个缺乏上下文，却承载丰富，大有来历的问题，妈妈顿都没有顿，连眼睛都没有眨一下，立马英勇地回答："噢，是白色的。"

妈妈的脸色，是淡然的。这份英勇，只有妈妈自己知道。

再有一天，一家人在 Boston Market 吃快餐。弟弟盯着爸爸说："Daddy, why your nose is big and red and our noses, me, Hannah and Mommy, our noses are not like yours? "（爸爸，为什么你的鼻子又大又红，我们的鼻子，我，汉娜和妈妈，我们的鼻子不像你的呢）

这个问题问得妈妈心惊胆战。

弟弟把背景音乐调得太高，主旋律有些震耳欲聋了。

所以，妈妈感觉到了这个即将面临的问题——要老实交代真相的日子近了。

∞ ∞ ∞ ∞ ∞

真相，其实并不可怕。

姐姐是八个月的时候到家里来的。爸爸妈妈第一次见到姐姐的时候，姐姐被放在汽车上装的那种宝宝椅式的摇篮里面提着。正是午餐时分，南京路上的那家餐馆人声鼎沸。姐姐的“坐骑”被放在地上后，一丁点大的姐姐从摇篮里面仰头看桌前的妈妈，一个多小时目光交注，意味深长，眼底和嘴角一直不懈地笑着，让爸爸老早就被融化了，而妈妈最终也无处可逃。弟弟是 13 个月的时候来的。妈妈在某个初春的傍晚初见弟弟，只见一个硕大的宝宝在地上爬，长淌着口水，有些呆呆的表情，和一对些许“对对眼”的瞳仁。妈妈不自觉地蹲下，对着宝宝长长伸出双臂，心里自然而然地说：“宝宝，到妈妈这里来。”但话到嘴边打住了，说出口的是轻轻一句：“宝宝，

初相逢，从此就是一辈子的亲人了(2013 年)

快过来。”

姐姐比弟弟大13个月，弟弟刚来的时候，姐姐很热情。几天之后看弟弟还不走，妈妈的注意力有大幅转移，便不耐烦地问了：“妈咪，这个小朋友什么时候回他的家呀？他的妈妈呢？”

但是弟弟从来就爱姐姐，26个月大刚会说话时，称呼姐姐必然是一口一个“我的汉娜。”见人时说出口的第一句话，必是“这是我的汉娜。”如今姐弟俩绝对是如影随形，跟妈妈斗智斗勇时，是进退同谋的。

真相是什么呢？爸爸马克先生是土生土长的美国西弗吉尼亚人，姐弟俩都是河南人，当然永远不会长得像爸爸。

常常，一家四口在电梯里被过往的大妈们大胆热情地上下打量。大妈们检阅完毕，一眼一眼仍瞟着爸爸，权威地冲着妈妈丢下一句结论：“你们家孩子长得像你，不像外国人！”妈妈通常都很谦虚地，喏喏地微笑着连声说：“那是，那是，咱们中国人的基因强！”

妈妈初见弟弟(2013年)

和姐姐初次谋面(2011 年)

一家四口(2015 年)

这个答案一般很有效，可以制止大妈们提出更多尖锐的，充满洞察力的，把弟弟脑子里背景音乐的音量按钮右旋放成主旋律的，让妈妈有些畏惧的，问题。听了这个答案，大妈们多数都面带满意的微笑，气宇轩昂地走开，关心别的事去了。

真相其实不可怕，但是对于确信自己是在妈妈肚子里出来的姐弟俩，会不会是可怕的呢？

四岁的弟弟曾经跟人严肃地说："我妈妈好不容易才生了一个儿子和一个女儿！"

有时姐弟俩会说："妈妈，我们在你肚子里的时候，是不是经常踢你呀？"问完俩人会咯咯咯咯地笑得歪来倒去。妈妈就说："是啊，你们是会在你们妈妈的肚子里踢你们的妈妈的。"

还好，这么"你们的，你们的"绕来绕去地说，不算撒谎。庆幸中文"妈妈"在这句话里可以没有单数和复数之分，看不出"妈妈"和"妈妈们"的区别。这句话没有破绽。

然而，真相固然不可怕，却是一向无畏无惧的妈妈身上的软肋，心中的 soft spot（柔软之处）。

有一年，妈妈听人通报，说在教堂里发现姐姐的放大照片，被当初帮助姐弟俩领养的公益基金用来做专题宣传。妈妈立即给这个基金会写了一封信。信中感谢基金会的帮助，保证继续支持基金会的工作，但"警告"基金会不可再在公共场所未经允许以任何理由使用孩子的照片宣传。妈妈说，孩子是有隐私权的！对于他们的历史，孩子自然有权利被告知，但是，得以孩子的家庭所选择的合适时间和方式告知，而不是在公众场合"被告知"！

妈妈急急写了这封信，对这个隐私问题是不是反应过度，那就先不管了。

那么，真相如何被告知呢？这真是一个头疼的问题。

那一刻，妈妈对着一边一个，正趴在她腿上打瞌睡的孩子们的耳边轻声说："I love you, Bao Bao."

孩子们各自迷迷糊糊地应道："I love you too, Mama."

妈妈轻轻地祷告："仁慈的天父，请赐给我更多的智慧吧！如果我没有智慧，就请原谅我继续圆一阵谎吧……"

∞ ∞ ∞ ∞ ∞

去年年底全家搬回美国后，快六岁的姐姐和快五岁的弟弟都上了附近的公立学校。弟弟上午在自己的学校，下午的课外课也在姐姐的学校上。姐姐的学校里有来自 70 个国家的孩子，各式各样的人种、肤色和头发，说着不同的语言。但是，各样人种各种肤色的孩子有着同样人种和同样肤色的父母；或者，如果是混血的话，孩子看上去就是父母的综合，既有父亲的几分，也有母亲的几点。

而爸爸偶尔去接孩子们放学的时候，那个不像，是不用言语，就震耳欲聋的。

某个周末早餐的时候，弟弟忽然问道："妈妈，为什么爸爸没有他自己的孩子呀？"

爸爸在厨房正往盘子里盛煎好的鸡蛋，妈妈在往饭桌上摆刀叉。

弟弟这么一问，爸爸就看着妈妈，看妈妈能否巧舌如簧，稳住这个局面。

妈妈正迟疑着准备发言，姐姐笑起来："你说什么呀，弟弟，我们就是爸爸的孩子呀！傻亨瑞！"

爸爸妈妈也顺势笑起来。弟弟欲言又止，迟疑了一下，最后也勉强跟着笑了。

妈妈注意到弟弟眼里的疑虑，点点还在，说："弟弟，你的意思是不是问，为什么爸爸没有与他长得像的孩子？"

弟弟释然地，连连点头："对啊，对啊，妈妈。"

妈妈问了这话，但心里并没有答案，脑子里飞快地纠结：现在，是摊牌的时候吗？

问题是妈妈还没有跟爸爸完全统一口径。

妈妈打了一个擦边球："对啊，要是我们再有两个跟爸爸长得一样的孩子就好了，最好是哥哥姐姐，我们看看可不可去领两个这样的孩子到家里。"

爸爸一听，眼睛都亮了。

姐姐马上反对："不要不要，我还是要跟妈妈长的一样的。"姐姐摸着自己光滑的黑色短发，说："跟我和妈妈的头发一样的孩子。"

弟弟没有再发言，妈妈不知道他还在思考什么。

这确实是一个即将面临的问题。列车已经出了站，到达是迟早的事，也许就在这一两个月内。

爸爸和妈妈开始讨论如何面对的问题。

目前的进展是，爸爸妈妈统一了思想，确定了跟孩子们谈话的基调：不能绝对的革命现实主义，也不能完全糖衣包裹（sugar coat）粉饰太平；首先要跟孩子们澄清，他们不是妈妈肚子里来的，而且先前也没有住在月亮上；第二重点要强调"孩子们是爸爸妈妈切切祷告祈求天父所赐，是慈爱天父派给爸爸妈妈的天使，是爸爸妈妈的最爱……"这两点都是事实，符合革命现实主义的调子。

问题是，就现阶段而言，这个答案满足姐姐可以，弟弟很可能往下深挖:“那,妈妈,不是你的肚子里来的,是哪里来的呢?是别人的肚子吗?”“天父爸爸从哪里找到我们呢?”

说到底,爸爸妈妈最怕的是问题会被一直问下去,直到,比如说:“生我的人为什么不要我了?”

同一枚硬币有正反两面:有人得到,就有人放弃。

妈妈怕的问题不是:“你为什么得到?”或者,“你们为什么爱我”?

妈妈怕的问题是:“她为什么放弃?”或者,“他们真的是不爱我吗?”“为什么不爱我”?

这个,妈妈无解。

就算爱,就算爱得死去活来,这个世上有很多无可奈何的事,有很多有心而无力的爱。也许将来爸爸妈妈可以和孩子们一起去探究;而此刻,只想让孩子们识得硬币的一面——光明的一面,“得到”的一面,“爱”的一面。

没有缘故,不需要理由,倾心倾力,赴汤蹈火的……来自天父上帝的爱。

而硬币的另一面——那放弃的人儿,那两个在分娩的苦痛里把孩子们带到这世上的女人,让我们祈求仁慈的天父,时时也与她们同在。

谁是老板？

姐姐汉娜刚满六岁。她的学校离家四条街，是新泽西州泽西市这个片区的公立学校，从幼儿园到高中。

学校在一座不起眼的百年老建筑里，连着一个看上去像停车场的旧操场，多年来都没有留意到这是一座学校。汉娜去年年底到这里上幼儿园，才知道这所学校有来自 70 个国家的孩子。其实也不奇怪，这个区传统上就是移民聚集的区域，连着 Hudson River 和 Morris Canal，往南面一看就是近在眼前的自由女神像，是以往的移民到了美国的第一站。只是这个地区近十年来被开发得厉害，不断被 gentrified，居民性质的高楼大厦开始层出不穷。这里的居民大多是在河边金融区和河对面曼哈顿上班的专业人士。早上等校车时，有一半都是印度的孩子和家长。学校里的壁报上贴出数学冠军的名字，也多半是印度和东欧孩子的名字。还有每个班级的正副学生会主席，也都必有一个印度人，再就是东欧人。

爸爸妈妈算是高龄父母了。年纪稍大，人就少了一点紧张感，对于学校体制的一套总感觉隔了一层。虽然对孩子的实质性教育非常重视，对学校的各种花边性要求，例如着装之类的，爸爸管不过来，妈妈也总有一点漫不经心的味道。尽管如此，某天下午弟弟的学校忽然通知第二天因为“黑人历史日”要表演，要求孩子们穿白衣黑裤，妈妈还是连夜跑去梅西百货给买了一套三件头的白衣黑裤背心加领带。穿上衣服，打好领带，弟弟又有些新鲜，又有些不解地问：“妈妈，这个像是爸爸上班穿的工作服。你给我穿上这个衣服，是要我去上班吗？”

妈妈每天去接孩子们放学，孩子们总是大叫着“Mommy”，从各自的教室里笑哈哈地奔跑出来。然后，一个抓牢妈妈左手，一个吊紧妈妈右手，一路东一句西一句蹦蹦跳跳地回家。

∞ ∞ ∞ ∞ ∞

最近姐姐总是提到班上一个名叫“Sonya”的印度孩子。姐姐说Sonya上课很喜欢讲话，并且似乎经常对汉娜不太友好。但汉娜不太善于言辞，经妈妈一追问，细节就更加讲不清楚。所以妈妈一直没有搞清楚这个Sonya小姐究竟有多可恶，可恶之处究竟在那里。

弟弟每天下午在姐姐的学校上课外活动课，也认识姐姐班上的一些同学，似乎更理解姐姐的困难处境。有时弟弟听到姐姐对Sonya的抱怨，就问“那Sonya有没有道歉呀？”姐姐的答案都是否定的。弟弟总结说“这个Sonya很bossy”，并建议姐姐跟老师汇报。

开始妈妈就是听听姐弟俩讨论而已，但汉娜几乎每天提到“Sonya”，还问可不可以不去学校，因为Sonya老是上课讲话。

妈妈说：“你可以不理她呀，你该干什么干什么，不要受她左右。”

妈妈的逻辑是，孩子在群体生活，就像将来处社会，总不可能事事如意，现在就要学会面对不友好的人和事。

话虽这么说，谁也不愿意孩子在学校真的被欺负。但妈妈总不可能自己出面，把那个叫 Sonya 的小女孩教训一番吧！

妈妈因此为姐姐担着心，也更加注意汉娜口中这个叫“Sonya”的小魔女的动态。

∞ ∞ ∞ ∞ ∞

某个周五放学，姐姐又提到 Sonya，说 Sonya 很不客气地叫她离开厨房区。之后，姐姐又提到她独自一人玩足球，感觉很孤独。

姐姐的表情很委屈，她的原话是“I felt alone”。（我感到很孤独）

妈妈对姐姐用 alone（独自）这个词感觉有些惊讶。将 alone 当形容词来表达感受，是个很复杂的情绪。

妈妈问：“那 Sonya 就是对你凶还是对别人也凶呢？”姐姐说：“就是对我凶。”

妈妈心里一紧。

当然，姐姐这话可以解释成 Sonya 这句话是一次性说给姐姐一人听的偶然现象，也可以解释成 Sonya 长期，故意，系统地，就是针对姐姐一个人凶的恶性行为！

妈妈又问：“那别的小朋友在干什么呢？”姐姐回答的大意是：某某在跟某某玩，另外的某某在跟另外的某某玩，她没找到人玩，发现地上有个足球，就自己玩起来了。

妈妈觉得心很痛。

但笑着说：“对呀，自己也可以玩得很开心的！你开心地玩，说不定就有人也想来一起玩呢，对吧？”

姐姐听了脸色展开,笑着说:“对呀!”

妈妈又问:“那 Sonya 叫你不要在厨房区,你干什么了呢?”姐姐说:“我就去别的地方了呀。”妈妈马上说:“对呀,不要跟她一般见识。”

话是这么说了,但刚满六岁的姐姐明不明白,离开厨房,是因为待不待在厨房是件鸡毛蒜皮的非原则性小事,不值得争吵。但是万一姐姐学到的功课是别人不分青红皂白叫你离开,你就得离开以避免冲突呢?

妈妈半夜醒来还想着这个问题。

妈妈摇醒爸爸,说:“以后千万不要再跟汉娜说‘you are not the boss’啦。”

爸爸有时跟姐姐说“你不是老板”,是因为姐姐比较爱操心,有时要领导小自己 13 个月的弟弟。爸爸就叫姐姐先管好自己,不要处处企图当弟弟的老板。

妈妈对梦里被摇醒还迷迷糊糊的爸爸说:“小孩子分不清原则适用的场合,以为这个是放之四海皆真理的,可不利于建立自信哟!”

妈妈又思量,要不要给学校老师去信呢?如何把握这个分寸来措辞,才既解决问题,又不被视为大惊小怪呢?写封软中带硬,sophisticated 的信,是妈妈的本行,应该是提笔就书小菜一碟的事。

问题是,会不会 backfire,起反作用呢?

翻来覆去大半宿。

最后,妈妈默默祷告,祈求上帝带领,给出一个方案。

∞ ∞ ∞ ∞ ∞

第二天周六,早餐。姐姐一边吃着麦片,一边没有上下文地,忽然说道:“我们上课的时候,Sonya 老是说话,老师就不给我们这桌奖励星星。我就对她说‘请你不要说话好吗?’(Would you please stop talking?)然后她就没有说话了!”

Wow! “Would you please stop talking?” — So polite yet so firm! Well said, good job! (哇,“请你不要说话好吗?”——如此礼貌又坚决!说的好,干得好)

妈妈和爸爸隔着饭桌微笑着,飞快对望一眼。互相明白对方都松了一口气。

幸好这次妈妈不够雷厉风行,还没有给学校写信。

妈妈赶紧说:“太好了!这就对了。Hannah is the boss!”(汉娜是老板)

姐姐往嘴里喂进一大勺麦片,甜甜笑了一笑,母女俩隔着桌子击掌一记。

击完,妈妈又觉这个说法不妥:目的不是要教出一个不吃亏的 bossy 孩子,更何况教出一个 bossy 的女儿可不是什么好事。

妈妈又连忙补充说:“有不对的事,汉娜不要怕,要有勇气说出来。”

“嗯!”姐姐很听话的说。继续专心吃麦片。

晚上妈妈看书,姐姐跑过来靠着妈妈。妈妈放下书。

姐姐拿起妈妈的书,指着妈妈正看着的一页上的一个字,说:“妈妈,我会认字了。这个字是不是‘said’?”

妈妈一看:“对,是‘said’。”姐姐指着“said”在的那段话,饶有兴趣地说:“妈妈,你给我读这几段好吗?”

姐姐经常要求妈妈给读儿童书。要求妈妈给她读妈妈自己看的大人的书倒是第一次。

妈妈说:“好的。”

于是母女俩靠在一起,妈妈念道:

“I decided to start from scratch, with a simple prayer: “Hi” I said.

Someone or something hears. I don’t know much about its nature, only that when I cry out, it hears me and moves closer to me, and ***I don’t feel so alone.*** I feel better.” (Page 280, Small Victories, Anne Lamott)

(我决定从头,以一个简单的祷告开始:“你好”我说。

有什么人或什么东西听到了。我不太明白它的性质是什么,但我只知道当我呼求的时候,它听到了我,并且向我靠近,而**我就不感到如此孤独**。我感觉好些了)(Small Victories, Anne Lamott,第 280 页)

念完,妈妈放下书。心里笑着,也冲着姐姐笑。妈妈心里明白了谁是 boss, and the knowledge is so very comforting(妈妈心里明白了谁是老板,而这个认知是如此让人感觉安慰)。

无照经营

正是摘蓝莓的季节，爸爸带全家去两小时车程外的大西洋城附近的一个蓝莓农庄。据说这个地区，因为土壤的缘故，是世界上出产蓝莓最好的地方。

孩子们缠着爸爸一起采。父、女、子三人进了园子，一颗颗蓝莓枝，一个一个蓝莓细细采摘。

妈妈乐得一个人自在。微风吹着，耳机里音乐放着，在蓝莓园子里踩着舞步，欢快地采着，高兴之处还摇滚几圈来着。

关键是，妈妈机灵，只拣个大的摘。一个小时下来，妈妈已经在蓝莓园子采风视察了一大半。那三个大小小的老美，一个一个摘，也不分大小，一个多小时采下来，还沦陷在蓝莓园入口处的一小片角落里。

摘完一统计，一共三十一磅啊！爸爸说一磅大约有三百多个蓝莓耶！

采的时候固然有成就感，现在这个烂摊子可怎么收拾呢?！早中晚都得吃蓝莓吗？妈妈在心里计算要吃几天。

老美也有机灵的地方——爸爸提议在家门口的渡口摆个地摊，让孩子们把蓝莓一盒盒卖掉。

说干就干，一家人把蓝莓在带孔的塑料盒里均匀的包装好，爸爸再耐心地把蓝莓放在秤上称，在盒子上标注好斤两。妈妈说不用秤那么仔细了，大概就可以了。爸爸坚持说："要拿去卖的东西，当然要搞清楚斤两啦，不然顾客有意见。"

爸爸问妈妈："卖蓝莓把成本收回后，是不是把利润捐掉，捐给谁呀？"

捐款的问题先放一边，妈妈关心的是：摆地摊是不是需要执照。

爸爸老实承认说："应该需要的。"

妈妈于是条件反射地立即否决摆地摊的提案。

爸爸有异议，说："如果有人管，咱们要大声抗议才对。"

妈妈认为，知法犯法还有脸抗议吗！

爸爸先抗议妈妈，over lawyering(律师过头了)！

最后，因为妈妈本月刚刚跑下来西雅图摇滚半马，还处于自以为凡事无所不能的后遗症中，因此，妈妈压制了律师的职业本能，英勇地接受了爸爸的提案。

一家人决定"以身试法"——明天一早上完教堂，就去摆地摊！

私心里，妈妈也想要看看，美国的"城管"究竟有多厉害！

第二天，妈妈把卖蓝莓的地点选在大楼门前的黄色轮渡的小码头口。黄色轮渡每三十分钟一班船，先在南面的新泽西自由州立公园的地盘停靠一下，再开十分钟不到去曼哈顿下城世界金融中心的轮渡码头。

孩子们从昨天知道今天卖蓝莓的计划以来就一直兴奋着，好不容易熬到了这激动人心的一刻——摊子还没摆好，姐姐和弟弟就吆喝起来"谁要蓝莓啊？""谁要蓝莓呀？"

地摊就是姐弟俩平时的塑料书桌，摆在渡口入口处的一棵树下。摊子上面贴上爸爸手写的——“蓝莓出售，每小盒 3 美金/两盒 5 美金；每大盒 6 美金/两盒 10 美金”，和姐姐模仿妈妈手迹写的“所有净收入将用于慈善捐助”。妈妈还教孩子们用小碟子盛一些洗好的蓝莓摆好，供顾客免费品尝。

但可能是周末的缘故，下船的乘客不多，也没有人停下脚步来留意这个摊子。

弟弟吆喝了几遍，没有想象中的效果，就有些沮丧，问：“妈妈，怎么没有人来买呢？”

妈妈：“卖东西要有耐心啊。弟弟你看赚钱不容易吧？”

虽然是这个理，可是轮渡一离开，离下一班还要半个小时才再有人下船。中间的等待时间闲置啦。

妈妈说：“咱们得换个地方，到前面的自由州立公园去，那边人多点。”

刚来就走，爸爸有些犹豫。妈妈说服爸爸要保持战术的灵活性，不能故步自封；一旦发现理想与现实有差距，就要大胆迅速地调整。

一家人搬着桌椅转移战场，目标是一百米外转角处的自由州立公园。

爸爸说：“从草坪分界的地方，草坪里是自由州立公园，草坪外就是泽西市的地界。咱们要摆在草坪上，是州立公园的地界，要州里的警察才能来管咱们，泽西市的警察对咱没有管辖权！”

草坪上的沙滩排球场有一群人在轮流打排球，但来往的行人还是没有想象的多。

爸爸添了一张广告：“周六才采的蓝莓，净收益全部捐给 ARC

基金。”

ARC 基金的全名叫“Adoption Resources China”，是服务于中国有特殊需求儿童的国际领养而创立的公益组织。妈妈担任其董事。

妈妈认为这样还是不够，策略要进一步调整，由静变动，主动出击。在爸爸妈妈的教唆下，两个孩子一人一手端着供顾客品尝的免费蓝莓，一手端着样品，去跟过路的人打招呼。

“你想尝尝新鲜的蓝莓吗？”

这招很灵。路过的人基本都不好意思不停下来尝尝。看顾客亲切地笑着停了下来，弯下身体小心翼翼地尝了一两颗蓝莓的时候，半躲在树后面的爸爸觉得时机成熟，就从树后面大方地走出来，打起敲边鼓，说：“很新鲜的，我们和孩子们昨天自己摘的，一下摘了太多……我们就想卖了捐给慈善组织吧……哈哈哈……”

尝着蓝莓的人们，友好而感兴趣地笑着，本来可能买，也可能聊几句就走了，一听到慈善这两个字，就伸手去拿钱包，说：“那就来一小盒吧。”

此时，妈妈一边从冷冻包里拿蓝莓，一边说：“不过两盒才五元，比一盒便宜，可以省一美金呢。”这么一来，大部分的人就说：“哦，那就来两盒吧。”

妈妈的朋友秋英奶奶也带着小弟弟和他的爸爸妈妈来支持，买了好几大盒才走。

姐姐抓着大把的钞票进账，欣喜若狂，使劲往裤兜里塞。妈妈伸出手让姐姐上交，姐姐说：“可是，妈妈，这是我的钱呀。”

妈妈：“这个蓝莓是爸爸妈妈买的，启动资本是爸爸妈妈投的，你和弟弟是来打工的，待会儿给你们发工资就是了。”姐姐和弟弟觉得这话也有道理,此后收的钱一律上缴。

来的客人里面,有个黑人女士是泽西市公立学校统管学前班的主任。她十分欣喜地看到学生在放假的第一个周末就如此有效地利用时间。除了购买两小盒蓝莓,与她同行的白人男士还给了姐姐和弟弟一人一美金小费。这个,妈妈就没好意思叫孩子们上缴,大方地说:“这个就算你们的工资吧!”

实践证明,人是不可貌相的。有两个小混混模样的小伙子路过,弟弟端着蓝莓迎了上去。妈妈没指望有命中的机会。但一个小伙子拿出一块钱,另一个拿出十块钱纯粹捐赠,一再拒收妈妈递过去的蓝莓,说麻烦,没地方装。妈妈也不好意思,说你给我们这笔巨款一定是没有小钞票,实在不好意思接受十块钱的巨款,硬是退给了人家六块。

妈妈跑回去跟爸爸上说:“这两个人一定是川普的支持者哟。”爸爸微笑表示赞同。

有一个男士带着两个女儿,骑车经过地摊,停下来说要买一盒小的,接过姐姐递上的蓝莓,手伸进包里却发现没带钱。爸爸也很慷慨,说:“没关系,先拿去吧,以后给我寄张支票就行,抬头支付为ARC基金。”爸爸边说边给了对方一张名片,不知为何又加了一句:“我们就住在那边的华伦街的十五号。”那个男士千谢万谢接下名片,和女儿们骑车走了。

一路卖下来,传说中的警察终于出现了。那辆警车绕着韩战纪念碑转了一圈,看着马上就要向地摊方向开过来了。爸爸妈妈赶紧背对警察装着看风景的轻松姿态,也叫孩子们不要轻举妄动,更不要直视警察叔叔。

其实,咱家弟弟跟警察打交道是有经验的。冬天的时候在公园里玩，弟弟有几次都站在车外趴在警车车窗跟警察亲切交谈。

还好，警察慢慢开过地摊后，一溜烟开走了，妈妈才敢远远地拍下一张警车屁股的照片。

后来，销售队伍有所壮大，附近妈妈的朋友 Summer 阿姨带着她家六岁的 Christina 和五岁的 Grant 小朋友也来帮着卖。这两个小朋友更胆大，几乎就要追着客人跑了，Grant 还见人就说："今天是我的生日！"

Grant 小朋友说的是真话，不是打悲情牌，人家是开了生日聚会就赶来的。

总结一下，卖了两个半小时，全部卖完。除掉蓝莓进货费（不算来回开车四小时汽油费）和四个童工一人一美金的工钱，当场收益一共 99 美元。

但故事还没有完。

几天后的傍晚，爸爸从外面跑步回来从一楼大厅经过，听见一个男子在问前台："请问赫门家在哪个房间呀？"

原来就是那天欠款三美金买了蓝莓的男士。他不小心弄丢了爸爸的名片，没办法寄支票，但他记住了爸爸的名字和住址，现在来送钱。他递给爸爸一个信封，里面有张五美元的现金。那位男士说多出的两元算做利息。

所有的收益，共 104 美金，按计划全部捐赠 ARC 基金，网站 www.adoptionresourceschina.org。

永远的阿姨

母亲告诉她，她外婆年轻时，撇下母亲姐弟几个，去重庆“帮人”。“帮人”是四川话，就是当保姆的意思。上海人管保姆叫阿姨。

外婆叫李家彬。其实，她并不知道外婆名字里的“彬”，是否真是这个“彬”。她就是觉得，在众多的“bin”字里头，这个有两棵树和几片叶子的“彬”字，才像外婆。因为外婆的娘家和婆家，都有很多的果树园，外婆说自己做姑娘的时候，坐在自家的树上吃苹果。

母亲说外婆年轻的时候很美，在家排行老大，很能干，但出嫁晚，20时岁才嫁给外公。她看过一张外婆年轻时候的照片，就一张。1993年她临出国前回家，临走的前一晚，母亲忽然拿出一张黑白照片给她看。照片是翻印过的，原版一定很旧，翻版照片上有反光，还有许多斑斑点点，人也很不清晰。照片上人有两排。母亲说，坐在第一排正中身着黑灰色长衫的，是她的老外公，老外公的小儿子，是她的外公，在照片里穿着衬衫和背带裤，还打着领带。母亲说外公是镇上小学校的校长。二三岁的母亲，小小地皱着眉头，倚在老外公的腿上。外婆抱着还是婴儿的舅舅，站在后排最左边，看得见全身的一侧。外婆穿着白色的半袖月牙摆短衫，高领中式扣，黑色大摆裙，发髻梳在脑后。外婆是客家人，高额头，高颧骨，深眼窝，身材秀气娇小。照片上的人，看得出轮廓，看不清神情。

她四五岁的时候，六十多岁的外婆来绵阳二女儿家住，来帮她的母亲。家里小，她和外婆同睡一张床，一人一头。那时她刚从寄养了两年多的远房亲戚家被接回到父母身边，每晚都做些可疑的噩梦：除了大狗熊、大灰狼，露天革命电影里看到的日本鬼子，跟鬼子周旋的游击英雄，还有医院里昏黄的长廊，两边病房里空空的床，以及野地里的狗叫和夜里的坟场……她从梦里惊醒过来，在黑暗中本能地去抓外婆的脚踝。

平常和颜悦色的外婆，被她猛然抓醒，没有安慰她，却总是轻轻踢她紧紧抓着的手，慢慢挣脱开，将脚踝缩回去，远离她出着汗的手，小心地再不让她碰着。

早上醒来，外婆也不提夜里的事，就像没有发生过。

在黑夜里，恐惧和脆弱中，那种被外婆拒绝的感觉，在她小小的年纪，印象深刻。

夏日的午后，闷热着，只有蝉长长的鸣叫，像哭像唱。

外婆午睡醒来，坐在床头，发呆半晌，忽然说："我是没有眼泪了。都哭干了。"

无头无尾的一句。

有时，外婆微驼着背，两手轻轻背在身后，茫然站在客厅里，目光涣散，不知在对谁说话："我一听说就跑去了，我爬过那堆人，去找……"这话被母亲听到了，一向走路都怕踩死蚂蚁的母亲，厉眼飞快地瞟一下外婆，咬牙轻声说："娘，干啥子！还说这些干啥子嘛？"

外婆不作声了，眼光又汇聚起来，脸上讪讪的，没有声息地走开，忙家务去了。

这样的话，对小时的她，像无足轻重的谜语，也像老年人糊涂的疯话。

后来她定居美国。十年前,母亲有次来美国探访。

那是秋天,他们去新泽西乡下的农场摘苹果。那家农场的果园边上,还养了好些火鸡。养肥了,到了感恩节时宰杀。

他们在果园里悠闲地走着,太阳已经开始落山,果园里慢慢笼上一层金色。微风吹起来,一个小树枝触着了母亲的脸,母亲忽然很轻松地说:"你外婆娘家李家和你老外公耿家当年都有很多果树,漫山遍野的,外婆说她做姑娘的时候,坐在树上吃果子呢!"

这话,她小时候不止一次听外婆提起过。

他们继续在果园里走,看到大的果子,就摘一个放进篮子里。"你老外公家不光有果园,还有镇上的酒庄,钱庄,各样店铺,好多。现在那个镇政府的楼,就是以前老外公家的地。你老外公自己以前也是佃农,是自己一辈子辛苦经营,一分钱,一分地攒下来的家业。"母亲说道,脸上浅浅的笑着,扯过一个树枝看看果子,又放开了,继续慢慢走着。

这个,她也听亲戚说过。

"真是可惜啊,后来就都没有了。你外公,老外公,还有你大外公。"

"你老外公家的儿女们,就是你外公他们几兄妹,都会一点乐器。夏天的晚上,一大家子人吃完晚饭坐在门口的坝子上乘凉,你外公他们几兄妹,弹琴的弹琴,吹箫的吹箫……你外公的妹妹,你们的姑婆,就是后来那个年纪轻轻头发就白光了的,跟她的几个姑娘朋友约好不结婚,就真的一辈子没有结婚,后来我们叫她'白发姑妈'的,琴弹得好得很……"

母亲走在前面,一边说着,一边摆弄着篮子里的果子,弄完又扯下眼前树上的一根枝子来，随意看看，看完，还是放开。

秋天的黄昏，在果园里，就剩他们一家人了。风吹在脸上开始有些刺凉，被风吹着沙沙作响的果树林，在将落的夕阳下给人落寞的感觉。有好一阵，母亲没有说话，只是慢慢走着。

时候不早，他们也该离开果园回家了。

忽然，母亲说："你老外公，你外公，还有你大外公……死的好惨啊……枪毙时，你外婆当时不在，后来你外婆在死人堆里，发疯一样地去找啊……"

她已经停下站住，张着嘴，只觉血液凝固，眼泪似乎要涌上来。她不可思议地看着母亲，只是说不出话来。

将逝的夕阳，鲜红如滴血，落在母亲花白的头发上，细弱的肩上，和臂上的篮子里。在那夕阳的光中，母亲轻轻摆弄着篮子里的苹果，眼神没有聚焦，思绪像是去了远方，只是淡淡说出这番话。

母亲后来还说，她外公的哥哥，就是她的大外公，在乡里乡外都是个人物。大外公除了原配，还有个相好。那个原配夫人很是强悍，发起飙来可以拍桌子掀板凳，大外公就老躲着这个原配夫人。大外公被抓的时候，他的相好已经马上快要临盆了。大外公被枪毙前，他的相好已经生了，是个女儿！母亲说，那个还产后虚弱的女人抱着刚出生的女婴，挤在街边看热闹的人里，看被剃光了头，头皮泛着青光，五花大绑的大外公，背上插着细高凌厉的字牌，被押着游街经过。那个女人举着女儿，极力往前挤，声嘶力竭地喊，劝也劝不住，喊将死的大外公看一眼他亲生的女儿……

母亲还说过，老外公家的院坝里，能听到打枪的声音。有时听到小学校那边有嘈杂人声，很快的，就像有人被拉了出去，之后，在不远处"砰砰"几声。再之后，人又慢慢散了……

她后来知道，老外公家里的男人死后，外婆和四个孩子从镇上被赶到了乡下。外婆给人拼死拼活地做布鞋，但挣的钱不够糊口。外婆只好把孩子们托给娘家的妹妹们照管，自己去重庆帮人，寄钱回家养活四个孩子。母亲说，外婆帮的那家人，女主人特别刁钻，饭都不给吃够，男主人还稍微厚道一点。矮小瘦弱的外婆，腰板挺直硬朗，累死累活地拉扯着母亲他们长大。

她母亲曾有个小妹妹，就是她的小孃，长得跟母亲一模一样。小孃十几岁的时候，带邻居家的小男孩去看电影。那可能是隆昌石碾镇上第一次放电影，没有见过的人山人海的阵仗。散场的时候，邻家的男孩被挤掉了一只鞋，小孃弯下身子去帮小男孩找鞋，被人挤倒，最后跟那个小男孩一起，被汹涌的人群一轮一轮地踩在夜里的地上……

她依稀记得外婆说，小孃去看电影的那个晚上，外婆在油灯下缝鞋子，看到一只小老鼠在稻草堆上爬。本来爬得好端端的，却一下掉在地上，无缘无故的，死了。外婆坐在昏黄的油灯下，停下针线，凝神看那只细细的老鼠躺在地上，一半在油灯微弱的光影中，一半在黑暗里。风从土门槛上的门缝里，黑漆漆地穿进来，乡下死寂的夜，只有厚重的破木门吱呀发出声响，院坝那边的野狗叫了起来。外婆将散落到脸上的头发拢到耳后，说自己忽然冒汗，背上发凉，坐在灯下四下望了望，一下就怕了，心里怦怦地跳……

然后就有人来报信，说小孃，外婆的幺女儿，死了。

死了儿子的那家人，指着外婆的鼻子骂："你这个该死的地主婆，在后面指使搞破坏……"成分坏的地主婆，又是孤儿寡母的一家人，只能受着，不能辩解。那家人死了唯一的儿子，不依不饶哭晕在外婆面前，外婆默默低头，抹泪却不哭，不能在人前为自己死去的幺女儿大哭叫冤。但，毕竟小孃孃也死了，一命抵一命啊，事情总算没有再闹下去。外婆带着儿女们，低着头，挨了过来。

母亲在果园里提到老外公父子三人的时候，离外婆去世已经很多年。外婆被葬在了乡下舅舅家门口的不远处，一丛竹林里。就是一个小小的土坡，长满了草，也没有立碑。家里人都知道外婆就在那里。外婆下葬的地方，是算命先生选的，那是邻居家的地。几十年的邻居，厚道，说："你们想埋老太婆在这里，那就埋吧。"

外婆在母亲家"帮"了很多年，照顾他们一家人。大约在中学的时候，她发现小时候觉得不可接近的外婆，其实幽默可爱，深具洞察力，总是用一两句话——好笑的话，道出问题的核心，是个乐观有趣的人。

跟她父母不同，外婆喜欢大大方方地夸她，脸上笑呵呵地，喜形于色地以她为自豪。她和外婆渐渐地接近，日益亲密。她在上海上大学的时候，假期回家，总给外婆带小小的礼物。跟那个时代所有的老人一样，任何的东西，外婆都嫌贵。任何人买了东西回家，外婆的第一句话总是"好多钱?"不管说出的数额是多少，外婆又总啧啧摇头，说："有点贵哦，贵了点。"在她给的礼物中，外婆最喜欢的是一种蚌壳油，用来擦冬天里冻得爆裂开的手指尖。白花花的油装在两片蚌壳里头，好看又有用，重要的是还不贵，让外婆少点心疼。对她的礼物，外婆总是千谢万谢地收捡起来，但除了蚌壳油，其他礼物没见外婆再拿出来用过。

最后一次见外婆，是她去美国前，回绵阳父母家探望的那次。

那天午饭后，父母送她离家。她家在二楼，外婆没有送出门，只是站在阳台上，看她从楼洞里走出来。那天外婆穿着蓝色的布褂，有中式的高领和中式的布扣，胸前带着蓝布围裙。她抬头，见个头不高的外婆，在阳台上只露出一个头和小半截肩。平常外婆喜欢把手轻轻背在身后。那一刻，有些驼背的外婆靠近阳台边沿，踮着脚尖看着她走。外婆深深的眼窝，同样深深地看着她，眼神清澈。看到她和父母走近大门口时，外婆一只手扶着阳台，一只手微微举起，淡淡向她挥了两下。临出门前，她再回头望向阳台，外婆站在那里，仍是深深地看她，没有表情，一动不动。

她轻轻牵着外婆深长的视线，出门；回头，再回头，渐行渐远……

那时，她不知道；但外婆一定知道，今生今世，她和她的外婆，就此走到尽头，不再谋面。

∞ ∞ ∞ ∞ ∞

除了在她四岁半以前，老家的远房亲戚"三外婆"带过她两年以外，就只有外婆带过她，做过她的"阿姨"，"帮"过她的母亲。她从美国回到上海生活的那些年，因为有了两个孩子的缘故，在上海的家里，也曾有过几个阿姨。也许是因着这位年轻时在重庆"帮人"才能养大母亲的外婆，那个一生善良柔韧，晚年微微驼背，卑微而高贵的女人，她对那些背井离乡在城里做阿姨的女人们，心里总有个特别的"soft spot"(柔软之处)。

她家在上海的第一个阿姨，是为女儿请的。女儿来她家的时候，是 10 月 23 日，还差两天就八个月。那时女儿叫"Alysa"，最早来自河南洛阳的福利院，在上海儿童医院手术后，寄养在一个美国医生，后来她的朋友 Mai 的家里康复。她和马克先生给这个八个月的小不点改名"Hannah"(音译为"汉娜")——马克先生的父母朝上几代都是德国裔，一心想取个德国风的名字。其实，马克有所不知，

"Hannah"就是"han"这几个字母正着写(han)和反着写(nah)拼起来的总和 han+nah。"Han"就是汉,"汉人"的汉,汉人有时指代的就是中国人。此外,汉娜的中间名字,叫"hua",就是中华的"hua",是外婆和妈妈的名字。所以,顶着个德国名字的汉娜,正过来反过去,面子里子,都是中国人。她给了汉娜一个中文名,罗美喜——"美丽"的美,"喜乐"的喜。美国人马克先生,坚持"美"应该是"美国"的美,对这个名字也满意。汉娜在福利院的名字叫"党紫琼",福利院所有的孩子都姓"党",和党紫琼同车一起从洛阳来上海的另一个小女孩叫"党紫霄",不过紫霄已经死了。

女儿的第一个阿姨是河南驻马店人,中介介绍来的。

驻马店来的屈阿姨和女儿党紫琼算是老乡,她和汉娜共住一个房间,各睡各的床。屈阿姨那时 47 岁左右,年轻时在罐头厂工作,

姐姐和屈阿姨(2012 年)

离过婚，自己把儿子养大，后来又有了一个丈夫。屈阿姨脸上总挂着笑，眼睛里也是笑，瓜子脸，苗条细腰，贤惠乐观，能干麻利又能说会道，有时有点自说自话，大包大揽的架势。她猜，屈阿姨在朋友家人面前，想必也是个有担当有分量被依靠的女人。不过，屈阿姨说她信主以前“可不好了！”“啥事都干得出，啥人都敢骂，啥话都敢骂，祖宗八代地骂！”

看着屈阿姨从脸上溢到眼睛里的笑意，温柔说话的样子，她看不出屈阿姨有泼妇骂街的潜力。

那时屈阿姨刚信了主耶稣，对主的热情，不仅温度高，而且外露，常常大大方方地挂在嘴上。屈阿姨每天晚上做完事，从不看电视，就躺在床上，祷告，还用驻马店的教会牧师给的一个小小放音机听《圣经》。屈阿姨每周工作六天，周六晚上去外面跟朋友住，周日休息。有次周六家里开聚会，屈阿姨收拾厨房干到了晚上，她给屈阿姨打出租车的钱，屈阿姨坚决不收：

“不要，不要，现在我信了主，我不能收！要是以前啊，我才巴不得呢，肯定收了！”

其实，按理说，收这个钱本来也应该，想必主也不会不高兴的。不过屈阿姨觉得主会有意见，执意不收。

除了做饭味道一般，屈阿姨做事，她基本不用操心。买菜做饭带孩子，安排得井井有条，而且做事积极，很有热度，让周围的人没有辛苦的感觉。她有什么临时提议，还没有想好可行性，屈阿姨就已经卷起了袖子，跃跃欲试了。她家搬到街对面的小区时，屈阿姨不想让搬运工来搬汉娜的细软，硬是用汉娜的婴儿车，一车一车提前独自把汉娜的东西搬到新居里去了。

小汉娜是个乐观自主的人，凡事喜欢自己做，有人想帮，小姑娘就不耐烦地喊着:"我自己来,我自己来。"两只小手臂摆动着不让人靠近。汉娜和屈阿姨,都爱笑,从脸上到眼底,眼睛笑得像一弯月牙,没有一点保留,还有种足智多谋,叉着腰啥事都难不倒的自信。这些,不知道是汉娜的天性,还是跟和汉娜朝夕相处的屈阿姨有关。汉娜和屈阿姨不仅亲,而且默契,像天经地义该在一起。汉娜能做的事,屈阿姨都叫汉娜自己做。如家里地上有点小垃圾,屈阿姨就喊:"汉娜,小汉娜,快来捡垃圾咯。"小汉娜就像小皮球一样滚过来,又快又稳,用袖珍小手仔细捡起垃圾,嗖嗖嗖一溜烟跑去厨房把垃圾扔掉。吃完饭,屈阿姨等着汉娜把自己的盘子碗筷小心翼翼地端到厨房;洗澡的时候,屈阿姨看着汉娜自己开关水龙头;晚上睡觉前,换好了睡衣,屈阿姨把汉娜放在她俩房间飘窗的窗台上,汉娜就自动地拉着窗帘的一角,从窗台的左角走到中间,再跑到飘窗的最右角,拉着窗帘走到窗台中间,把窗帘全部关起来后,还扯扯好,回头对屈阿姨笑笑"拉好啦,拉好啦"——像个上了发条的玩具娃娃,屈阿姨拨了发条,那娃娃就动了起来。拉完窗帘,汉娜和屈阿姨拥抱,满意地互道晚安,各自上床了。

汉娜三岁半的时候,十月月底的某个傍晚,屈阿姨忽然提出要回老家,说媳妇刚生了小孩,先生也要开工厂,急需回家帮忙。听来,都是人之常情的好事情需要回家。尽管措手不及,她心里莫名有些发酸,还是故作爽快地答应了——祝福屈阿姨回家后一切顺利,定好屈阿姨几天以后就走。

和屈阿姨谈完的当晚,她回到自己房间,坐在床头,莫名悲从中来,眼泪开始止不住地流。她自己觉得惊讶,但眼泪就是流了一晚上,而且几乎通宵未眠。她想自己在为汉娜心疼吧,心疼孩子跟屈阿姨即将要被扯断的纽带。

这个小小的孩子，四个月大之前在福利院，大手术后，四个月的时间在不同的陌生人家辗转，这孩子乐天硬朗的包装上，印着一行不易觉察的小体字——“易碎品，小心轻放”。她好像能感觉到这个应该被小心轻放的孩子，目睹自己朝夕相处的所爱之人离去，心碎而无助。

第二天，上班顺路送了汉娜去幼儿园。送完，遇到她以前的房东郝小姐，一个高大和善的东北女人。大眼睛的郝小姐笑着问，“罗小姐，好久不见。你送孩子呢，你们还好吗?”面对面站定后，看着郝小姐一脸的关切，她说：“都还好，不过我家阿姨要走了……”话一出口，眼泪不期跟着涌出眼眶，哗哗哗往下流。她吃了一惊，郝小姐吓了一跳。她一边尴尬地擦眼泪，一边又寒暄了几句，匆匆赶去上班了。

那段时间她正代理一资产管理大国企，做一个香港公司的融资项目。对方基金律师团队的领导律师，是个在香港待了多年的美国犹太女人，一上项目说话就夹枪带棒，不可一世，莫名其妙的倨傲。项目初期的一次电话谈判，对方硬要加一个条款，又讲不出好的道理。她不让，那女人就摆出一副你们不懂行情我来给你上一课的姿态。那天，当着各自的客户，她俩你来我往地唇枪舌剑，最后大吵一场——记得她在陆家嘴的办公室，看着雾霾下的东方明珠和黄浦江，对那女人喊话：“If, somehow, you think you are in a position to lecture, please kindly be advised that this is NOT the right platform to do so!”(如果，不知何故，你以为你有资格给人上课的话，那我善意告知你，这里绝对是搞错了平台)两个女律师吵架，双方客户都被吓了一跳！吵完了，态度都端正了，再继续谈。

屈阿姨提出走的时候，那个项目已经到了后期，主要问题已经解决，剩下的是双方通过对文件的修改而对法律上的问题进行谈判切磋。那天告别了郝小姐到了办公室，她分别跟客户和项目的对方律师开了几个电话会议后，关上门来潜心修改文件。但心里拥堵得慌，眼泪又开始止不住地流。勉强写了一会儿，她给金桥的朋友 Mai 打电话。Mai 是个在上海工作的美国医生。来她家之前，汉娜曾在 Mai 的家里寄养过一段时间。流着泪与 Mai 谈完，又回去写文件。秘书敲门要进来问点事，她就红着眼睛赶紧擦泪。

又忙了其他项目上的事和客户电话等，没顾得上吃午饭。到了下午，好像人在水里浸过，仍是动不动就流眼泪，不见好转。她又给北京的好友 Joyce 打电话。大律师 Joyce，是她大学的小师妹，也是当年她结婚时的伴娘，是个少见的善良女子。Joyce 关上门来耐心听她一把鼻涕一把眼泪地讲阿姨要走汉娜心碎的事……听完，一向善解人意的 Joyce，虽然充满同情，对她的过度反应，也是不得其解。

放下电话，继续改文件。写着写着，一个念头闪过，她忽然意识到，她给 Mai 和 Joyce 所描述的感觉，不是三岁半的汉娜的感觉，而是她自己的感觉，只不过她变成了一个两岁的小女孩而已——她所描述的，是自己两岁时，哭天抢地的伤心啊！

她四岁以前，父母因工作分居两地。母亲带着她和比她大六岁的哥哥在古蔺县城里当小学教师。母亲说那时工作时间很长，经常还要走远路去乡下的学生家家访，晚上又要集体加班备课；拖着两个孩子的母亲，劳累不堪，但家庭成分不好，不敢落人后，更需要积极表现。有时只有哥哥带她，哥哥怕邻居的小孩欺负他们，就把自己和妹妹锁在家里玩。母亲实在找不到人带她时，就带着她去讲课，给了她纸和笔，把她放在教室前排自己涂鸦。她两岁的时候，母亲实在没有办法，就把她送走了，寄养到了老家远房亲戚“三外婆”

那里，她在那里待了两年半。

泪光中，她恍然顿悟——汉娜就是她，她就是汉娜。命运不同，隔了四十多年的感觉，却是一样的。

在陆家嘴的办公室里，她想象：两岁的自己忽然被送到了老家，一觉醒来，世界上没有了母亲，没有了哥哥，也没人跟她解释，解释了也听不懂，这个两岁的孩子，心中会是怎样灭顶的恐惧，恐惧之下又会怎样地嘶喊呢？怎么被送走的，她没有一点印象。走的时候，是晚上还是白天？她是醒着的还是睡着了？母亲哭过吗？走了以后，哥哥想念过她吗？

隆昌石碾镇的三外婆家，后院坝下面有个坡，坡上坡下长满了竹子，坡下还有一条小溪。在三外婆家时，她经常独自在竹林里和小溪边玩。有一次，她蹲在坡崖边使劲伸手去摘一朵野花，脚一滑就滚下了坡，摔到坡下后，又痛又委屈，本能地想哭，但四周一看都没有人，竹林子里一片寂静，她自己就爬起来，拍拍裤子又跑开玩去了。记忆里，她独自待着的时候居多。还有某个夏日，她决定从镇上走到乡下一个生产队去看三外婆的女儿，她叫三孃的。那时三孃在那个生产队当下乡知青。她记得自己拎着一双塑料凉鞋，还记得不知为何肩上扛着一小捆稻草，头上冒着汗，在下午的太阳光里，兴致勃勃地在田埂上走了几里地，黄昏时分，到了那个生产队。三孃和农友们还在稻田里插秧，很惊异这个不到四岁的小孩，自己跑了那么远。四十多年后她因舅舅去世回到老家，三孃的弟弟，就是她的小舅舅，还指给她看当年她迢迢远足找到三孃时的那块稻田。

她记得父亲来看过镇上一次，没来前，她以为父亲要带她走，兴奋得不得了。父亲要到的那天，她起了个大早，穿过天井，从狭长阴暗的巷子跑到门口的街上。天刚蒙蒙亮，她在青石板铺的街沿上，跳上，跳下。有个扫大街的大爷，用那种枯竹枝编的大扫把在扫街，问她："你这个女娃子，这么早起来作啥？"她兴奋地回答："我要走了。我爸爸要来接我走了！"但父亲来了，又独自走了。她的失望，很深，以至于半年后她被母亲接到绵阳全家团聚后，四岁半的她，有整整半年的时间，无论如何拒绝与父亲说话。

在石碾镇被寄养的那几年，有时，她也跟着堂兄妹们和镇上的孩子们在山坡野地里疯跑，但她心底里，觉得自己不一样——没有父母的感觉，很异样，很难忘记。

明白了眼泪的来历后，眼泪就终于止住了。

屈阿姨提出走前，她和马克先生已经安排好了在她项目完成后，两人 11 月初去泰国休息几天。现在，她便不忍想象汉娜跟屈阿姨生生分离的景象，一定也要带上汉娜同去泰国。出门那天，汉娜上吐下泻，一路到了泰国，经曼谷辗转到了普吉岛，借住在同事 Bertrand 的别墅。临走前运作的那个融资项目，不幸被拖延了一下，到了普吉岛，她也得天天在同事家里跟北京和香港团队开会，谈判修改文件。期间，因为她不能一同坐车出门，租来的车又没有婴儿椅，马克先生就没法独自带汉娜出门。除了三人到附近吃饭和带汉娜去医院，父女俩也只好在别墅里陪着她干项目，给拉肚子的汉娜熬稀饭。

等到六十几个交易文件全部定稿时，假期已经只剩下一天了。

她便忧心匆匆地给汉娜打预防针——

"宝宝，明天我们就回上海，回家了。你高兴吗？"

"高兴。"

"外婆在家一定很想你了。你回去外婆肯定很开心哦！"

"嗯。"

“我们回去，屈阿姨就不在了。你知道吗？”

汉娜笑，不说话。

“屈阿姨回老家去了。宝宝你知道吗？”她又问。

“知道。”汉娜点点头。

“宝宝会难过吗？”

“阿姨走，因为我不听话，我哭。”

“宝宝，不是因为你不听话，屈阿姨很爱宝宝，但是屈阿姨家里有了个新的小孙子，是个更小的小宝宝，是屈阿姨的家人，屈阿姨就要回去带那个小宝宝。”

“哦。”

“所以不是因为宝宝不听话。知道吗？”

“嗯。”汉娜点头。

“你还知道吗？爸爸妈妈永远都不会离开宝宝。我们去哪里都带着宝宝，你看，爸爸妈妈现在就带着宝宝，对吧？”

“对的。”汉娜乖乖地点头。这次笑了。

∞　∞　∞　∞　∞

比汉娜小13个月的弟弟，是快满13个月的时候到家里来的。弟弟是河南南阳人，福利院给的名字叫党全成。爸爸给弟弟取名叫Henry，算是德国风，是过世的爷爷的名字。弟弟中间的名字叫Ming，是过世的外公的名字。妈妈给弟弟取名罗全恩，意指上帝全然的恩典。

弟弟的阿姨是任阿姨，四川江油人。任阿姨端庄结实，踏实厚道，做的一手好川菜。任阿姨话不多，但不鸣则已，一鸣惊人——因

姐弟俩和任阿姨(2015 年)

为任阿姨的嗓门特别大。屈阿姨走了后,任阿姨同意两个孩子一起带。不多久,姐姐弟弟就都是扯着嗓门说话了。

任阿姨跟弟弟共用一个房间。弟弟刚来不久,大家发现弟弟是个"早鸟",每天五点刚过就醒了;醒了也不叫唤,只是一动不动躺在自己的小床上观察任阿姨的动静,一旦任阿姨有点风吹草动,弟弟就一骨碌坐起来,叫"阿姨"。然后弟弟就站起来,两手紧紧抓着他小床的围栏,流着口水,两眼期待地望着任阿姨,开始如下的每日问答——

弟弟:"Baba?"

任阿姨:"爸爸在楼上。"

弟弟:"Mama?"

任阿姨:"妈妈也在楼上。"

弟弟:“姐姐?”

任阿姨:“姐姐还在睡觉,在隔壁她的房间里。”

弟弟:“外婆?”

任阿姨:“外婆也在她房间里,在楼上。”

以上对话包括了刚刚开始说话的弟弟所有的词汇量。

说完了,弟弟就放心了。眼神安详地耐心等待任阿姨给他拿奶瓶。

任阿姨去年年底跟着她家一起来美国。来了不久,任阿姨在福建三门打工的丈夫不幸发生严重工伤。任阿姨丈夫早年当过兵,用任阿姨的话说,给国家“作过贡献”的。退伍后做了电工。这次任阿姨的丈夫在工地运电线杆的时候,电线杆从车上滚下来砸在肚子上,好几个重要器官都受了重伤,在重症病房待了好几个星期,之后还需要面对漫长的治疗,康复期和昂贵的医药费用。任阿姨丈夫看来基本就此失去了劳动力,三门工地老板对于赔偿的事,却一直躲躲闪闪。任阿姨的弟弟到三门去帮着处理这件事,四处询问权威机构后,算出一个索赔的数额。任阿姨的丈夫,是个老实人,嫌这个数额太大,还跟任阿姨的弟弟生气。问题棘手,任阿姨急急忙忙地回国了。

任阿姨走了,孩子们经常嚷着要给任阿姨微信视频。凑好时间,任阿姨在视频上一出现,孩子们就兴奋地叫“阿姨,阿姨”,两个人都要抢着拿那个视频。

时常,孩子们被问及:“我们家里有些什么人呀?”

孩子们总回答:“我们家的人有——爸爸,妈妈,外婆,和我们的任阿姨。”

西方人对角色的划分一向比较清晰。爸爸听到孩子们这么说,就循循善道:“阿姨不是 family(家人),是爸爸妈妈的 employee(雇员);有时阿姨被爸爸妈妈授权,也是你们两个小朋友的 boss(老板),我们对待阿姨像家人一样,但阿姨不是 family。”

这种说法,在中外的伦理里边都是天经地义的。虽然是这个理,老外可以大大方方地说出来,在中国人这里,总还是有些不妥,要伤感情的。

趁爸爸不在,妈妈又问孩子们:“我们家里有些什么人啊?”

孩子们还是拖长了声音,一个字一个字地像是大声朗诵:“爸爸,妈妈,外婆,还有我们的任阿姨!”

妈妈摸摸孩子们的脸,肯定地:“说对了!”

用姐姐的话说,弟弟常常“思考”。此时,最崇拜爸爸,最爱背爸爸语录的弟弟,“思考”了片刻,又问:“妈妈,那,阿姨究竟是不是我们家的人啊?”

妈妈摸着自己的额头:“嗯,怎么说呢,阿姨就是你们的阿姨,是你们永远的阿姨,你说是还是不是呢?”

三月天堂

上海的三月初，仍是春寒料峭。二月春节出游旺季已过，对她而言，三月便是出游的好天。

先生马克给两人买了折价的机票，从浦东经越南，在胡志明市过夜，隔天直达澳大利亚悉尼，开始三月的澳洲之旅。

∞ ∞ ∞ ∞ ∞

悉尼. 宽恕

在悉尼博物馆底层的一个角落，差点不在意地，就从一个现代艺术作品前逛过去了。却因为耳边飘过一句话，让她站定在这个作品面前。

这是个由众多小视频屏幕组成的一整面墙。每个屏幕里有一张脸，肤色种族不一，年龄阶段不同的成年人的脸。视频里的每个人，都认真地正视着镜头，一遍一遍重复着一句话："I forgive you," "I forgive you," "I forgive you," "I forgive you。"(我宽恕你)

I forgive you!

镜头里的脸，是依次从屏幕上一个一个显现的。

每个人的脸上表情不一。有些许挣扎的，有人柔和，有人坚决，还有人带着浅浅的，有些暧昧而不置可否的笑意……

相同的，是眼眶都湿漉漉的，眼神深深地对着镜头。

有个壮年瘦削的男人，浮现在镜头前。长发杂乱有些憔悴，像棵枯树。无甚表情，只是湿漉漉地盯着镜头，默默地眨巴着眼睛，似乎在静候死亡。过了好久，才发出第一句"I forgive you"。像是从剧本上念出的一句台词，发自大脑某根理性的神经，经声带拨动，发出喉咙，进入空气。但，这话一句句被说出来，却像洒出的芥末种子，在空气中漫天漂浮着，寻找停留和根植的去处。

有人脸上带着笑，却有不落的泪，在眼底亮晶晶的闪烁。

有人说"I forgive you"，那话挣扎着从喉咙里出来，像是被拔出了棵千年老树，盘根错节的，被连根拔起。那话一句句，来自心灵的深暗未知处，悠悠渗出来，像岩石上慢慢汇聚的水滴，一滴一滴从高处艰难不舍地落下，然后聚合成水流。

而另有人说"I forgive you"，像是说："你打了我的左脸，我再给你右脸打。"或者，"我有的，全在这里了，任你拿去吧！"脸上的泪在肆虐，泪花中的眼神却无邪。坦然地脆弱着，全然的虔诚。

每个人都目光专注，渐渐地对着那个他/她需要宽恕的人，深深地，一遍遍说着"I forgive you"。

"I forgive you！"抑或，是宽恕自己，或自己需要被宽恕！

各样的嗓音，在这视频墙面前，此起彼伏，像无形的手在写着无声的音符。每一个小小的屏幕，都是一个秘密的世界。每张脸上，每一瞬间的表情，都讲述着无言的秘密。每一声直白的，"I forgive you"，都含着无数的暗号。

时间消失了，让站在墙面前，被这音符笼罩的观众们，失落在永恒里。那音符,有种摄人的力,拉人靠拢再靠拢,屏住呼吸,进入那秘密中。

屏幕上的脸又一张一张依次消失了。当所有的脸都消失后,那墙上,只留下杂乱闪烁的亮点,就像在深夜,被掐断信号的电视屏幕上那种发着杂音的亮点,声音戛然而止后,在静夜的空旷里,让人恐慌落寞。

空气里悬挂着不安的沉默。

良久,同样的脸,又一张张在视频上缓缓再现。

这时,之前写满各样复杂的脸,却像被洗涤过,只留下单纯和清澈。一张张脸上,溢满着释然,接受和平安。眼神里,甚至闪着柔和的爱意。

站在墙前,凭栏观潮的人们,松了口气。

昨日已去,太阳升起。所有的过错……伤害……耻辱……痛苦……羞愧……内疚……怨恨……仇视……都已经被释放,留在昨日的阴影里。

此刻,只有阳光下的新天新地……

她不谙艺术之道。记忆中,更不曾为现代艺术感动过。而此时,站在墙前,泪奔。

宽恕,是人与魔鬼,在内心无人的角落,你死我活的征战。而上帝,既是唯一的观众,也是唯一的救援。

也许,没有磨难挣扎过的人生不值得一过。在沟壑纵横中,每个征战者,都有许多需要去宽恕,也需要祈求被宽恕许多。

我们的父啊,"forgive us our trespasses as we forgive those who trespass against us."(Matthew 6: 12)(免我们的债,如同我们免了人的债)(马太福音,6: 12)

阿门！

∞ ∞ ∞ ∞ ∞

墨尔本.陌生人的祷告

早上九点多到达墨尔本。

她飞机上邻座的，是个中年澳洲女子，金发束在脑后，涂着淡红的唇膏。这女子说丈夫是飞行员，全家享受飞行福利；说自己搭飞机送母亲到洛杉矶，送到后在机场停了六小时，又乘飞机折回澳洲。

这女子说住在墨尔本郊外的农场，有五公顷的地，育有五个孩子，最大的 21 岁，最小的五岁。这女子举动不紧不慢，笑容淡定豁达，下飞机前祝他们的墨尔本之行愉快。这女子让人感觉莫名的温暖得体，想必是那种笃定知晓自己在天地间的位置不偏不倚，正正好好，心里踏实满足的人。这让她想起一句话"Wherever I go，here I am"(无论我去哪里，我都在这里)。

到达墨尔本，有点阴冷。同学来接机。下榻在市中心的一家酒店，对面是大剧院，后面是 St. Paul Cathedral(圣保罗大教堂)，在 Swanson 和 Flinders 交口处。再过去几条街有好些咖啡馆和各式餐馆，还有各种流行小铺。匆匆浏览一圈，决定午饭在夹杂其中的一家饺子馆里打发。点的菜都加了不少花生酱，迎合西方人口味，不过也还不难吃。马克先生不会放过任何新鲜美食的机会，不愿屈就中国饺子，另觅所好。他们约好稍后汇合。

午饭后，两人汇合，踱步到 St. Paul Cathedral。教堂外部尖顶高耸，像伸长了手臂，去触摸上帝的衣襟。里边，主礼拜堂的两边，是蓝白相间的拱门大柱。墙上的五彩玻璃，刻画着耶稣的生平和其他圣经故事。主礼拜堂的左边，有一个稍稍隔开的小礼堂，供人们默想祷告。

教堂的右边，供着两尊圣像，点着一支支细长的蜡烛。圣像左边，有一本摊开着的笔记本，记着到访人们的留言和祷告词。

有一段祷词，是为正在失踪的马来西亚客机 MH370 上乘客的祷告，祈求他们都能化险为夷平安回家。

另外一段祷词，是这样的——

Dear God, I want to say thank you for loving despite the horrible person I am inside. Thank you for giving me the strength to hold on to you when my world keeps crashing around me. Thank you for my wonderful family and my life partner. Thank you for always keeping your promise despite the fact that I always break mine. Thank you for teaching me a new lesson every time. Thank you for not letting me and my husband go no matter how unjustifiable the acts we do. Thank you for every opportunity and for every new hope in our lives. I love you Lord and may God have all the glory!

Yours,

Anjali

亲爱的神，我想说谢谢您的爱，尽管在我里面是个极可憎的人。感谢您，在我的世界不断在我周围坍塌逼近的时候，赐给了我力量紧紧抓住您。为我极好的家人和我一生的伴侣感谢您。感谢您总是信守你的应许，尽管我却总是违背我的诺言。感谢您教给我的每一课。感谢您没有放弃我和我的先生，不管我们的行为是多么的不可辩护。为我们生活中的每一个机会和每个新的希望感谢您。我爱您，主，并愿所有的荣耀都归于神！

您的，

安吉利

∞ ∞ ∞ ∞ ∞

塔斯马尼亚.是投身大千世界还是守住世外桃源

从墨尔本乘 Spirit of Tasmania（塔斯马尼亚精神号）游轮，南下到塔斯马尼亚（Tasmania）的 Devernport。早上五点多到达。昨夜海上风平浪静，明月光照，一夜平安。

不到七点，他们开车向东南方向行进。天微亮，路过的田野罩着一层白雾。太阳在白雾蒙蒙的地平线上刚刚升起。

车一路穿行在田野，山峦和树林中。

突然听到收音机里提到马航 MH370。她下意识地坐直身体，放大音量。马克先生也放慢了车速。播音员用平稳的声线报告最新结论。全世界人民都还抱着一线希望，盼着失踪的人儿回家啊！

但是，什么是所谓的飞机“终止”在印度洋里呢?！在同样的事实面前，为什么现在可以这么有信心地得出这个结论而几天前却不能。报道中并未有提到发现什么新的证据啊?！

途经 Lauceston，在镇上吃了早餐。鸡蛋、土司和培根。收音机里播放着美国流行音乐。美国流行文化渗透世界大小角落，一路下来，收音机里听到的，基本都是美国音乐。

开车绕镇一圈，本以为这里会像英法的古老小镇一样，有各种古迹和文化遗址可以探访。不过，这就是一个现代小镇，其间有些上百年的教堂和建筑而已。

再次被提醒，澳大利亚的历史确实不算悠久。

再南下。一路田野，森林。成群的牛羊在初阳下，悠然开始一天。

差点错过路边一个不起眼的指示牌，指向一个曲径通幽处，把他们带到一个藏在山谷里的咖啡馆，叫 Holy Cow Cafe（圣牛咖啡馆）。

咖啡馆开在这户人家祖祖辈辈经营的牧场边。小小的咖啡馆连着个更小的铺子，卖自制的奶酪，果汁，酒和其他农产品。咖啡馆有个露天大后院，院子里摆着些长方形的大木桌和条形长凳，有三三两两坐着喝咖啡和吃点心的客人。咖啡馆与牧场用木栅栏隔开。近处，是散落在牧场上吃草的肥牛肥羊。滚滚绿草，从牧场直铺展到天边，其间，点缀着树丛和溪流。视线的尽头，是天边连绵的山脉。

开阔的田野，还有层未散尽的薄薄雾气。空气异常清凉，夹杂着牛羊味，泥土气和青草的香。太阳已经升起，阳光有些温热，斜落在原野上。微风吹动修长的草叶，金光跳跃。

小铺子的墙上，挂着各种奖状证书和看上去有些年头的照片。奖状看似牧场自家农产品在各个竞赛里获的奖，照片则好些是展示领奖时的热气腾腾的盛况。

主人家年轻的一代应该是三个女儿。墙上是她们跟父亲在不同时期的照片。每张照片上，父亲都骄傲地笑着，从金发满头的风华正茂，到须发疏少的老当益壮。女儿们也都从吮着手指的胖嘟嘟，变得玉树临风。此刻，这个老父亲正在柜台后面，忙碌接待在这里小憩的客人们。

生养在这里，在祖祖辈辈生活过的青山绿水地，谋祖先们谋过的生计，踏踏实实的养儿育女，再在这里撒手人世。这样的人生，想来是多么美好！

与这个塔斯马尼亚人相比，她和她不少的同龄人，都少小离家，去远方追寻大千世界。时值国门开放，经济腾飞。之后的家乡每天都在作“整容手术”，直到面目全非，而他们这些人，也终于变成了异乡人。

这个塔斯马尼亚人，他的女儿们能像他这样经营农场，在自家桃花源里终了一生吗？

这样的思绪，不免让人惆怅。

不过，又一转念——她的桃花源，不过是他的家园。而她的家园，又何尝一定不是，他会向往的大千世界呢？

人啊，本是清晨，隔夜的一滴露珠，转瞬就会在阳光下蒸发消散。却总以为路在自己脚下，通往大千世界还是桃花源，是完全被自己左右的。

而经上说：“[Y]et you do not know what tomorrow will bring. What is your life? For you are a mist that appears for a little time and then vanishes.”(James 4：14)（其时明天如何，你们还不知道。你们的生命是什么呢？你们原来是一片薄雾，出现少时就不见了）（雅各书，4：14）

经上还说：“Instead, you ought to say：If it is the Lord's will, we will live and do this or that.”(James 4：15)（反则，你们只当说：主若愿意，我们就可以活着，也可以做这事，或做那事）（雅各书，4：15）

开车继续南下。下午两点左右，到达 Cole's Bay。

下榻的酒店在一条小径的尽头，叫“海之涯”(Edge of the Sea)。这里确实是天涯海角的去处，名字倒是贴切。

并不显山露水的老板娘，像是三十出头。金发卷在脑后，皮肤像淡淡抹了层阳光的颜色。声音温婉,夹带点德国口音。目光清澈,不沾半点烟火气,蓝色眼睛里闪着澄亮的小星星。

这个活在天堂里的女人,也会有世俗的烦恼吗?

酒店是一排靠着海湾的平房,房子外观并无特色。走进房间,迎面是窗外的一片灌木丛。灌木丛之外,一抹海湾静静呈现,直到天边。不禁让人在窗前驻足良久。

下午去 Freycinet 国家公园。爬上观景台,鸟瞰像酒杯形状的海湾。再一路走过没有人迹,被世界遗忘的海滩,沿着海岸线穿越沿海的灌木丛林,在布满岩石的小径上行走攀爬近 12 公里。

日落时分到达一家海边的小馆。除了 Pizza 和三明治,当天的特供菜竟是咖喱牛肉!大喜过望,受宠若惊。品尝下来,地道!过瘾!

在海边夕阳下举杯,平凡人生,美好不过如此!

而思绪,不时再回到那或许已沉在印度洋海底的人们。

一切便又蒙在一层阴影中。

∞ ∞ ∞ ∞ ∞

塔斯马尼亚.为工作而骄傲

十点半左右从 Cole's Bay 出发。不久在一个 Oyster Bar(生蚝酒吧)停下午餐。

新鲜生蚝,一只 1.2 澳币。两人各点一打清蒸的,她的生蚝要加姜粒,马克先生的要加三文鱼和 Brie(布里奶酪)。各点一杯白葡萄酒,再来些鲍鱼片,被盛在两片白花花的大贝壳里,大大方方地端了上来。

简单，却真是天堂里该有的食物吧！而他们是两个饥饿的孩子，守着天堂的灶台。

用完“天堂午餐”，他们继续南行。行程半小时左右，经过一个酒庄叫 Milton（弥尔顿），就是 17 世纪的诗人 John Milton（约翰·弥尔顿）。John Milton 有部传世巨著，就叫 *Lost Paradise*（《失落的天堂》）。

这座弥尔顿酒庄，面对一片大草原。可能是淡季，就只有他们两个客人。

坐下后，点了一杯 Pinot Cris，味道清新干脆。又尝了一杯玫瑰汽酒，是 Pinot Noir 和 Chardonnay 的混合酒。这酒有这世间最美好的名字，不用说，叫 Laura——不免订了几瓶托运回家乡。这趟天堂之旅颇有惊喜——去过 Mark's Park（马克公园），Luo's Massage（罗氏按摩），现在又收获美名 Laura 的塔斯马尼亚乡村名酒。

停留半小时后，继续沿着海岸线南下。下午时分到达 Port Arthur。

他们下榻于 Stewart's Bay Lodge，是面朝海湾坐落在山坡上的客栈。坡上的林子里，散布着一座座独栋小木屋，就是客房了。从下榻的木屋穿过一片草坪走下坡，有条小径，通往泊船的小码头。

坐在码头上，面对碧光闪闪的海湾，观海鸟不时鸣叫着低空滑过。风吹拂面，看海水蓝绿透明，水草弯弯。时空凝滞，人似乎已从天边的一隅，落入世界之外。

又有条小径通往一座细细的木桥，转眼便是一弯浅白沙滩。沙滩的两边，是茂密的树林，静默地立在蓝天下。在海滩，坐在一片古老的棕榈树皮上，看海鸥在夕阳余晖中踩着细浪闲步，潮起潮落，海湾浪声轻轻。

Port Arthur有座著名的旧监狱，可以从客栈边一条沿海的森林小径步行过去，只需要十分钟。那条小径的名字很实在，叫Convict Trail，直译就是“犯人小径”。可见澳洲人比较直接，一是一，二是二。如果是我们，这条小径的名字会花哨一点，叫个“革新街”“洗面小径”，或至少是“重生之路”什么的，给犯人们注入点积极向上的理想主义精神。

这座监狱坐落在港湾的幽禁之处，远看更像星级酒店，近看有点奇怪的摄人心魄。由昂贵坚固的大块沙石砌成，历史上经历两次大火，而幸存下来。监狱在19世纪时，主要用来关押从英国运来的犯人。这些犯人到了Port Arthur，也不让闲着，被派去和有自由身份的雇工们一起修远航的船只。

监狱的介绍材料说，监狱的领导们本来预想这些犯人被强迫工作，不会起劲好好干活的。事实却相反，这些犯人们很愿意干活，很为自己辛苦练就的手艺和亲手打造的成果而骄傲，建造的船只与同期民间船厂建造的船相比，毫不逊色。

其实，多想一下这也不奇怪。那时英国的刑法本来就严厉，犯罪的又多数是社会底层的穷人，法律对鸡毛蒜皮的小罪惩罚就都极为残忍。英国政府要给地广人稀的殖民地澳洲输送人口，乐得把贫穷的“人渣”们，一船船送到这不毛之地，给大英帝国的统治阶级继续发光发热。这些人，多数本不是罪大恶极之徒，换一个时代，可能就是热爱劳动的良民。

再者，但凡有尊严的人，也渴望“有用”，只是有好用处和坏用处的区别。劳动可以给人以“有用”的成就感，对犯人也是一样的。

早上从Stewart's Bay Lodge向西北方向进行。在一条土路边驶过，惊觉错过一个去野生动物保护园区的箭头标志，快快退回，拐进箭头指向的岔路。

至此，已经多次差点错过标志，而与藏龙卧虎之地擦肩而过了。澳洲人对外地游客实在有些缺乏诚意，怎么好东西都藏着掖着的！按说，应该画个火红的大箭头，搞个硕大字体的黑标语，用些点感情充沛，可圈可点的词儿，例如“澳洲倾情呈现”“自然的天堂，上帝的宠物”什么的，也给咱老中痛痛快地带个路啊！

在保护区喂了成群的袋鼠，看到种鹦鹉及其“堂兄堂弟们”，还有塔州特有的 wombat（袋熊），tasmania devils（袋獾）和 echidna（针鼹鼠）一众。有一只蓝色的孔雀，盛开的屏上闪着荧荧的蓝光。左顾右盼，在园子里昂然踱着步子，给动物园这帮塔州本地老土们，平添了好几个档次（class）。

车终于南行至 Hobart，塔斯马尼亚最大的城市，塔州行他们的终点站。

Hobart 临海靠山，依山而建。山坡上，面朝大海的各样风格的精致民居，让人想起旧金山的 Marine County。

刚进了城，她说“不知道这个城市有没有长期定居的中国人”。

马克先生信心十足地回答：“肯定有！”

话音刚落，过一个红绿灯后，迎面左手一家中餐馆，合时宜地命名为 Oriental Restaurant（东方餐馆）。几分钟以后，老远又见一家 China Kitchen（中国小厨）。再之后，还有一家叫筷子的中餐馆，在一家日本餐馆 Sushi and Kabob 的隔壁。看来，Hobart 这座城市的国际化程度不可小觑。或者，换一个角度，中国人真的是见缝插针，把中餐文化，传扬到了像澳洲 Hobart 这样的，没来之前都没有听说过的，地极之城。

到达 Hobart 时，已是阴雨绵绵。在细雨迷蒙里，三点时分到达

Hobart 西南方的一个酒庄时，感觉已像是黄昏。

酒庄叫 Herons Rise Vineyard(苍鹭崛起酒庄)。接待处隐在一丛丛花木中，周围树木茂盛。酒庄一排排葡萄藤，都用塑料薄膜包起保护起来了。他们下榻的客房，是一幢独立的两层农舍，两室一厅，在酒庄葡萄园的前方，一片树林的边上。从二楼向窗外远眺，可以看到海湾。

农舍的门窗和地板，都是天然的橡树木料。客厅里有个烧木头的壁炉，旁边摆着张猩红色的长沙发。沙发上方，挂着六幅日本水彩画。画的基色是蓝、白和粉色。画着海浪、渔民，海边的古老渔村，还有橙红色的富士山。在 Hobart 的乡下农舍，这几幅日本旧画，格外具有异国情调，有点奇异的神秘忧伤，让人对其来历，充满不羁的想象。

两个卧房的风格和客厅不同，挂着淡雅的澳洲乡村风景画。像很多天高云淡，风吹草低见牛羊的风景画一样，泛着流浪旷野中，丝丝的乡愁。

客厅窗外有几匹马，在阴雨的草坪上悠悠地吃着草。厨房前方是一片果树林，然后是远远的海湾。主人在厨房案台上，放了一大块新烤的面包，还有一瓶酒庄自制的 2008 年的 Pinot Noir。在这屋子里，像是在他们新泽西乡间临河的家，立刻就感觉宾至如归。

冒雨开车几分钟，偶遇路边的一家农贸市场。就去买了新鲜的土豆、洋葱、胡萝卜、白蘑菇、小葱、柠檬、奶酪、姜、袋熊肉、澳洲草养牛肉和塔州啤酒。在一排杂货架上，居然发现印度 Vindaloo 慢炖红烧酱！惊喜之至，顺理成章，当晚的晚餐就是印度慢炖牛肉啦！

点燃壁炉的柴火，阴雨中的木屋顿生暖意。客厅的一角是一台老式的收录机。打开，放出的是一首女声的法语歌。音质有种久远的感觉，就像一张发黄的照片。柔软如呓语般的异国歌声，在这细雨朦胧的乡村小屋，带人去到很久以前，遥远的地方，一个辉煌而不复存在的时代。

卷起袖子开始切牛肉，在那歌声里，作印度咖喱牛肉大餐。

∞ ∞ ∞ ∞ ∞

塔斯马尼亚. “Were they sinned against more than they sinned?”

在 Hobart 郊外的两层农舍里，清早自己作早餐。牛油果、细葱炒鸡蛋、烤面包、橙汁和咖啡。马克先生用洋葱和蒜煎了一块袋熊肉，头一天从路边的农贸市场买来的。这次三月澳洲行，袋鼠肉已经尝过了，袋熊肉不吃，此行不甘。马克先生在锅里小心加了蒜和洋葱，精心煎烤，耐心等待，然后津津有味地细细咀嚼，啧啧称赞肉质鲜嫩，还没有野物的腥味。

窗外，看是一个阴天。太阳在树梢上，天边低低的云朵后。余光透过云层，照亮天空。云层下的海岸线和起伏的远山，像用毛笔大气一抹的黛色水墨。

车行 20 多分钟回到 Hobart 城。参观 Cascade Female Factory（Cascade 女子工厂）。

说是“女子工厂”，其实是 18、19 世纪澳大利亚最重要的女子监狱，专门关押从英国运来的女犯人。现在已被指定为世界历史遗址。在 1788—1853 年，大约 25 000 个女囚从英国被运到澳洲。这些女囚犯大多在二十到三十几岁。在英国犯的也大多是所谓的 petty crimes，就是偷鸡摸狗的小罪。很多人的处境由贫穷而导致，却被判远渡重洋，到当时的这个蛮荒之地，服长期牢狱的重刑。

女囚们从英国被装上船，扬帆载入茫茫海上的不归路，此生与彼生，从此天涯永别。

在参观之前，向导让他们带着一个问题参观，问题便是：对于被关在过这里的女囚犯，“Were they sinned against more than they sinned?”直译是，因对女囚们的惩罚所对她们犯下的罪过，有否严重过女囚们原本犯下的罪行？或者说，对女囚们是否惩罚适度，又或者，她们是否罪有应得？

这些女人们，在极度艰难的条件下长年累月做着苦工，动辄严惩，无任何人权，忍受无法言喻的残忍和苦痛。表现好的，被幸运地送到当地人的家里做无偿的佣工。做足七年而且没有所谓的“不良”表现，才可以得以解脱，寻找有工资的活儿。这些不受保护的女子，被雇主欺负蹂躏是可想而知的。被强奸怀孕后，就被送回监狱生产。因为营养不良和其他的恶劣处境，怀孕生子有极大的生命危险。生出的婴儿也都必然营养不良，死亡率很高。孩子出生几个月后，便被强行带离开女囚母亲的身边。而这母亲，如果勉强幸存的话，还要为怀孕生子的“罪过”再加服六个月的苦役。当时的澳洲男多女少，男性囚犯获释后，只有30％结婚。

服役的女囚们获得自由后，90％都结婚成家。苦难的创伤，也许永不能愈合，则在无言岁月里，被掩埋吧。

澳洲人的太太太祖母们，生命力之强大！在这样的险恶中，硬从缝儿里长出苗来，开花结果，枝茂叶盛代代不息。

女子监狱的进门处，在拱形的石门下，有个不短的通道。通道两边是铁墙，墙上刻着字体大小不一的简短词汇，都是形容词和其他一些描述性词汇——让人顿生寒意，凉彻骨头的词汇——用来刻画那些被发配的女子们。

所有的词汇，都摘自她们当时在监狱的档案——

Brave(勇敢)，pretty(漂亮)，fiery(火爆)，dignified(有尊严的)，chilled(冷冰冰的)，scared(害怕)，vicious(恶毒)，savage(野蛮)，delinquent(行为不良)，deceitful but orderly(诡计多端但井井有条)，brat(捣蛋鬼)，beautiful(美丽)，bright(聪明)，alone(孤身一人)，cold(冷漠)，claustrophobic(对幽闭恐惧)，cramped(局促)，worn(疲惫的)，angry(愤怒)，pregnant(怀孕了)，front teeth rather prominent(门牙相当突出)，married(已婚)，single(单身)，widowed(丧偶)，protestant(新教徒)，complexion ruddy freckled(脸色红润有雀斑)，mole on upper lip and has been bled both arms(上嘴唇有痣，双臂都放过血)，nurse maid 乳母)……

这些文字，刻在铜墙铁壁上，如同刻在肌肤上，如同刻在灵魂里。

这些活生生的文字，让人仿佛看到，背负长长阴影的女子们，穿过厚重的铁门，一个一个地，从阳光下消失。此刻，她们活生生地，行走在这被废弃的监狱……

是人间，原本不是天堂。

父啊，愿世间所有的泪，在天国里被抹干；愿这些女子，都进了天国的们，此刻，笑靥如花，行走在天父的庭院里。

"我们在天上的父啊，愿人都尊你的名为圣，愿你的国降临，愿你的旨意行在地上如同行在天上……因为国度，权柄，荣耀都是你的，直到永永远远！"(马太福音 6：9—13)

时时刻刻

邂逅一刻

在奥兰多，那天是她生日，27岁。她的波兰籍室友Monica请她在Colonial大道上的林园吃中餐。饭后还要回家继续庆祝。

饭后她们去了隔壁的超市。照例，她买酒，Monica买烟。超市里有一排排琳琅满目的廉价葡萄酒。她正在架前低头徘徊仔细查看时，有人没有声息地快步走到她跟前，忽然地，重重拍了一下她的肩，语气激动，几乎是喊道：

"嘿，罗华！"

她抬头一看，眼前站着一个衣着光鲜，椭圆脸，眉眼欣长上挑的长腿女子，手上拎着一袋开心果，面带微笑，两眼盯着她灼灼放光。她的眼睛睁得大大，嘴也张得大大的，下巴快要掉下来啦！

"是你啊，阿文！你怎么在这里？"

阿文是她的大学室友。

"我来奥兰多，明天一早就要走了。到了后给你打电话就是没人接，我留了言，怎么着也得见见。但我以为见不到你了呢！"阿文的眼睛闪闪的，脸上泛着红光。

那时还没有手机。在异国他乡，她们还是见上了——让人措手不及，如昙花一现，如流星忽然划过，没有先兆的，短暂时刻。

之前的圣诞节，她收到阿文寄到冬日公园的信。大大的信封，右上角贴满了邮票，中国邮政：一种是白墙黑瓦的安徽民居，另一种是傅抱石的洗手图，五张，一共六元四毛人民币。信封里只有一张圣诞卡，卡面用闪着银光的特别材料做成，上面有两个穿着厚厚冬衣的孩子，一红一蓝，拖着绿色圣诞树枝，戴着围着红围巾的小狗，站在大雪皑皑的街边，仰头看商店橱窗里陈设着的小熊玩具。卡里除了印着一小句中英文红色体圣诞祝词外，只有两个手写的字。

这张大大的卡片，万里迢迢，从上海寄来，里面只有两个歪歪的黑色小字，“阿文”。再无多话——就像这个不善言辞，时髦美丽，大事都放在心里的长腿女子。

她们在奥兰多不期而遇时，阿文还在上海的时装进出口公司打工，也算干的是她们在上海交通大学专攻的工业外贸本行。后来阿文就自己出来干了。

奥兰多相遇几年以后的一个夏天，她在华盛顿的律所实习完了回上海，阿文曾接她到自己的公司去看过。那时阿文的公司刚刚站稳脚跟，招了二十几个员工，在静安寺美丽园的一幢旧楼里，有几间狭小的办公室。她坐在阿文办公室的角落等阿文，阿文坐在自己办公桌后的黑色大皮椅上，和拿着一张设计图的员工谈话。阿文很认真地听那年长的员工说话，手指不时在那图纸上指点。两人凝神地看那图纸，一问一答，声音都很轻；有时又有片刻的沉默，看着图纸若有所思。寻常的工作交流。

她发现自己屏气观看眼前的阿文——这个丰满的女子，在那间简陋狭小的办公室，眼神平稳沉静，有种气场，几乎像战场上的将军，纤纤细指在指点沙场。

无法言说的畅快优雅啊！

七八分钟的时间。最后，阿文淡淡给了那个员工指示。那个年长的人，点着头，答应着："好的，好的。"退了出去，关上了门。

阿文走过来，跟她并排坐在沙发上，正当流行的衣着，跟她的品位大不相同。坐在沙发上，裙子稍嫌有点短，阿文拉了又拉。此时，还是那个在法华镇路管理学院时，同室的女孩——说话慢慢的，带点湖北腔，时有停顿，有时似乎有点天真，带着微微的孩子气；雪白纤长的手指，精心修饰过的脸。

"我原来的那家公司，我帮他们打了天下，他们保证的事，一年一年都没有兑现。我就卖了房，倾家荡产自己干了。我们这行圈子小，相互认识的人都多。罗华，你知道吗，那些供应商跟我原来的老板也熟，开始时欺负我——出口到欧洲的衣服，临时说不能按时交货，我是新公司，信誉赔不起，被逼得只能空运，成本真的很贵啊！算下来基本没利润。很难啊，不知道怎么撑过来的！"

"你知道吗，罗华，我出来的第一年，提着心，脸都是铁灰色的，铁灰色！一整年啊！"

阿文倾心说这番话的样子，至今历历在目。

离那次奥兰多的邂逅，已经 20 年了。去年一月份的第一个星期，她又在奥兰多。要离开的那天，开着租来的车，在去机场路上的一个红灯前停了下来。在 Colonial 大道上。下着雨，车前窗的雨刷在雨中轻声而有节奏地来回摇摆，发出沉闷的声响。红灯很长，无聊间，她从左窗看出去——

那里，就在 20 米处，竟然是那家记忆中，遥远的超市，黝黑而沉默地立在雨中……

哦，亲爱的阿文！

眼泪瞬间如潮般涌上。多年前的那一声“嘿，罗华！”和手掌拍在她肩上，留下的温暖……

这个月末，就三年多了——阿文已经去了，去到另外一个世界。

遥远时光里，那邂逅的一刻，却被留了下来。

无处安放

偶然看到一张照片：一个孩子裹着张破毯，蜷躺在两座用石土草草堆起的坟墓间。照片的注解说“叙利亚内战中，这个孩子的父母双亡，留下孤苦伶仃的自己，每当想起父母他就跑到父母坟上，小小的身躯睡在自己父母的坟墓旁边，仿佛父母还活着一样，感受着父母的存在……”

这样的照片，无一例外，直击人心的柔软处。

她有一位挚友是叙利亚人。看过他小时候家人的照片，高贵大方气度不凡。父亲气派沉着文雅，母亲大家闺秀，头发和衣着是20世纪60年代时髦的样式。照片散发着一个过往时代的雍容，和着些微的忧伤。

她的朋友早年离家到美国求学，小小年纪家里供给殷实，生来品位华贵。然而命运多舛，有一天他收到家里电报，说家族财产被政府没收冻结，要么他可以选择回国，要么自己在异乡养活自己。他选择养活自己，在美国打工求学，硬待了下来。

她的这位朋友，高大健壮，淡褐色的卷发，浅蓝的眼睛，行动说话不紧不慢，开着Mazda红色敞篷小跑车；他精通人性，极具洞察力，看人时静静专注，昂贵的金丝远视眼镜，把一双眼睛放得有些滑稽的巨大。她的朋友，是有野心，有谋有略，有心有肺，有意思的牛人。

曾经他们一帮在大公司国际运作部共事的年轻人——就是以美国人丽兹、大卫和肖恩，中国人 Yan 和她自己，土耳其人穆斯塔法，波兰人 Monica 和这位叙利亚人为核心的一帮人，经常一起寻欢作乐——下班后去公司旁边的假日酒店喝酒；在摩托车党周，一起去 Daytona Beach 看摩托车队轰鸣飙驰而过；去这位朋友在城中心 Eola 湖边的白色高层公寓聚会。他家公寓楼下长满热带鲜花植被。聚会完回家时的夜晚，空气潮湿清新，浸着浓郁花香。大家嘻嘻哈哈在他楼下说再见的声音，落在暗红砖路上，在夜晚空旷地回荡。现在想来，也不遥远。

她的朋友后来回到叙利亚娶了姐姐介绍的叙利亚姑娘，是那种散发着与生俱来的高贵气质的贤惠美女。会讲流利法语、英语和阿拉伯语。朋友被派驻欧洲总部期间，他们生了两个英俊壮实的儿子，一个像妈妈，一个像爸爸。

现在，还存着当年朋友在叙利亚大婚时，给她的请帖。一直后悔那时她急着准备去法学院上学，没有去参加他们的盛大典礼。那时过于紧张，错过了朋友人生重要的时刻。

那时，还没有 ISIS。

然后，叙利亚战乱。朋友的哥哥姐姐一家和其他亲戚，跟叙利亚很多中上阶层的知识分子一样，不相信会真的战乱，而错过了逃出的时间。朋友年老一直长居美国的母亲，那个洗尽铅华却在举手投足间难掩高贵的温和老太太，在一场大病中侥幸生还后，居然执意辗转，回到战火纷飞的叙利亚，要在那里终老一生；而朋友在叙利亚的叔叔，因为在基督教会任出纳，管理教会的财务，觉得有责任留下继续帮助在战火中受难的会友，也坚持不离开……

前年，朋友和她都刚好同在得克萨斯出差，相约见面。晚饭后，他们各自端着杯快溢出来的冰激凌，握着塑料勺子，在大街上，走走停停地谈了很多的话。她的朋友，那时已经是赫赫有名的顶级跨国公司重要业务的全球CEO，提到叙利亚的亲人们，他的声音暗哑平缓，眼神失落于遥遥万里之外，眼底和嘴角泛起一丝陌生的无奈，让人心惊。

这位身兼要职，有勇有谋的哥儿们，整年满世界的出差。那时他老说，语气里充满焦虑，对他最重要的是两个儿子，不愿错过儿子们的成长时光。可是人在江湖身不由己啊。

不久前收到他的短信，祝福她生日快乐。在随后问安的电话里，她提到她的老母亲大病初愈，他讲到他的老母亲在炮火下度日。

放下电话，黯然神伤。

如果，在故乡，骨肉家人睡觉的屋顶之上，是炮弹穿行，如焰火般点亮的夜空，她不知道千里之外，时时刻刻，她该如何安放。

她不知道她的朋友，朋友的妻儿，每一日每一夜中的时时刻刻，心是如何地安放？

新泽西的傍晚，孩子们无邪的欢笑和私语从隔壁传来。因为她的这位哥们儿，和平与战争，在同样的一时一刻，究竟只有两度分离。

到纽约去，到纽约去

在每个寻常的时刻，都可能出现某个小小的决定，没有先兆，一脸无辜。那个看似无心的决定，不经意地在你脑中呈现，从嘴里自然地讲出来，像开了一朵细微的花。

其实，那花开的时候，是个火花绽放的时刻。不觉间，那火花照见了另一条轨道，是你先前在黑暗中没有看到的。那轨道很长，微光中，夜也还是很暗。现在，你在细微的光亮中，顺着那轨道的伸延，摸索着一路前行。

如果，你没有在中途停下，就会到达，截然不同的人生。

她就有那么的一刻，在某年感恩节的时候。

那个感恩节，她和好姐妹 Yan，决定从奥兰多去纽约开心，借住在朋友 Joey 在新泽西 Edison 的公寓。感恩节的那天，他们起了大早，从 Edison 出发，坐火车和地铁去曼哈顿。

她俩，挤在兴奋的人群里，看了一年一度的梅西感恩节游行；去 48 街和五大道的"五粮液"吃了佛罗里达没有的正宗川菜；去了时代广场看人海和巨型广告牌——记得有三九胃太的广告，像一张窄窄怕生的脸，挤在五光林立的高楼间，让她们不禁尖叫自豪；又去了 33 街和六大道的梅西百货，一人挑了一件佛罗里达根本用不上的羊绒大衣。她们拖着大包小包，在大街上自由放肆地大步走着，什么都去看看，都去瞧瞧，嘻嘻哈哈地大声说着话，在东部凛冽的寒风里，哈着冷气，feeling free like birds!

那时，世贸的双子塔还屹立在曼哈顿下城。黄昏的时候，她们坐在世界金融中心二楼的巨大落地窗前等在美林银行的 Joey 下班。夕阳洒在哈德逊河上，波光粼粼，衣冠楚楚的纽约人行色匆匆，奔向重要的事，赶去重要的地方。

她们兴奋地观看着过往的人群，倾听这座奇异城市的心跳。某一刻，望着眼前冬日里闪着光辉，向大海奔腾的河水，她们各自陷入沉默……佛罗里达的阳光和泡沫一样的日子，在曼哈顿夕阳下的寒风里褪去……

不知沉默几时，也不记得是她们两个中的哪一个，突然说道：

"为什么我们就不可以在纽约呢？"

另一个，眼睛马上一亮，目光从窗外移了回来，盯着对方的眼睛，慢慢点头："对啊，谁说不能呢！我们也可以在纽约啊?!"

"对啊，谁说我们不能呢！"

此时，她俩已从宽大的大理石窗台上站了起来，为这个惊人的发现，大笑，几乎就要抱在一起了："对，对，对，我们也要来纽约！"

那一刻，花开绽放！

在绽放的微亮中，她，先去了纳什维尔的法学院，辗转硅谷后，到达纽约；再去上海，再回来到纽约；专业是人力资源的 Yan，没有来纽约，去了华盛顿的 IMF(国际货币基金组织)，在离白宫不远的华盛顿市中心，兢兢业业一干干了 20 年。

20 年后，今晚，在长长轨道的另一端，她和年轻时的小伙伴，她亲爱的朋友 Yan，在华盛顿 IMF 对面的小酒馆，遥望那个河边夕阳下，花开绽放的一刻，微笑举杯！

和 Yan 在奥兰多(1996 年)

和 Yan 在华盛顿(2016 年)

河边的房子

河边的房子是座几十年的老屋子。她家小弟弟三岁多的时候，站在房子河边的露台上，仰望高出房顶的深褐色长方体形的壁炉烟囱，说："妈妈，这个房子像巧克力一样。"从此，除了 river house（河边的房子），这座老房子也称"巧克力房子"。

房子建在一条小河的转弯处，一座山坡的岩石上，在临河的几

从露台上看冬日的河岸（2015 年）

棵老铁杉的背后。那条河是穿过新泽西州猎人郡克林顿镇一带的South Raritan河。河水清亮透澈，泛着深绿的光，从镇上一路蜿蜒，静静地在此处弯过。

房子临河的一面，有沿河环坡绕屋而建的几层露台。房子东面与邻居家山坡的分界线，是坡底树林里的一条小溪，西面是临河长满树木的陡坡。房子正面的草坪前方也是坡，环坡有条可以行车的小路，有核桃树，板栗树和梧桐树等，沿着小路生长。路边坡上是隐在林子里的一幢幢房子，远远的隔着。小路行到河边的房前，急转弯顺着坡势而下，在坡底分道，一边通往河上的小桥向北行，一边转一个缓缓的弯再向前伸展。转弯处的路边，迎面是一株巨型梧桐树，从底部分叉，顶上的树冠庞然茂盛遮了半边天。底部分开后，几乎是两棵树，一高一矮，像首尾相依的情侣。这树临着一条小溪，树下是一个木棚，常有十多只大小不一的绵羊，白色、褐色、浅灰色的，圆滚滚地披着卷毛挤在里面，或三三两两在木棚附近晒太阳。

小路行到此处，地势便开阔起来。沿路的一边是牧场，从路边竖起的栅栏一直斜上远远山坡上牧场主的家和马房，总有三五成群的马匹埋首吃草；另一边是草地，夏日长及腰深的草，郁郁葱葱铺展开直到河岸边。

老屋临的这条South Raritan河，是这个地区有名的fly fishing（用人造鱼饵钓鱼的一种方法）的地点。只要河水没有结冰，清晨和傍晚，常有穿着高腰防水裤的渔人一二，拿着鱼竿立在河中，影子淡淡投在水面。夏天时，总有人撑着五颜六色的滑筏，或躺在汽车轮胎上，顺流漂下，漂到这河的转弯处，就从河里打量崖上的老屋，仰头挥臂跟露台上的她打招呼，“Hello，这里好风景呀！”

∞ ∞ ∞ ∞ ∞

他俩对这房子,是一见钟情的。

那时他们从北加州搬来纽约工作已经好几年,想寻一处透气的地方。一到周末,就急急开车往人少的地方去看房子,大普林斯顿,Short Hills 和宾州 Pocono 的山里都去过了,一年无果。某个初春的周一,她收到房屋中介发来的这老房子的照片:只见一幢暗褐色的房子,立在春日河边的树荫里,临河有几株巨大铁杉,前院团团如火焰的杜鹃花,林子里泛着蓝光的游泳池,梧桐树间懒懒悬挂着的一尾吊床……

马克先生一看照片,一反深思熟虑的常态,说:"Go get it。"(去拿下)

周六起了大早去看这房子。卖房的夫妇,妻子 Susan 是本地人,衣着宽松简单,金发随意地向后拢着,发根微微有些泛白。丈夫 Jurgen 是德国移民,言语不多,总是宠爱地看着妻子说话。夫妇俩要随成年的女儿搬家去北卡罗来纳州退休了,舍不得卖这房子,中介领来的买主们,Susan 和 Jurgen 前后都看不大顺眼。

她俩周六看完挂念了一晚上,周日又去看这房子。Susan 和 Jurgen 带他俩去附近散步,由大狗 Carl 带路,四人走到北面邻居家坡脚下隐在林子里的小径,从小径绕坡走到河边,沿河向南再走到一座小桥。河里浮着些水鸟和加拿大鹅群,近桥处河边的梧桐树林刚刚新绿。几株梧桐树干上,钉着显眼的标牌,Private Property No Trespassing(私人财产,不可侵入)。后面没加感叹号,也让人不自觉地眉头一挑。

草坪尽头，桥头路边的右手，是一幢依坡而建的石头房子，门口停着两辆BMW宝马。Susan指着那房子，淡淡地说："那家人，夫妇都是什么大公司退休高管。这个标识就是她家的。她家的地盘哪有这么大，靠河的地域是镇上的。"

大狗Carl在Susan身边跑来跑去，Susan的视线追随着Carl，说："Carl有时自己会跑到这里来玩，那家人就给我们电话，不知是有意还是无意，反正每次我们都不在家，每次都是留言，说我们没管好狗。我们懒得跟她计较，该来照来，就是小心不要走到她家地盘就行了。"Jurgen此时插了一句："刚才那条下坡的小径到是私人的，是坡上洁妮家的。不过洁妮家给了我们从那里下坡到河边的easement（过路权）。房子卖了，从那里走走应该也没问题的。"

四人一路聊着，走过了草坪，向东穿过桥走到河对面的树林子，镇上将其规划为公园。林子沿河北上不远，露出一小片草坪，地上散落着十几块石头，每块石头里镶着块铜牌，石头后边有棵小树。走近一块石头，看到铜牌上刻着个名字——Brian Warner。

再看几块，刻着——Timothy Hargrave，Martin Niederer，Richard Cudina。

再看，Maria Behr，Mark Rasweiler，Michele Reed，Jim Berger，Andrew Gilbert，Timothy Gilbert，Neil Wright……

草坪的中央，竖着一块大石头，上面的铜牌上用大写字体刻了一个短句TO PLANT A TREE IS TO TRUST IN THE FUTURE（种一棵树，就是相信未来）。下面刻着DEDICATED TO THOSE LOST AND THOSE LEFT BEHIND（献给那些失去的人们和那些被他们留在身后的人们），日期是SEPTEMBER 11，2001（2001年9月11日）。

原来这块草坪是一个露天纪念馆，铜牌上刻着的人名，都是当年在曼哈顿世贸双子塔工作的猎人郡人。猎人郡离纽约开车一个小时，这里有不少的居民每天公共汽车往返曼哈顿上班。

逝去的人们如今回了家(2017 年)

2001 年 9 月 11 日，晴朗的初秋之日，两架被劫持的飞机，携着无辜的人们，迎着朝阳奔赴邪恶的使命……这些逝去的猎人郡人，像彗星划过的陨石撒落，如今回了家，点缀在布满白色小花和郁金香的草坪上，守着四季如河水般蜿蜒淌过。

大石头脚前的土里还有块小石碑，上面刻着 No Farewell Words Were Spoken，No Time To Say Goodbye，You Were Gone Before We Knew It，And Only God Knows Why(没有道别的言语说出，没有时间道别，在我们知晓前，你已经离去，而只有上帝，知道为何)。

Only God Knows Why(而只有上帝,知道为何)。淡淡的一句,喃喃在天父的耳边——有愤怒吗?是质疑吗?还是顺服的宣言,如花环般献在造物主的脚前?

草坪正对面的河边崖上,就是 Susan 和 Jurgen 即将离开的老房子。他们四人站在草坪上,看着对岸的房子,聊着,几乎就像多年的朋友了。当晚,他们就签了买房合同。Susan 和 Jurgen,如释重负,好像把女儿托付给了可靠的人家,已经看到了来日,孩子们在园子里奔跑,繁花茂盛,果实累累。后来听 Susan 说,他们夫妇为卖房的事祷告,河边那一趟走下来,就认定了他俩是上帝点了头给出的答案。

其实,后来还听中介说,他俩开的价钱,并不是买主里开得最高的。

从签合同到房子交接还有一个月时间。有时下班后兴起,他们来回开车两小时,悄悄去看一眼那老房子,在黑夜寂静的树林里,点点燃起橘黄的灯光。初春的夜,他们缓缓行车在树林的小道上。薄雾,起伏流动如私语窃窃,漫过路旁黝黑的树林,漫语于山野之间。摇下窗户,听万物细语,那一刻,感觉被握在造物主的掌心,感叹是何种慈悲的安排,领他们于此般温柔之处所!

∞ ∞ ∞ ∞ ∞

五月初,搬进了河边的老屋。

搬家的卡车刚走,山坡上的邻居洁妮,拎着篮子里自家刚烤的苹果馅饼,身后跟着四个大大小小的金发孩子,一只大黑狗,就来打招呼。洁妮在镇上中学教书,就在附近出生长大。洁妮的父母克拉拉和保罗就住在离洁妮家不远，靠河边桥头的坡上，紧邻那家竖着Private Property No Trespassing（私人财产，不可侵入）的人家。洁妮家的房子带13英亩坡地，这个地产是洁妮夫妇从父母克拉拉和保罗手上买下的。后来她听克拉拉说，其实洁妮的姐姐，就是克拉拉和保罗的老大，做梦都想这块地，可惜没能买得起，后来举家搬到得克萨斯州去了。克拉拉的大女儿，每次回老家看到妹妹洁妮，想到那块地，就伤心一回。

为答谢洁妮的苹果馅饼，他俩选了瓶好酒，爬上洁妮家的陡坡，放在洁妮家大门口。本想对方会电话回应，两家还会就此有些邻里的来往，之后却一直没了洁妮的动静。克拉拉老太太听她提起这事儿，漫不经心地说："你家的好酒啊，一定被洁妮倒进下水槽了。"再问，才知道洁妮父母两边，都有酗酒的亲戚。到了洁妮这代，为防失足，干脆滴酒不沾了。可惜了她的好酒！

一波未平。不久后的一天，洁妮家的狗，悄然无声地出现在她家露台上，一阵风似地从临河的窗前窜过。这一溜黑影，把正在屋里靠窗看书的马克先生吓了一跳，跳起来大喊了声"Damn dog"（该死的狗）。追出去，看那狗喘着气，左顾右盼下了露台的台阶，从游泳池小跑到她家跟洁妮家分界的小溪边，进了林子，不见了。

马克先生就好意给洁妮家打电话。原本是要客气告知洁妮家狗的去向，被这狗吓了一跳后，气不打一处来，简单的话，绕来绕去说了一通后，越抹越黑，味道就变了。那个留言最后的效果，听上去是这样的：你家的狗，闯了我家露台，你们最好自己看着点，不然没准就跑丢了！

果然，洁妮没回电话，也再没来过她家。在路上遇见，远远也是漠然一瞥，拒人千里的神情。她硬着头皮心虚地赔笑着，迎上去递了几次橄榄枝，都不见改善的迹象。只好收起枝子，以后绕道走了。

听她痛心疾首地提到这事时，克拉拉戴着老花镜，端着调色板，正捏着笔雕琢一幅水彩画。老太慢慢转头看了看她，老花镜就滑下鼻梁悬在嘴唇边："哎，洁妮就是那样的，一根筋。"说完，漫不经心地挥挥画笔，把眼镜扶上鼻梁，再慢慢转头端详自己的水彩画。一点都没有调解的意思！

那时，皱纹满脸，银发满头的克拉拉不过60出头，大块头，是个土生土长的"Jersey Girl"(泽西女孩)。克拉拉第一次出场时，他俩正坐在前院的杜鹃花下晒太阳。惊见一辆陌生的老宝马，从门前小路转入她家斜坡上的车道。他俩张着嘴，视线追随那宝马冲下坡，在坡下的车库前戛然刹住——一位满头白发的老太太，开门笑盈盈地走下车，老远伸出手，"Hi，我是克拉拉，你家邻居，就住那边坡上！"

克拉拉开着一辆老旧的宝马敞篷车，在乡下柏油小路上横冲直撞，乱发直直在风里飘，经常被躲着的警察拦下。说到这一出，克拉拉双掌一击，"哈，那些小子，一看又是洁妮她妈——说不准当年还追过我家洁妮呢——教训我两句，还得客客气气的，也没啥办法！"说完，再慢笑两声，"我可是看着这些小子们长大的！"

克拉拉的丈夫保罗，是个瘦长威严的犟老头，一生不敢坐飞机。克拉拉使尽招数，老头就是端坐在建在路边的他家祖传的石头房子里，哪儿都不去。有一年好不容易买了机票去得克萨斯州看大女儿，临时又反悔，改乘十几个小时的火车了。郁闷的克拉拉叨叨着，从此只约闺蜜出行。克拉拉的老爷冰箱上，贴满了她们出游的照片，从近处的Jersey Shore，到法国的圣母大教堂，再到英国的史前巨石Stonehenge。照片上，四个尺寸不一的泽西老"女孩"，银发飘飘地倾情绽放。

保罗有病，十几年来只能吃流质，克拉拉天天变着法子给保罗做汤喝，但那不妨碍老太太养鸡养羊自己吃肉。

她在上海的那几年，夏天回到新泽西乡间。有次傍晚打电话跟克拉拉，谈话到一半，克拉拉说："Oh, I have to go feed my sheep before the bear comes out。"(哦，我得在熊跑出来之前把我的羊先喂了)

她刚从上海陆家嘴回来，听到熊啊羊啊什么的，一时没反应过来。一开始以为听错话了，再以为克拉拉老太托辞要挂电话。

"What?"(什么)她的音调扬得很高。

克拉拉又认真地重复了一遍："I have to go feed my sheep now. The bear should be out soon. Paul told me not to sleep outside at night。"(我得去喂我的羊了。熊快要出来了。保罗叫我晚上不要睡在外面)

她沉默片刻，镇静地问："Where is the bear from?"(熊从哪儿来的呀?)

答："Not sure, but seems to be coming from your neighborhood."(不确定，但好像从你家附近方向过来。)

她先去把门反锁上，坐下又问："What do you do with your sheep?"(你把你的羊拿来作什么)

克拉拉提高了嗓门，说："What do you think? Coming November 8th, I am taking them to a butcher. When I was a little girl, I always told my sheep and chickens. Hurry up and grow up, I cannot wait to eat you."(你以为呢? 一到11月8号，我就带它们去见屠夫。我还是小女孩的时候，我总是跟我的羊和我的鸡说，赶

紧地呀，快快长大吧。我等不及了吃你啦）

想到动画般可爱的小羊小鸡，无语。这下，轮到她赶紧地想挂电话啦！

有时她俩在乡村路上散步，看着满眼的好山好水，克拉拉就念叨："I am so blessed! There is no place better than this place. Sometimes, when I drive around, I STILL can't believe the good Lord is giving me such a place to live!"（我太受祝福了！没有比这更好的地方了。有时候啊，我开车兜兜，还是不敢相信慈爱的主给了我这么一个地方住）

等克拉拉陶醉完了，就正色问她："好好的，干嘛要去上海呀？"

她说："挣钱糊口不是！"

克拉拉神神秘秘地凑近，分享个诀窍："我可算过了，每年只需要四万块钱开销就够了，够付地税，再有些日常支出什么的。哪需要跑那么远去挣钱呀？"

她说："那你帮我付按揭，帮我养娃啊？再说了，万一，不小心上了普林斯顿什么的，再不小心两个都上了，怎么办呀？"

多年全美排名第一的普林斯顿大学离猎人郡就四十几分钟，她梦想孩子们哪天能去那里上学，最好还能住在河边的房子省点住宿费。

"哦……"老太太张着嘴，恍然大悟，"那倒也是哦。"慢慢点着头，不说话了。

对于"慈爱的主"，克拉拉最是热情洋溢，毫无保留的。一听她说去了 513 号路和 617 路交界处，沃尔玛后面的那间大教会，克拉拉就摇头，"我们以前也去那里的，那个主持牧师纳森，人还不错，还到我们家吃饭来着。不过，那个教会的音乐越来越现代了，不是我们的菜，我们吃不消了。"保罗也插话："而且牧师讲道还穿着牛仔裤，有点不太庄重啊。"克拉拉兴致勃勃地又说，"对了，我们现在去Cherryville Baptist(樱花村浸信派基督教会)那间教堂。没有比这间更好的了。那个牧师汤姆，哎呀呀，是个人物啊，真是个圣洁的人儿，每次讲道，我都听不够！"

保罗在旁边，连连点头附和。

见她饶有兴趣地听着，克拉拉趁热打铁："你一定要来看看，下周就来。那里还有一家人，跟你家一样，太太也是亚洲人，你一定得去结识结识，我给你介绍。"

"我是早起的鸟，喜欢去日出的那场讲道。要不这周一起去?"说完，克拉拉马上就起身去翻找樱花村教会的花名册，眯着眼找出那对夫妇抱着孩子的照片，指给她看。

克拉拉嘴里的樱花村教会，离弗莱明顿镇的路德教会不远，在猎人郡的弗莱明顿镇和克林顿镇之间，建立于1849年，是一座不大的白色木头房子。教堂入口处的上部比教堂其他部分高出许多，上面有个像钟楼一样的建筑，顶部尖尖地指向天空。教堂靠近617号公路，一边临着樱花村路，另两边被一片墓地围着，布满大小不一深浅不同的石头墓碑。碑上刻着的人名，生前都是樱花村教会的会友。天然无华的墓碑，或立或躺，像曲尽剧终，素面真切的人脸，仰望山野之上的天空，守在时间之外。路过的鸟，声声鸣叫，停落在墓碑上，不觉间，落在无言的注视中。墓地和教堂之间的空地上，立着几棵树。树边有个矮秋千，上面的双人木椅，总也没见人坐过，只是静静悬在树荫里;起风时，兀自空空地荡悠一下。

这样一座教堂，在美国郊外或乡村寻常可见。他们没架住克拉拉的唠叨，几年前跟着克拉拉来了几次。再来，就是因为汤姆牧师与他讲的道了。

汤姆牧师真的可以说是一个巨人。很高，高出会众们半截。身材圆鼓鼓的，腰间扎着的皮带，像几个人长长伸出的手臂环住了一颗粗壮的树。那身材，就像是自带的音箱，让汤姆牧师的声音有男高音的洪亮。汤姆牧师长着圆圆的大眼睛，有张圆圆多肉的脸，顶着一颗大大的头。头上发际上移。露出高宽的前额，像一块蕴藏无限的耕地。头顶和两侧稀疏的卷发，已是渐渐的胡椒灰。汤姆牧师的手大而温暖，他老远地向人伸手出去，欢喜地将那人的手稳稳握住，暖暖地看着那人的眼睛，叫着那人的名字，说："真高兴见到你啊！"汤姆牧师可以记住所有人的名字。他们初次去了樱花村后，几年以后再去，汤姆牧师迎上来，伸出大手跟马克握，跟她握，再一一跟孩子们握，说"你好啊，马克！""你好啊，Laura！""真高兴你们回来！"

在"慈爱的主"这个问题上，克拉拉可能一点都没去想，她的热情，是否有 pushy(强人所难)之嫌。但至少邻居旺达太太，就是这么想的。克拉拉刚认识他俩那次，就提到过旺达太太，说旺达家有个大农场，养了好些珍奇动物，并提议带她去旺达的农场。

旺达太太家的农场叫"模范农场"，占地 50 英亩，从她家门口的路左转上坡，过了洁妮的家，再上去一点右手就是。克拉拉开车带她进了模范农场的大门，农场里沿 River Road 的一边种了一排柳树，进了大门十几米远处，再进一道大门，继续上坡，开过旺达家的果园，据说种着三百多颗亚洲梨和两百多颗苹果树，就到了几幢深红色牧场式平房门口。平房侧面种着些竹子，用石头围住以防竹根疯狂蔓延，主屋进门处有口大缸，里边养着些金鱼。

旺达太太利落地走了出来，是个很有气势的亚洲女人，姓吴。

旺达短发，大眼睛，厚嘴唇，皮肤微黑，脸上架着副眼镜，散落三两淡淡的雀斑，圆滚滚的五短身材，很神气。看不出，但旺达太太也是六十出头了。

旺达太太微笑着说："来得正好，美甲师刚走，给我的驴美完了甲。这鬼东西又涨价了，一次要300美金了。"300美金！她就没好意思再打听旺达的鸵鸟，孔雀之流的维护费了。

旺达爱养动物，家正房的门口，放了一个小标牌，Beware of Wild Boar（小心野猪）。

旺达曾经有只宠物野猪，黑棕色的，平常喜欢一动不动地睡在门口，像尊雕像。一次邮递员送信，好意把邮车一路开过两道大门，开上了坡，把邮件放到正房门口。看到"小心野猪"和门口的野猪"雕像"也没有在意，不想那"雕像"忽然动了一下，吓得邮递员惊叫着连连后退，钻进小邮车一溜烟开下坡跑了，以后就无论如何只把信件送到农场大门边的邮箱。旺达说她的野猪调皮，有时把桌上的蛋糕拖到地上偷吃，旺达骂它，那野猪就低头作惭愧状，不好意思地"嗷嗷"直叫。野猪碰过的蛋糕自然是不能再给人吃了，知道那野猪会趁没人的时候把蛋糕拖到房后的树丛里去躲着吃，旺达骂完后就故意走开，给她的宝贝野猪一个机会。旺达说："可不能当面看我那只野猪吃蛋糕的，不然她还以为我迁就姑息她的恶行，以后可就接着干了！"

提到死了多年的野猪，旺达还是一脸的疼爱："我那野猪可通人性啦，又聪明，真的，反正比我老公聪明多啦！"旺达眨巴着眼睛，也不笑，一点没有开玩笑的意思。

神采奕奕的旺达吴太太，据说年轻时，在中国城里当选过"中国城小姐"——也不知是哪里的中国城。旺达现在有些胖，是因为做过美食评论家，为事业献了身。后来旺达升级，开始审阅专业美食评论家的美食评论。因此，如果有人说旺达是美食评论家，旺达是一定要严肃纠正的，强调说："不对的，说我是评论家的评论家才对！"

旺达早年有自己的金融业生意，据说那时治安不良，要提着枪押送重要票据什么的。旺达的生意卖给了后来的德意志银行后，财务完全自由，40岁就退休了。除了在纽约、拉斯维加斯、夏威夷，甚至亚洲、欧洲，等，都有房产和投资，一年四季中，好几个月都满世界视察各处的产业。待在东部的时间，旺达周末待在曼哈顿，周日基本在农场。农场四季都有多人的团队管理维护，就是旺达嘴里说的"my staff"(我的员工)。就算后来熟了，旺达太太也很少亲自接电话，打到旺达的手机，要么是留言，要么是一个年轻的staff，客气地接听。

她向来孤陋寡闻，认识旺达太太之后，从旺达的嘴里，听说各种exclusive的神秘"圈子"，在看似平板的美国社会，忽隐忽现的不为一般人所知。那时电视里正流行一个相亲真人秀，男主角是加州赫赫有名的Firestone酿酒世家的英俊公子。旺达太太说她认识那家人，因为他们都属于某个什么特别的"圈子"。旺达不动声色地眨巴着眼睛，还说，从她家下坡过去，左转蜿蜒再上坡那条叫"Spring Hill"的路上，邻居们每年夏天都要开一个"block party"，而旺达太太，是她家这条River Road上唯一被邀请的人家。那条叫Spring Hill的路，两边都是低调的豪宅，从坡上俯视Round Valley大片的牧场和铺到天边的树林。那条路上的邻居，从旺达眼里看去，显然，又是另一个exclusive的"圈子"。

旺达对克拉拉的主要意见，就是觉得克拉拉太强加自己的喜好于人。克拉拉经常跟旺达念叨着的“慈爱的主”，在旺达太太这里，是不灵的。克拉拉四万块钱的预算，可能还不够支付旺达家的一个园丁。了不起的旺达太太，又能干又有资源，没有一根“短肋骨”，没啥可求的，与“慈爱的主”没有供需关系。另外，在乡间过了一辈子的克拉拉，缺点心眼，大大咧咧的不够 sophisticated，而神气的旺达太太，是有标准的。对于这点，她搬来不久就领教了。

那是夏末，旺达在家开一年一度的果园摘梨大聚会，也给她家下了“英雄帖”，摘多少拿多少，剩下的作慈善捐出去。正好，新婚的女友朝晖和先生 John 从加州来访，她客气致电旺达，请示可否带好友同往。

旺达在电话那头，一本正经地说：“嗯，当然当然，不过，我可能对你的朋友需要有点了解才能最后定下来的。你知道，这个聚会的客人，都是某些个圈子的，各样一些人士，还包括几个资深外科医生。你知道的，大家在一起背景相似，有共同点，聊起来才愉快。”

她愣了一下，笑着解释：“哦，这个嘛，明白明白。我的这个女朋友呀，是我当年结婚时的主伴娘，他们夫妇从硅谷来看我们，问题应该不大吧？”

“Unh, Unh”旺达在电话那头认真应着。

她顿了顿，看旺达还在等着她的下文，又补上一句：“哦，再顺便提一句，我的女友是宾州沃顿商学院毕业的，以前在美洲银行旧金山作投资，她先生是麻省理工本科加斯坦福硕士……”

“哦，客人里有好些是麻省理工的，沃顿的也有几个。没问题，没问题，欢迎欢迎。那到时见了！”

那天在旺达家摘完了梨，晚餐是当地一家餐馆提供的，设在旺达家后院靠坡的大露台上。自助餐台一字摆开，几张长餐桌，铺着浆洗过的细白布，摆着野花，点起细长的蜡烛。

穿着吊带裙，涂了浅紫口红，化了淡妆的旺达太太，握着一大杯红酒，稍带点红晕，穿梭在客人中间招呼着，“今天供餐的这家是弗莱明顿镇上新开的，最近求我给他们写篇餐馆评论，宣传宣传。我就叫他们过来服务一下，算给他们一个露脸的机会。”那样的自信快活，自有一番风韵。

晚餐后，大家被带到一间大屋子，里面摆着一圈精致的旧沙发，中间有个场地，光滑的核桃木地板，几乎可以容下几十号人。屋里散落着新旧不一的木制家具，有几个玻璃台面的大圆桌，各式盆景，中国的工鸟画，和一些看不出年份的瓷器。屋子里一尘不染，但有些随意的杂乱，散着一股薄薄的落寞之气。客人们陆陆续续坐定了，几个熟人自然地提议跳舞，看来这是旺达家的老节目。看有人去调弄音响了，旺达太太和舞伴自然地走到场子的中间，垂手而立，屏气静听音乐响起。是探戈。

瞬间，旺达太太进入了另一个空间。

旺达和舞伴，在音乐声中，凝重地拉开舞步，翩然而起，一抬手，一投足，光彩照人；那音乐，时而厚重凝滞，如绷直的琴弦，需千斤之力方可拨动，时而流畅光滑，如和风吹过锦绣缎面；旺达时而眼波婉转，时而凝神端视，本欠玲珑的身体，如仙鹤在水面划过，灵巧而流畅，稳健又性感。一曲而终，荡气回肠，令人不禁拍手，印象深刻。

摘梨聚会以后，看他俩也往来有“鸿儒”，旺达在乡间请客，有时就拉他俩作陪了。有次旺达请了纽约 Supreme Court（直译为“最高法院”，但不是纽约州的最高法院）的亚裔女法官和丈夫来访，他俩就应邀在场。法官的先生，记得是所谓的“flaming liberal”（冒着火焰的自由派分子，比喻极端自由主义分子），跟“flaming conservative”(冒着火焰的保守派分子)的马克先生，端着红酒在厨房的水槽边站了大半个晚上，面红耳赤地切磋政见，让她在旁边急得团团转，生怕得罪了旺达的客人。法官大人却见惯不惊，大大方方的神情怡然。虽然政见不同，几周以后，旺达太太又约着大家在法拉盛的川菜馆聚餐，大吃畅饮了一番。至此，她才放了心——总算没给旺达脸上抹黑，弄低了标准，辜负了旺达太太。

在那所河边的老房子里，每一日，都像颗洁白温暖的珍珠，圆圆地滚落下来，被她用期待的双手捧住。

在二楼临河的卧室里，透过屋顶下那排高窗，可以看到正午无云的天空；大雨将至，乌云涌动低沉；月圆之时，夜空明亮孤寂；屋外，在转弯处被水草和石子绊住的河水，发出轻柔的汩汩声；河对面树林后的铁轨上，夜晚的货车，拖着无尽的车厢，从黑暗中跋涉而来，随铁轨消失在迢迢的暗夜里。汽笛鸣响，划破湿润的夜空。

她被惊醒，再沉沉睡去。

∞ ∞ ∞ ∞ ∞

像所有的故事一样，岁月不静，好景不长。2008 年年末，美国的经济危机已经全面爆发。

他俩决心去上海，急着要把老房子租出去。四月在日本旅行期间，中介说一对夫妇一眼看中了这房子，立即就要搬进去。五月回到美国，房子已经被租出去了。

搬进来的“夫妇”叫安娜和路易斯。因为是希腊裔，安娜有个很长很难发音的娘家姓氏。安娜是个绝色女子，也许希腊故事里那个倾国倾城的特洛伊美女海伦，就长成这样。安娜本来是护士，可是身体有些免疫方面的疾病，只好长期在家休养，领取微薄的残疾人福利。路易斯很健壮，金发一丝不乱地向后梳着；讲话时，稍有点郑重其事地屏着气，爱用文绉绉的大词，言语间爱说“so on and so forth”（诸如此类）这样的话，总像是在做具有权威性的总结发言。路易斯是个资深电工，是工会的成员。新泽西州各个行业的工会都很有势力，成员的福利和工资在一定程度上受到工会集体谈判协议的保护。虽然路易斯没受过大学教育，从路易斯为租房提供的工资收入证明上，收入已经到了六位数字。

安娜和路易斯之前各自都有过一段艰难的婚姻，是在患难中相遇的。安娜说，第一次在姐姐家见到路易斯，觉得他傲慢，印象并不太好。后来路易斯约她，不知为什么还是接受了。第一次约会，路易斯带安娜去曼哈顿吃饭。饭后，俩人居然在曼哈顿的大街上走了一整夜。剩下的就是历史了。

倾国倾城的安娜，年轻时爱上了中学里的橄榄球明星，高中一毕业就跟明星结了婚。后来离婚，年幼的女儿和儿子都判给了安娜。后来主要由路易斯来供养。

他俩从日本回到美国后，在老房子第一次见到安娜和路易斯。她在房子里走了一圈，原来他俩的家具，已经被搬到了地下室，房子各处都还打扫得干净。安娜和路易斯有两只牛头犬，一大一小，形影不离，一只叫“摩根”，一只叫“船长”。还有只老猫，披着油光水色的黑毛，悄声无息，神出鬼没。本来合同上说好宠物不可以养在室内的，既然已经住下了，他俩只好视而不见，以免一开始就伤了和气。

安娜和路易斯的家当，廉价、陈旧、简陋，被很用心地摆放开来，塞满了整幢房子。

那时安娜和路易斯还没有正式结婚，刚刚搬来一起同住。两个艰难行路的人，要在这所老房子开始新的生活——他们是如此的兴奋，说话也快，眼睛里闪着光，止不住地微笑。他俩也不禁被感染——有人能在这老房子里欢喜度日，就算不是她和马克先生，也算没有辜负 Susan 和 Jurgen 把房子卖给他俩的期望吧！

开始新生活的安娜和路易斯，在房前屋后都种满了花草；在车道边的坡上，铺上了防止泥土流失的碎木屑；在前院下坡的地方，辟出一片小小的空地种上蔬菜；在河边大露台的柱子上，挂起了几个茂盛绚烂的花篮；游泳池边的一颗老树渐渐枯了，路易斯自己砍了那棵树，以免风大树倒，往前砸在游泳池里或往后砸在屋顶上……他们看顾这所老房子，就像看顾他们自己的新生活。

然而，夏天过完时，就有一笔房租没有按时到账。之后，又有一笔数额不够。再之后，就是十天半个月的迟付房租，数额也是成百上千的少。到第二年冬末后，安娜和路易斯就连续几个月没有付房租了。那时他俩已经在上海，马克先生没有及时处理，等到她注意到这件事，房租已经拖了上万块了。

房租继续地欠着，总也一直付着点，总也付不足。一催款，路易斯就说他从继父那里继承了一笔遗产，还在法院走程序，走完就全部补上。又说自己工会里交的退休金，也可以取出来，但也要走程序，一走完就马上付。

等一段时间，再催，路易斯就说："快了，快了，下个礼拜五就会有消息了。"或者，"噢，月底就肯定行了。"等到下个礼拜五，或者月底，马克先生给路易斯留言去邮件，几天没有音讯。她写邮件给路易斯，措辞少了温和，路易斯就马上回短信给马克，说："真对不起，对方传真机坏了，没有收到我的申请……"诸如此类的话，so on and so forth。

万般无奈，她查了新泽西的客房租赁法——要强行赶房客走，需要先到法院起诉，之后还要根据法院判决申请赶人出户的批准令，然后根据批准令，在郡上治安警察的监督下，才可以赶走房客。但是就算赶走了，追收房租欠款，又是另外的程序。如果房客没钱，就更加麻烦了。

他俩远在上海，想来想去，也只好按部就班，死马当活马医了。克拉拉给她推荐了一个便宜的律师，叫斯考特，帮她到法院递了状子。在递诉状之前，她已经通知了路易斯，解释这是必须要走的法律程序，只是循规蹈矩而已，走完了，大家可以再商量下一步的打算，并没有撕破脸皮的意思。路易斯自知理亏，表示理解。到了出庭那天，她还另请了宾州的好友冯涛到法院作她的代表，以为是万无一失的事了。在上海等消息到了深夜，冯涛来电说案子没有判决，原因是大律师斯考特，居然没有找到法官审案的指定房间！斯考特发现是自己错过了法官叫号，羞愧难当，"他满脸通红，都快哭出来了！"冯涛在电话里苦笑着说。哎，人家都快哭了，她也不好意思再发飙。亲自从上海打电话到弗莱明顿法院去解释，申请重新排了审理时间。后来法官审了案子，要求双方调解达成付款协议。万幸的是，此时，路易斯从工会退休金里终于取出了一笔款，付清了房租。

案子结了，安娜却实在不想搬走。也许是给自己找的借口，安娜说儿子 Joe 在附近学校上学，最好可以住到三年以后儿子中学毕业，央求再让住下去。她劝安娜和路易斯，"知道你们爱这房子，但也要考虑一下实际情况。你们俩都动用退休金了，难道你们就不想在房租上省点，存点钱吗？以后还有很多用钱的地方啊。"

“可是我们在这里很快乐，活着不就是为了快乐吗？其他都不重要。”安娜有些失落，神情无辜地说，几乎就像个小女孩。

“问题是，如果你们得担心房租和用度，就算天天看着好山好水，能快乐到哪里去呢？你女儿现在也不住家里了，就你俩和Joe。我要是你啊，我只会租个两室一厅的公寓房。我们中国人很多都会这样长远考虑，不能只看眼前，能存的钱就存起来，给你家Joe将来上大学用不好吗？”

安娜点头，“那倒也是。”想想又说：“不过Joe的学校和朋友都在这附近，搬走了，对Joe会有影响的。Joe一生气，就吵着要去找我前夫……”

路易斯是想搬走的，看体弱而情绪不定的安娜坚持，就沉默着，不置可否。

“你当初，不是说要照顾我们的吗？”安娜拿出了杀手锏，眼巴巴地望着路易斯。

拉不下面子，路易斯就也跟着安娜来求，希望能继续租下去——说他工会的退休账户还有钱，现在对取钱的法律程序熟悉了，下次就好办了；还说跟前妻的房子也在卖，卖了也会有进账；另外，继父的遗产，拿到也是迟早的事……

路易斯夫妇，恰好碰上了世界上最具乐观精神的房东。马克先生认为，大家官司都打过了，现在就是知己知彼的熟人了，安娜和路易斯也没有坏心眼，就算欠房租，最终还是会付的，就也劝她答应。她正在一个头疼的项目上，没时间来深究这件事，一拖一放，安娜和路易斯，就又这样在老房子住了下来。

又是某年夏天，他们从上海回到乡下，看到老房子各处挂满了气球，路易斯满头大汗地在露台上烧烤牛排和肉串，安娜屋里屋外地招呼着客人。穿着吊带花长裙的安娜，化了妆，提着精神，笑着跟客人说："真不敢相信啊，好像昨天朱莉还在幼儿园，我怎么就要成外婆了呢。"原来，安娜和路易斯在为安娜的女儿举行"baby shower"，庆祝女儿怀孕待产。住在这个老房子的几年，安娜的女儿已经快18岁了，跟安娜一样的美貌。这次是未婚先孕。

夏日午后，阳光斜落，风中廊下传来串串风铃声。女儿没上大学就将为人母亲，大把青春要消磨在餐馆酒吧打工给孩子挣奶粉钱。年纪轻轻的女儿即将重蹈自己的覆辙，安娜认命温柔的笑，在脸上，不在眼底。

路易斯又失业了。路易斯的工作不稳定，一没活干，就是好几个月。渐渐的，房租又欠上了。等到她醒悟过来，房租又已经欠了两万多。

这次，也不想再去法院麻烦，她一边催路易斯赶紧想办法弄钱，一边给路易斯找活干。她先把路易斯介绍给了旺达太太。旺达在装修农场的房子，不时需要用到电工。另外，他俩决定把老房子堆放家具的地下室，装修成一个带厨房卫浴的两居室，提议让路易斯来对装修工程总负责，路易斯的工钱，就用来抵房租。双方一拍即合，马上干了起来，预计工期三个月。开工后，才发现问题不断，困难重重，三个月的预计显然过于乐观，等到装修完毕，工程已足足弄了九个多月。这期间，安娜病情加重，路易斯多数时候还是没有其他正式的活干。安娜和路易斯，自工程开始后，再没能另外支付任何房租，路易斯的工钱，也不够抵付不断产生的新房租。

工程终于完了，此时欠的房租数额和没有出路的状况，已经快让她夜不能寐。马克先生固然还能呼呼大睡，醒着的时候，这原本是伊甸园的房子，也已是一提就火的话题。

剪不断，理也乱，一团糟。在这个胶着状态下，她刚好到美国出长差，就住在乡下房子的底楼。正是冬末，暴风雪一场接着一场。安娜基本就穿着睡衣睡裤，蓬头垢面地缩在家里。她偶尔从露台经过，落地窗里的起居室，那个当初他俩专为看副总统竞选辩论才买的大电视，永远开着；有时，安娜缩在羽绒服里，哈着气，站在门前雪地里抽烟。她上去跟安娜打招呼，问候两三句话，轻轻抱一抱安娜，也不知再说什么好。安娜那么脆弱，一碰就倒的样子，所有的事情，只能跟路易斯理论。

有一次，她和路易斯站在积雪的露台上讲话，那天路易斯刚跟安娜的儿子 Joe 吵过架。

“Joe 这孩子越来越让人头疼，前两天他的学校紧急打电话把我叫去，说发现 Joe 私自带酒去学校，要赶他回家待几天……我管 Joe，安娜也不站在我这边。安娜最怕 Joe 吵着去他爸爸那里，可是现在 Joe 连他妈也不尊重，前两天居然骂出怪话。你知道那小子骂的什么话吗？我都不忍重复，那可是骂他自己的妈啊！Joe 要是我亲生的，我就揍那小子一顿了！”

路易斯吐出一口烟：“安娜也是时好时坏，坏的时候多，喝那么多酒，也不听我的……那么多的医疗费，真的难啊……”

她不知道说什么好。路易斯又吸了一口烟，长长吐出，低下头，看冰冻的河面。

正是暴风雪过后初晴的天，蓝天下满眼是皑皑雪野，新雪铺在河岸边的鹅卵石上，让冻结的河水变得细长，从夏天的深绿变成黝黑的深褐色；满世界没有叶子的树，枝干上厚厚蒙着白得刺眼的雪末，在阳光照耀下蒸发闪烁，像呼出的腾腾热气，满天满地，此起彼伏。空气里偶尔有清冷的鸟叫，声音自远而近，那鸟便赫然在眼前的河面上滑过。一个童话世界，而空气冰凉彻骨，似实似虚，让人动容。

烟已经吸完，路易斯看着河里的水发呆，半晌，说：“也不瞒你，Laura，有时候我简直就想一走了之。什么都不要，丢下这个烂摊子，走了算了！”

等那话冰冷地落在雪地里，她叹了口气，有些尴尬地：“我知道，一定很难的。”

沉默片刻，又故作轻松地补上一句，“哎，都会有这样想的时候……”

立春的那天，下了那年最后的一场雪，下了一整天一整夜。第二天清早，她被路易斯电话急急地叫醒，一脚深一脚浅地踩过积雪的露台，跑到门口的车道边去察看。安娜和路易斯已经站在那里看，一脸难以置信的苦笑。安娜说：“整个冬天，我就这一次没有把车停在车库啊！怎么就这么巧啊！”

只见积满大雪的车道上，她的丰田 Corolla 和安娜的车，齐齐并排被压在一棵大树下，惨不忍睹。那颗大树，原本长在路边，整日整夜落下的雪积满了枝枝丫丫，最后不堪重负，倒了。各自的保险公司来看过后，都宣布车完全报废，只按车的市场价赔偿现金。

陪伴她转战南北 17 年的老车，从佛罗里达到田纳西，从加州到纽约，终于在新泽西乡间的雪夜，剧终落幕。拖车公司来拖车走的那天，她刻意躲开了。

安娜和路易斯，用保险公司赔的钱付清了欠的房租，又住到春末，才终于搬走了。

对她而言，感觉像是一个时代结束了。

∞ ∞ ∞ ∞ ∞

新的时代开启，他俩仍在上海，还得再把老房子租出去。

有一对牙医爱上了老房子，结果对房子里怎么也清洗不干净的猫气味过敏——就是安娜和路易斯那只该死的大黑猫——只好放弃。来来去去好多人，最后来了一对高大肥硕的夫妇，车后面贴着支持奥巴马的小标语，坚决保证不养猫狗，死活要租这房子；等到签了合同，又央求宽限可以养狗；再等到搬了进来，发现他们除了狗还是带了只猫。随后，那家太太在马克先生跟前抹眼擦泪，抱怨地毯旧，要求换。不幸的是，地毯还没换，老房子埋在地下四十多年的老化粪池爆了，底楼的两居室得全部掏空重建；然后又发现主楼层经常漏水，内部损坏已经是面积巨大。搞到最后，只好请走房客，开始了对老房子的大肆修整。

四十几年的老房子不断有新问题出现，有些动了结构，水电的整修内容还得到镇上去申请许可才可以开工。镇上的公务员老爷们晚来早走，拖拖拉拉，马克先生赔着笑脸，还是用了几个月才把许可搞齐了。此时，装修工程队已经换了几个，预算已经超支几倍，马克先生也往返中美好几次了。她给朋友们打电话抱怨，大家都说，美国装修工臭名昭著，到处揽活，揽活的时候说得天花乱坠，揽了活按小时收费，都磨洋工，没有例外的。朋友中是中国人的，除了前述以外，末了还加一句感叹："那里可以跟咱国内的装修师傅比啊！"

焦头烂额的时候，原来的工程队经验不足，实在搞不定项目了，就招了人来顶替，新人叫路克。

初见路克，是个高大壮实的男子，至少1米9朝上，30岁左右，戴着顶东部人少有戴的牛仔帽，穿着有花纹的高筒牛仔皮靴，短袖衬衣下露出的手臂上全是文身，扑面而来的雄性荷尔蒙让人不能忽略，有种天成的气势。他昂首迈着缓慢的步子，稳稳地阔步走到露台上，右手先轻碰一下牛仔帽檐，再微微弓下腰，伸出手来跟她轻轻一握一点。帽檐下是一张英气逼人的脸。

路克练过 25 年拳术，当过八年兵，写在工作笔记本上的字工整而清晰。路克能说会道，极会察言观色，讲出的工程计划，让他俩在这个穷途末路的境况下终于看到点希望。路克的专项是木匠活，本来也有自己的装修公司，但他说自己开公司工作时间太长，一点管不了家，决定现在只专心作一个项目。路克临危受命，事事恨不得反客为主，替他俩拿主意，一副大将坐镇的排场。那时是八月份，路克拍着胸脯跟她说，保证感恩节以前可以入住。

11 月初她举家搬回美国，感恩节过去，圣诞节来临，春节也过去了，老房子里里外外仍是乱七八糟的工地。每次她去房子，路克都不在。二月的一个周六，约好的大家在房子见面讨论工程进展，路克没有音信。看马克先生也摇头再没有话说，她下了决心解雇路克，给路克发了短信，限时叫他来搬走工具。隔天，路克给马克短信，解释说一个哥儿们忽然自杀，他去参加葬礼了。他俩便不好强赶死了哥儿们的路克。又过了两周，工程仍不见进展，又约好周六见面，路克又不见人影。她再次去短信解雇路克，这次警告如没有事先联系，路克不可再来老房子，并且保留一切法律权利云云。整个周末没有回音。周一，路克给马克打电话，说因为迟付了小孩的抚养费，被前妻告，他在监狱被关了一个周末；现在法院限定他在一周后要交出一笔赡养费，否则下次再进监狱就是半年。路克跟马克说，他只有马克和她家这所河边房子的唯一一个在建项目，一周内不可能再在别处挣到钱了!

听她在电话上沉默,马克先生补充到:“路克承认他有段时间为离婚和争夺抚养权的事焦虑,没有心思干多少活。他在电话上也道了歉,几乎就是央求再给一次机会了! 如果他能好好干一周的话,差不多刚好能挣够他要交的钱。”

“他每次都有理由,我们又不是他的救星。他该自己为自己负责,我们不能每次都那么好说话啊。再说了,这房子都快几年啦,还有完没完啊! 我们总得找到一个真正的解决方案,不能总这么得过且过啊!”她实在有些气不过,又绝望又丧气。

马克知道她说的话是事实。顿了一下,还是说:“是啊,不过路克那么个六尺多高的男人,都快哭了……”

“我上周去房子的时候,看到路克的工具箱旁边有本翻开的《圣经》,好像是路克在看。他可能真的有大麻烦。如果真的被关六个月,以路克现在的状况,这小子以后就完蛋了!”马克又说。

她不作声了。

两人在电话上沉默着,最后,她说:“这样吧,你看他需要多少钱,按那个数额算出他需要干多少时间,跟他讨论一个详细的工程计划,按天排好工作进度;不过他现在心神不宁的,我看你必须得天天督促跟进他,不要让他又走神了。这就算是最后一次吧,既然已经这样了,那就让他确实能挣到需要的钱。但是,马克,他如果没有按计划进度,那就只能该付他多少就付多少,他钱没挣够不是我们的问题。你想想看,路克总得为自己负责吧? 咱们不是慈善机构,更不是上帝。就算上帝也是公义的啊!”马克觉得这个方案有道理,表示同意后,马上联络路克去了。

此后,项目基本按进度进行。

听马克说路克开始每周去教堂。她还是有些生路克的气，路克不在的时候她才跑去看房子。

有一天，她偶然看到一本书，*Wrestling for My Life: The Legend, the Reality, and the Faith of a WWE Superstar*（《为我的生命搏斗：世界摔跤超级明星的传奇，现实和信仰》），是美国世界摔跤电台的超级明星 Shawn Michaels 写的信仰自传，讲述自己从事业巅峰到低谷，从精神空虚到成为坚定基督信徒的故事。书封面有张 Shawn Michaels 的黑白照片，袖子卷起，长发束在脑后，眼睛虽隐在眉下的阴影中，仍能感觉其灼人的强度，是个像头狮子一样的男人，让她联想到路克。她就买了一本那书，趁路克不在的时候拿到老房子，放在路克的笔记本边上。本来留了一张小字条，"给路克"，想想又把字条扔了。

又过了几周去房子办事，这次路克也在，带了一顶棒球帽，帽檐压得很低，蓄了半脸的胡须，人整个小了一号。路克需要跟她讨论壁炉上墙砖的选择，说话的时候，明显有点紧张，声音微微发抖，眼光少了直视。此后的另一次交谈，马克先生，她和路克三人在房子里讨论楼梯和楼上一面玻璃墙的设计。她指着开放式风格的主楼层里新装的木头梁柱，随意地说："这些柱子不错，简单古朴有点禅意，合我心意。"路克听了，好像一下子放松下来，喜形于色地看了她一眼，然后转开脸，一边微笑着上下打量一根根梁柱，一边认真地说："哦，谢谢你，非常谢谢你！"一脸的自豪。一句无心的话让路克那么高兴，她和马克先生互看一眼，居然心痛了一下。

慢慢的，工程终于到了后期，大家看到了隧道尽头的光线。

有一天，她坐在老房子的书房写东西。路克收工前来跟她打招呼，站着跟她聊天。谈笑间，她问路克前一阵究竟出了什么事搞得乌烟瘴气。路克叹口气脱下棒球帽，半倚在沙发上，说“哎，女人啊！”路克说他结过两次婚，第一次婚姻有个九岁的孩子。现在正离的第二次婚姻离得很艰难，前妻吸毒，神志不清地放了一浴盆滚烫的水，把他们16个月大的儿子放进去，烫成了重伤……路克不放心，想争取对儿子的全权监护；前妻不干，就说路克当兵上过战场，有创伤后应激障碍，谎称路克虐待过自己，又有枪，是个危险人物。这么一来，导致政府儿童福利机构介入调查，在调查期间，孩子被寄养在外公外婆家。路克受了刺激，又担心前妻吸毒不知轻重，随时有生命危险，本来就摇摇欲坠，一下子就垮了。路克说：“有段时间我恐怕在这个房子里一周呆了90个小时，但我精神恍惚，什么都干不了，实际只干了十个小时的活……”

他们聊开了，路克说他年轻时学的是心理学。现在看心理医生，才庆幸自己没有走那条路，“整天坐在沙发上听有问题的人讲他们的问题，没疯都得被逼疯！”他说他天性还是喜欢装修，可惜现在做装修工谋生不易，日子不容易过得宽松；她叫路克应该慢慢存钱，路克说这个工程做完就要慢慢找机会自己买旧房子自己装修，再转手赚差价；她叫路克不要大手大脚给孩子买太多玩具，应该给孩子存点学费钱，她说：“你爱孩子就爱孩子，不是非得花钱啊，多花点时间才对。”路克说：“你到提醒了我，我是该少给他们买玩具。不过我很注意陪我家孩子们，我跟他们玩的时候，我都不看手机的……”

聊到几乎天黑，路克才走。她冲着路克的背影喊：“Take it easy on yourself. You are not God, don't worry about your ex-wife too much. Pray for her. Take care of yourself, take one day at a time.”(别紧张。你又不是上帝，不要对你前妻太担心。为她祷告。照顾好你自己，一步一步来)

完了，又高声补了一句：“Of course, except for the house. I want it done by the end of May! You understand!”（当然了，这个房子除外，你得加紧干，我要五月月底前搞定！你的明白）

“Ok, ok, ok! I will try.”（好，好，好！我会尽力）

路克一边向门口走，一边背对她向她挥手，大笑着关门出去了，步入初春的暮色里。她禁不住微笑，从心里感到一阵轻松，像是放下了一个担子。

她想，路克也有同感吧。

∞ ∞ ∞ ∞ ∞

老房子还在维修中，每周六他们都来乡下，周日就去樱花村教堂。

复活节后的周末又去，经过克林顿镇时，正是樱花盛开时，镇上主街两边都是樱花，让行人一不小心就撞到花枝里。起风时，樱花漫天飘落，无意中，听到临街路过男子的一声轻笑。他正牵着女友的手，望着簌簌落下的花瓣，欢喜地说：“啊，啊，花瓣都被吹到我嘴里来了……”

今年春天来得晚，已是四月底，乡间才是一片初春的景象。山野间到处都是榆树，满树的白花，远看像云，近了像一树翻飞的蝴蝶，再近就像扑扑展翅的白鸽。还有种不知名的水红色花朵，也是满树满树地开着。树干端庄挺立，树枝清秀含蓄，花朵则淡淡红开了去，倾其所有，云一样地漫开，像大笑湿了眼眶，脸上不觉泛起的红晕。

今天有樱花村的野餐聚会，克拉拉看到她，脸上即刻绽放开，亮晶晶地笑了起来，一把抓住她，几乎凑到她胸口前，说：“哦，总算等到你啦！那家人今天来了！”

“什么？哪家人啊？”

“就是那个东方女人啊，我以前跟你提到过的！真是非常好的人家啊！”

她拍拍克拉拉的肩，打趣道：“哦，谢谢谢谢，先别着急……别急。你没注意到吗，我也是东方人，我家小的也是东方人。再告诉你一个秘密，我的大部分朋友也是东方人，所以啊，东方人对我可不是珍禽异兽啊！”

克拉拉有点不好意思，两人脸贴脸，抱成一团左右摇动着，大笑起来。

刚刚在树荫下找一个地方坐下来，马克忽然又站了起来，走到前面几个人聚集的地方，轻轻拍了一下坐着的一个男子宽大的肩膀。那人回过头，眼睛一亮，赶紧就站了起来，又回头拉了拉他旁边的一个女子，指了指马克，那女子也一下站了起来——她这才看清楚，是安娜和路易斯！

马克先生与路易斯拥抱，再与安娜拥抱；她也走过去，跟路易斯握手，跟安娜拥抱。四人脸上都笑着，脸热热的，难以置信在这里见面，他们同声问候着：

“你们还好吗？”

“你们还好吗？”

“真高兴在这里看到你们啊！”

路易斯穿着浅棕色的西装，显得肩更加宽大；安娜穿着复活节女人们常穿的花连衣裙，金色的发卷披在肩上。两年不见，路易斯似乎老了许多，已经稍稍有点臃肿，安娜的脸色有些苍白，但两人脸上和眼里却是真正地笑。问候下来，知道安娜还在治病，儿子 Joe 下周满 18 岁了。路易斯说：“感谢神啊，现在 Joe 和我关系还不错，对我也很尊重。我太盼望这小子的18岁生日了，我就可以撒手不管啦。我准备把他的电话账单，汽车保险账单一起交给他，作为生日礼物，庆祝他的独立日！"安娜笑着看了路易斯一眼，路易斯连忙哈哈大笑，说："当然，当然生日就给账单是开玩笑的，那，就再下周给他账单吧！"四人都笑了起来。又聊起老屋的修整，这几年的辛苦。安娜说："等我哪天好一点，我去帮你弄弄花草。看吧，快好点了。"她说："来吧来吧，我给你们做中国菜。左宗鸡什么的咱做不来，给你们来点正宗的四川凉面如何，炒饭也可以！"

他们四人又拥抱一回，抱完还拍拍肩，暖暖的，才又各自坐下。坐下后，她和马克先生脸上都还带着笑。此时，汤姆宣布野餐聚会开始了，先给大家讲几句话。

汤姆认真地说："今天我们有人过生日。我们的米娜今天满20岁了。请大家表示祝贺！"

话音还没落，一个金发女孩，刚刚头还靠在妈妈肩头，大声喊了起来："不是20岁，我今天八岁！"

汤姆挠挠硕大的脑袋，假装惊讶地说："哦，米娜你才八岁，不是20岁呀？"

大家哄堂大笑起来。

米娜的妈妈也大声说："20岁就好啦，多省事啊，可惜不是！"

大家又大笑。

汤姆说，"哦，对不起米娜，那我搞错了。不过听说今天有人满20岁，谁满呀？请举手！"

立刻，大家的手臂齐刷刷高高举了一片。男女老少，大家都举着，人人带着调皮的神情，还有人相互眨眨眼，但没有人笑出声。

汤姆自己笑了，说："You guys wish!"(你们做梦吧)

大家又再次哄堂大笑，还有人边笑边拍掌。

不知谁说了一句："明天是瑞安的生日，17岁。"

这下，大家停住了大笑，纷纷去看斜躺在轮椅上的男孩瑞安。瑞安挤出一个笑容，脖子很艰难地转动，眼睛跟着扫视一遍热切微笑着看他的会众们，眼里都是兴奋。

瑞安不能走路，似乎也不能说话。个头不高，有些走形的身体总是斜躺在轮椅上，头也用一个垫子撑着。每周日，他的父母带着他和他的兄妹，穿戴整齐地一起来教会。家里其他四人总坐在倒数第二排的长椅上，瑞安就坐在过道里，方便放轮椅，挨着头发有些花白的妈妈。樱花村浸信会教堂的每个主日聚会，一般在一个半小时左右。瑞安随他的家人，从头坐到尾，时不时发出嚎叫，"嗷嗷""啊啊"的声音。有时像是病人痛时的呻吟，有时则是失控的干号，忽高忽低。如果声音实在太大，或者他失控而持续不断地嚎叫，瑞安的家人，就悄声把他推出主堂，到刚进大门口的一小块空处休息一阵。等到他静下来以后，再回到主堂继续听道。瑞安叫的时候，就算有时声音很大，汤姆和会众们，都没有任何不耐烦的神情，也没有回过头去看瑞安，以免他和家人感到尴尬。

听说明天是瑞安的生日，汤姆真诚地说："我们很感恩瑞安在我们中间，祝贺他又满了一岁，我们一起来给瑞安和米娜祝福。"说完，大家一起拍手唱起生日歌来——

"祝你生日快乐，祝你生日快乐，让一年中的每一天，你都发现耶稣就在近前，祝你生日快乐，让今年是你渡过的最好的一年！"

在歌声里，大家拍着手，为斜躺在轮椅上的男孩瑞安和米娜祝福。四月的阳光，透过树枝，给瑞安的脸上打上一层斑斓的光。站立在光照中的人们，在微笑中，仰望。